Pascal Quignard

Petits traités I

Gallimard

© *Maeght Éditeur, 1990.*

Pascal Quignard est né en 1948 à Verneuil (France). Il vit à Paris. Il est l'auteur de six romans et de nombreux petits traités où la fiction est mêlée à la réflexion (*La Leçon de musique, Le nom sur le bout de la langue, Une gêne technique à l'égard des fragments*).

Martine Saada a accueilli dans sa collection chez Calmann-Lévy une nouvelle série de petits traités. *Rhétorique spéculative* (1995) et *La haine de la musique* (1996) paraîtront prochainement en Folio.

TOME I
TABLE DES TRAITÉS

PREMIER TRAITÉ
Traité sur Cordesse   11

IIᵉ TRAITÉ
Dieu   35

IIIᵉ TRAITÉ
Le misologue   43

IVᵉ TRAITÉ
Sur une boulette de plomb   75

Vᵉ TRAITÉ
Taciturio   85

VIᵉ TRAITÉ
Pagina   105

VIIᵉ TRAITÉ
Sur les rapports que le texte et l'image n'entretiennent pas   129

VIIIᵉ TRAITÉ
Le Livre des lumières   137

PREMIER TRAITÉ

Traité sur Cordesse

Tous les matins du monde sont sans retour. Et les amis. Tacite dit qu'il n'y a qu'un tombeau : le cœur de l'ami. Il dit que la mémoire n'est pas un sépulcre mais une arrestation dans le passé simple. Cette arrestation veille ; elle guette et interdit le retour. Il dit que le séjour où résident ceux qu'on a aimés n'est pas l'enfer ; que la douleur où s'anéantit l'âme qui aime n'est pas un séjour mais une rage ; que sur l'image de cire n'ont été portés qu'un âge et une expression. Seul l'ami — écrivait jadis Cornelius Tacitus dans sa villa d'Interamne — blessé par l'abandon, mais point désorganisé par la souffrance, peut conserver la trace du son et du flux où se distribuait la voix. Il a assez de distance pour demeurer fidèle à la mémoire de l'intention qui animait les actes, et est capable de perpétuer le souvenir de l'énergie qui habitait les formes de l'œuvre où, à chaque fois, la puissance qui ruisselait à leur source se cristallise et s'épaissit au point qu'elle s'y éteint. Je l'avais rencontré rue Montorgueil chez Gisèle Celan devant une longue table brune. Il était né le 14 août 1938 à Marseille. Il s'appelait Louis Cordesse. Il peignit ou dessina. Il mourut tout à coup le jeudi 9 juin 1988. Un cancer, dont il ne perçut peut-être que l'incompréhensible fatigue, et une hémorragie l'emportèrent. Il avait quarante-neuf ans.

*

La notion de postérité est indistincte d'une vendetta qui s'acharne. Le passé est une « partie de notre vie qui est comme consacrée ». *Pars nostri temporis sacra et dedicata.* Ces régions diverses du temps qu'on a vécu sont curieusement plus dédiées à des lettres de noms qu'à des parties de corps.

*

Il y avait une porte vitrée qui donnait sur une courette noire. Au travers des vitres qui garnissaient le châssis on voyait un bouleau qui possédait six feuilles et dont le tronc avait la largeur d'un doigt d'enfant. Je ne puis imaginer non plus que cet arbre soit encore en vie. Sur la table ronde, il y avait de la charcuterie qui provenait de Colmar. C'était la fin des années soixante-dix. Nous étions cinq : Françoise, Mifa, Jean-Pascal Léger, Louis et moi. Il faisait nuit toujours. L'appartement était situé dans un rez-de-chaussée de la rue de Madagascar. Je regardais se noyer dans l'ombre la silhouette d'un bouleau.

Il était comme un poisson qui meurt. On pouvait caresser le peu d'écailles blanches de sa peau. On voit à Tokyo des temples anciens dont la nature est le centre, la valeur, le soin, le sanctuaire et le dieu, et dont le jardin a la taille d'un cageot.

Un jour que l'orage tonnait, que les éclairs jetaient une brusque lumière sur les vitres et les feuilles très petites de l'arbre, je quittai la rue de Madagascar le visage couvert de sueur. Je m'enfuis dans la panique. J'avais une propension aux crises phobiques dignes de celles dont souffrait Pierre Nicole en 1650. J'ai été à la merci des orages comme un bouchon de liège est le poupard des vagues qui plissent l'eau ou qui la bouleversent. Enfant, l'été, près de la frontière de la Belgique, sur la rive de la Meuse, quand l'orage approchait et que toutes choses, les feuilles et les chats, les touffes des carottes et même les guêpes s'immobilisaient dans son attente, je me précipitais jusqu'à la treille du jardin de derrière pour arracher à la vigne un grain de raisin minuscule; pour peu qu'il n'éclatât pas dans ma bouche tandis que je l'avalais, je pourrais dormir en paix; aussitôt l'angoisse desserrait un peu sa prise sur ma gorge. Je devais penser que le dieu de foudre et de tonnerre était assujetti au grain. En avalant un grain d'orage qui ne crevait pas, il y a toute apparence que j'estimais soustraire ma vie à sa colère et ma tête à sa foudre. Mais le cœur m'est crevé.

*

Autant en emporte le vent dans sa fuite, les femmes dans leurs eaux, les neiges dans les mers.

*

Je ne sais de Louis ou de moi qui eut l'idée d'une série de huit tomes de petits traités. J'aimais Pierre Nicole. Je venais de le découvrir. Il a écrit des essais qui ont la même précision que les préfaces que composa Racine. Ils s'aimaient. Il avait été son professeur de latin. L'histoire n'a pas retenu son nom mais la mémoire additionne, chez les vivants, la haine et la peur ; chez les régents de collège, la fainéantise et la perte de la culture ; chez les ministres de la police, de la religion, de la guerre, elle additionne interdiction, censure, bûcher et trophées de victoires.

*

Nicole disait : « Nous sommes comme des oiseaux qui sont en l'air, mais qui n'y peuvent demeurer sans mouvement, parce que leur appui n'est pas solide. » Il commentait de la sorte : « Le passé est un abîme sans fond qui engloutit toutes les choses passagères ; et l'avenir est un autre abîme qui nous est impénétrable. L'un de ces abîmes s'écoule continuellement dans l'autre. Nous sentons l'écoulement de l'avenir dans le passé et c'est ce qui fait le présent, comme le présent fait toute notre vie. »

*

Treize volumes sont parus sous le règne de Louis XIV sous le titre d'*Essais de morale*. J'aime les ouvrir et les lire. Ce qui avait pour Pierre Nicole les traits de l'avenir et qui nous tient lieu de passé l'a laissé dans la mort. J'en recopiai le format. Ces livres avaient paru sous des noms d'auteurs divers : M. de Rosny, M. de Recourt, de Bétincourt, Monbrigny, le sieur de Chanteresne… La liste des pseudonymes de Nicole est aussi longue que celle que développa Marie-Henri Beyle, grenoblois. Une des phobies que Nicole éprouvait et qui comptent parmi les plus rares : il ne s'approchait jamais des maisons couvertes de tuiles. Quelque croyant fanatique qu'il fût, il vivait dans la terreur continuelle qu'une tuile glissât du toit et ne le blesse. Une répugnance beaucoup plus ordinaire : il se refusait à traverser les ponts les yeux ouverts. J'ai connu à Jacques Réda, à pied, ou sur deux roues, la même épouvante. L'un et l'autre de ces écrivains pouvaient réciter à cinquante ans passés leur Virgile en entier mais ils mettaient des heures à se résoudre à franchir un petit pont de pierre sur un ruisselet. Nicole avait conçu l'idée de faire un *Traité des péchés mortels inconnus* afin de terrifier les hommes et d'entraver leurs actions d'une gêne plus constante parce qu'elle serait plus incertaine. Peut-être traverser les ponts était-il un péché mortel. Il méprisait pour leur style les écrits laissés par Pascal et était choqué du cas qu'on en faisait. Le style de Nicole est un des plus nets qui soient. Il mourut à soixante-dix ans passés à Paris, dans une maison située près de la place du Puits-L'Hermite, derrière la Pitié, entouré des toiles de Philippe de Champaigne et d'une belle bibliothèque qu'il devait à M. Arnauld. Il avait décrit sa mort dans ces lignes :

« J'imagine une chambre vaste mais obscure ; un homme travaille toute sa vie à la remplir de vipères et de serpents ; il en apporte tous les jours une quantité plus grande. Sitôt que ces serpents sont dans cette chambre, ils s'y assoupissent en s'entassant les uns sur les autres, en sorte qu'ils permettent même à cet homme de se coucher sur eux sans le piquer et sans lui faire aucun mal ; cet état durant assez longtemps, cet homme s'y accoutume et n'appréhende rien de cet amas de serpents ; mais lorsqu'il y pense le moins, les fenêtres de cette chambre venant à s'ouvrir tout d'un coup et à laisser entrer un grand jour, tous ces serpents se réveillent tout d'un coup et se jettent tous sur ce misérable ; ils le déchirent par leurs morsures et il n'y en a aucun qui ne lui fasse sentir son venin.

Quelque terrible que soit cette image ce n'est qu'un faible crayon de ce que font ordinairement les hommes et de ce qui leur arrive au jour de leur mort. »

*

J'avais fait en hâte un petit patron à l'aide d'une enveloppe en papier kraft jaune qui m'était tombée sous la main. Je donnai ce patron à Jean-Pascal Léger qui le remit à Louis Barnier et qui me le rendit. Une autre fois je le donnai à Maurice Olender, qui avait le dessein de créer une collection à la librairie Hachette et qui l'a conservé.

« Vous en avez l'usage ? me demanda-t-il.

— Je n'ai l'usage de rien. À quoi je sers ? Je ne sais pas à quoi je sers. Je n'ai l'usage ni de mes membres, ni de mon cœur, ni de ma tête, ni du visible même. Ni ma langue ni le soleil ne me réchauffent ni n'éclairent. »

*

L'atelier servait d'entrepôt à des caisses pleines de poissons fossiles. Ces poissons aux couleurs rouges et bleues et jaunes dataient d'avant les seins, d'avant les hommes, d'avant les souffles. D'avant la terre émergée, le temps, les prêles, les langues. Avec un marteau, Louis ouvrait ces galets en deux parts chaudes que je tenais sur mes genoux. Ils avaient nagé et aimé dans la Panthalassa et des millions d'années les avaient minéralisés. Louis était né dans un port. Jusqu'à l'âge de dix ans j'ai vécu dans un port. La mer nous obsédait. Chaque année, dans l'été, il partait en bateau, longeait les rives de la Méditerranée, remontait dans les villes, jusqu'à Pise, démâtait sous les ponts. Il abominait les ports. Je n'aime que cela. J'ai tout découvert dans le vent, dans un port bombardé, au milieu des gravats et de fragments de pierre ou de murs, parmi les rats qui couraient et un pleuvotement continu qui fouettait le visage. C'étaient ma Rome et mon forum. Ils avaient pour nom le Havre de Grâce et Sainte-Adresse. Je porte témoignage que les noms sont des menteurs.

Le matin, j'allais jusqu'à un lycée qui était un baraquement en bois avec au centre un poêle qui fumait et jetait une suie obscure : elle était aussi dense que les dessins que faisait Louis. Parmi toutes les toiles, aquarelles, gravures que fit Cordesse, je tiens pour son chef-d'œuvre la première gravure du traité de gravures du tome II : statue en pied monumentale d'une déesse plus obscure que toute forme nocturne sur une page étroite et courte.

Il avait l'œil le plus vaste dans son contour et dans son regard, le plus sombre et le plus anxieux dans son centre. Il crayonnait en hâte. Il y avait plus de traits dans son dessin que de poils dans sa moustache. Louis Cordesse était de ces hommes qui peuvent abandonner l'art pour des idées et c'est ainsi qu'il s'égara. Il appartenait à une famille patricienne perdue dans la politique. Il aimait porter les Borsalino des gangsters. Il ressemblait à Rembrandt van Rijn et ses gravures ressemblent à celles que le Hollandais composait au milieu du XVIIe siècle. Quand il venait dîner chez moi il ne portait son regard que sur une gravure qu'un artisan avait tirée au XVIIIe siècle d'une œuvre provenant de l'atelier de Rembrandt, très obscure, près d'un âtre. Nous allions chez le taille-doucier. Pour le tome I, ce furent des pointes sèches. Pour le tome II, des aquatintes. Je ramassais le long de la table les copeaux de cuivre.

*

L'amitié — à peu près comme la haine — est une aimantation irrésistible qui attire dans ce qu'on ignore. Par elle on a l'impression qu'on va être introduit dans un monde qui échappe à celui où nous piétinons. Ce monde nous emplit de plus d'excitation que de peur. Ces sentiments en se prolongeant se mettent à passionner tout ce que nous vivons. C'est de cette façon qu'on peut dire : il y a de l'orientation dans le monde sublunaire. Au temps de Pierre Nicole on disait : c'est le Monomotapa. Il est des morceaux de fer qui groupent et tassent près d'eux la limaille qu'on a saupoudrée dans leur voisinage. Cet homme était un de ces bouts de fer. Des copeaux de cuivre tombaient sous sa main autour de la planche et attiraient la lumière à mesure qu'ils se dépliaient ou qu'ils s'enroulaient sur eux-mêmes. La gravure était cette limaille blanche qui devenait ensuite sur la page si noire et si désordonnée.

L'amour, l'amitié, les œuvres qu'on compose : tout d'un coup un fragment d'acier aimante mille fragments de tout ce qui nous entoure et qui est épars. C'est l'emboîtement étrange du coït, c'est la cristallisation des cristaux, ou des poissons qui se minéralisent, le ciel, le temps : tout se polarise et fait récit soudain. La passion, ce n'est qu'un immense roman à deux chuchoté, d'une exclusivité farouche, où tout tirage est interdit et dans lequel tous les souvenirs et tous les événements de la journée et du passé confluent. J'aime les collusions des vagues de tempête qui reviennent de façon infatigable sur les roches noires qui les déchirent. C'est une obscurité qui luit.

*

J'aime les collusions des anciens scaldes. On prend au cavalier son cheval, on prend à la mer son bateau, à l'épée le sang, au souvenir ses larmes, à la nuit le noir.

*

Qu'on pardonne ces fragments, ces spasmes que je soude. La vague qui se brise emprunte au soleil une part précipitée de sa clarté. Cette brusquerie est comme un rêve de voleur. La mort aussi enlève vite et ne restitue rien.

*

L'atelier de la rue de Charonne était long comme un réfectoire de couvent. Je l'ai aimé au point de le lui soustraire. Je l'ai introduit dans un roman et j'y ai fait vivre un géant ascète et douloureux portant le nom de Pierre Moerentorf. Je l'ai mis à genoux, non devant un bouleau, mais devant des arbres plus petits dans des pots de terre peinte ou des écuelles couvertes d'un vieil émail. Louis détestait cet atelier. Il s'y coupa le pouce droit avec une scie électrique.

Je ne connus ni Génolhac ni Aniane, ni la Toscane, ni la terre qu'il possédait au Canada et où il y avait des ours.

*

Nous aimions trop le noir. Nous étions hommes à nous faire des banquets de fleurs qui poussent aux orties. Des bâfrées, lui de griffonnages, moi de gribouillis, pour mettre une distance entre la peur et soi. Ni vus ni connus. Il fallait que quelque chose embrouille le regard, comme des visages pris et retournés dans les branches, et que la bête d'angoisse nous oublie quand elle rôde. Le vide raptait cependant. Si nous mourons, c'est que quelque chose comme la mort est en nous.

*

Puis ce fut l'atelier de la rue d'Avron. Il avait connu Françoise en 1973 par le biais d'un ami hautboïste. Il fonda la revue *Raisons*. Je n'y participai pas. Je refusai. Je pris distance en le lui signifiant brutalement. Il en souffrit. Je n'ai jamais rameuté que moi-même, et pour des Port-Royal intérieurs et prompts. Cette brutalité ne se tempère pas. Il y a quelque chose en moi qui est à l'état brut. *Bruta animalia* : bêtes qui sont brutes. *Bruta fulmina* : foudres qui tombent au hasard. Il se trouve une brutalité opiniâtrée dans la façon de m'exprimer que le temps, le dégoût de nombreux êtres et de nombreuses pensées, l'étude incessante, la répugnance à l'endroit du langage quand il est seul, l'assiduité de l'angoisse et la soudaineté de ses assauts, l'espérance de les rendre cousins de ceux du désir, l'impatience que tout enrage, la crainte de mourir et de ne rien avoir valu, accroissent chaque jour. Ils poussent chaque jour dans l'oratoire ou la ruine intérieurs ; ils montent sur son mur nu, ou la pierre descellée. Ce sont ces anciens habits de serge grise qui sentaient, à force d'humidité et de service. À quoi je sers ? Je ne sais pas à quoi je sers. M. de Champaigne les peignait modestement, tristement, et mal.

*

Un jour des fils qui étaient disjoints avaient formé un nœud. Les gravures, les traités, les rhapsodies de fragments, les repas naissent. Un fil s'usa, rompit : Jean-Pascal Léger préféra le visible à l'invisible. Il préféra la peinture et les profits qu'on en retire aux livres et à leur beauté plus imperceptible et d'une ressource plus inégale.

Louis préféra la politique et la raison. Pierre Nicole appelait « raisonnaillerie » les arguments logiques qu'on avançait pour se cacher la vérité, et la pensée lui paraissait être trop passionnelle pour être d'un grand usage. Au fantôme d'une librairie, à la tristesse d'une galerie, je préférai l'atelier, puis ma chambre.

*

À la fin de l'année 1980, les huit tomes étaient rédigés. Trois parurent et deux seulement avec des traités de gravures, Louis et moi pleins de fureur.

*

C'est sans jeter un regard en arrière que je publie, c'est-à-dire avec l'urgence panique qu'éprouvait un vagabond du temps de Mérovée poursuivi par un loup. Derrière le visage d'un homme qui a été un ami, c'est une terrible noirceur que je perçois qui se condense dans le vide comme un trou de noirceur. Une noirceur plus concentrée qu'une nuit. Plus concentrée qu'une de ses gravures. Plus effervescente. La suie même. L'âtre de Cendrillon.

J'aime les taillis depuis l'enfance, les ronciers où se cueillent les mûres en haussant les bras, les buis inextricables. Des formes peu à peu sont vues. Des formes de femmes sombres dans l'écheveau des branches ou des cordes qui les masquent, qui les enserrent, dont elles se dépêtrent, où enfin elles surgissent. Je me souviens du mot d'un Viking, Thorolfr le Hautain ; qu'il fallait toujours regarder avec soin dans les buissons, sur les coteaux, parmi les arbres, sur les talus, parmi les feuilles : peut-être une arme brille.

*

On appelle fureur cet instant où les hommes deviennent des chiens avides de sang, ou des loups qui hurlent de famine. Il y a des hommes qui sont presque tout le temps furieux et je me suis compté peu à peu parmi eux. C'est l'animal totem de la vieille Rome qui faisait un devoir à ses fils de cette métamorphose dans la bête touffue et sombre dont ils avaient tété le pis. Nous nous étions repérés comme des loups.

J'écrivais ces traités dans cette joie furieuse qui se dérobe ce qu'elle cache parce qu'elle préfère bondir et parce qu'elle veut foncer. Ces textes n'étaient assujettis à aucun ordre général. Ils n'avaient à se soumettre à rien, pas même au contraste entre eux. Ils n'avaient même pas à se diriger dans l'aménité vers le regard de ceux qui lisent, ni dans le désir de plaire fût-ce à peu, ni même à chercher à rencontrer un seul goût ni un seul être. Je n'avais même pas à ambitionner de faire des petites œuvres d'art. Tel était le jeu qui disposait ces pages grandes comme des feuilles de bouleau à ne se subordonner à rien. Une passion les a forcés sans savoir où elle mène. Les éditions des trois premiers tomes, publiées par une galerie de peinture, diffusées au néant, furent épuisées par miracle. Nul n'en voulut plus et cinq tomes étaient à la remorque. Quel éditeur s'intéresserait à cette suite baroque attendue par la forêt peut-être, un aveugle et un loup ? Personne.

Je laissais couler une affaire où j'avais mis si peu de volonté et aucun honneur. Il y a parfois une ressemblance dans les mouvements secrets de son cœur et ceux auxquels la pensée s'applique dont on peut avoir honte, dont on peut examiner qu'elle est sale et passionnante, et continuer de s'y laisser porter avec intransigeance et continuer d'avoir honte en s'y laissant porter. Il se trouva qu'Alain Veinstein lisait et qu'une amitié, plus ancienne encore, nous liait. Il retint le souvenir qu'il y avait eu ces tomes. Il est vrai qu'il est arrivé que le besoin et la paresse ont donné cours à des réputations qui sont fausses. Du temps où Pierre Nicole avait peur des tuiles et des petits ponts, dix ans n'auraient pas suffi à convaincre l'éditeur de les composer et ces petits traités n'auraient pas vu le jour du tout. Je ne pense pas que la vanité ait assez de vue sur les siècles passés pour voir jusqu'aux ombres et les distinguer des reflets et des fantômes. Horace dit que si la nuit nous a surpris, notre vue n'est pas seule fautive.

*

Je n'ai jamais eu de direction et de chemin que la passion qui ne s'use pas en moi et qui ne se retire pas de mon ventre, du bas de mon ventre, de mes poumons, de mes mains, de ma tête, et qui, alors qu'à chaque instant j'ai la conviction que je suis sur le point d'en être déserté, revient sans cesse comme un ressac. Passion qui est : sonner en silence. Écrire. Résonner avec une espèce de fracas dans le silence du corps. Retentir au-delà de l'eau noire, retentir dans quelque chose qui est comme la nuit de l'ancien monde. On usera des mots qu'on voudra. C'est ce qui a donné lieu à Jérôme d'appeler le silence d'Asella un « silence parlant ». Un *silentium loquens*. Toute œuvre écrite, vraiment écrite, est un silence qui parle. C'est frapper un tambour de soie pour héler une femme qui se refuse ; et faire que le regret de ce refus tuera. Je cours ; j'accélère le pas vers des feuilles toutes petites et les flancs fantômes des bouleaux. Leur écorce est crevassée et blanche comme une vague de tempête. J'ai vu des Finlandais en employer les feuilles en guise de thé et les plonger dans des casseroles noires. J'accélère le pas pour m'immobiliser davantage. Je touche la page. Je m'hébète dans le silence. Je défère à tout ce que ce besoin ordonne, sans savoir où il entend conduire. Je ne pose jamais de questions au silence. On n'interroge pas avec des mots l'autre du langage. Je deviens plus impétueux à obéir les yeux fermés à ma propre nuit.

IIᵉ TRAITÉ

Dieu

Il était petit, frêle, d'origine portugaise et avait été juif. Colerus rapporte qu'il vivait enveloppé dans une robe de chambre souillée dont un conseiller de la ville d'Amsterdam lui avait fait reproche. Il chaussait des souliers gris à boucles d'argent. Ses bas étaient en sayette. Il portait un habit turc noir, un rabat, un manchon noir.

Dans sa bibliothèque, il possédait cent soixante livres. Il taillait des verres pour les lunettes astronomiques et pour les tubes des microscopes. Sa dépense journalière était de quatre sous et demi. Son repas consistait en une soupe au lait accommodée au beurre et un pot de bière. Il achetait la valeur de dix demi-pintes de vin dans le mois. Dès l'aube il travaillait devant son établi. Sur chaque pièce qu'il détachait, en maniant son diamant, du disque de verre, un fragment de rayon de lumière venait jouer. Van Rooijen ajoute que quand le soleil déclinait, il rassemblait la poudre qui s'était dispersée autour de la pièce qu'il découpait; il la ramassait dans sa paume et allait la jeter à la poubelle. Il allumait une bougie et il méditait. Il fumait la pipe une fois le jour et à cette heure-là, si un ami se présentait, il commençait volontiers une partie au jeu d'échecs. Il aimait les combats d'araignées à l'intérieur d'une boîte.

Notre vie consomme quelque chose d'éternel. La jouissance est un même frisson pour tous et pour toujours. Nos jambes sont si légères et nues. Il estimait que nous avions été associés en naissant au présent et à la béatitude active. Il disait : « Nous sommes compris dans le bonheur, dans l'actualité éternelle. Usez des mots que vous voulez. Tout est d'une même matière effervescente et répond au même ressac. Dieu n'implique ni dessein ni but. L'âme et le corps sont indistincts. Dieu, la vie, l'univers, la nature, la pensée, le désir ne se désengrènent pas. Un rayon de la clarté qui s'épanche de la masse du soleil, un organe qui pend et que le désir gonfle, un eucalyptus, Saturne, les lèvres retroussées sur les incisives jaunes des tigres, un luth, le pot de bière qui fermente, Descartes, la Spuy, le souvenir de Clara-Maria Van Enden sont une seule et même chose. Nous sommes des fragments du règne du vivant. L'usure du monde, la perversion du langage, le dérèglement des tyrannies aidant, la difficulté qu'éprouve la pensée à faire régner ce règne est plus grande. Aussi la pensée est-elle aussi difficile que rare. »

*

Le mot qu'on a accoutumé de traduire par difficile est *praeclarus*; ce qui veut dire très clair, étincelant. *Rarus* signifie clairsemé sur la terre. La pensée est une chose aussi claire qu'elle est clairsemée sur la terre. Puis le mot *rarus* voulut dire : distant dans l'espace, peu fréquent au cours du temps. La pensée n'est pas aussi difficile qu'elle est rare : elle est aussi lumineuse qu'elle est distante au cours des siècles. La pensée n'est pas précieuse à force de rareté; il dit qu'elle est tout simplement très rare. Benedictus Spinoza appelait les Hollandais *ultimi barba-*

rorum ; les derniers des barbares. Il disait : « Être en vie et être vivant sont des choses qui se distinguent. » Un jour, près de la Spuy, il dit à Colerus : « Nous sommes compris dans le bonheur. Ce bonheur est limité mais nous n'avons pas à l'infiltrer de ce qui le limite. » Il écrivit : « Seule une farouche superstition interdit de prendre des plaisirs. En quoi en effet convient-il mieux d'apaiser la faim et la soif que de chasser la mélancolie ? Telle est ma règle. Aucune divinité ne prend plaisir à mon impuissance et à ma peine. Au contraire, plus grande est la joie dont nous sommes affectés, plus grande est la perfection à laquelle nous passons. Il est donc d'un homme sage, dis-je, de faire servir à sa réfection des mets agréables, des boissons enivrantes, comme aussi les parfums pour le nez, l'agrément des plantes et des fleurs pour le regard, les parures qui ajoutent de la lumière sur les étoffes qui nous protègent, la musique pour l'oreille, les jeux et les caresses pour que le corps et les différents membres s'exercent, les spectacles et d'autres choses de même sorte dont chacun peut user sans dommage pour autrui. » Il aimait lire, autant parce que cette activité faisait palpiter ou frémir l'esprit que parce qu'elle remettait le corps dans une disposition plus recroquevillée et plus ancienne qui le réparait.

*

Un jour il s'installa de nouveau à La Haye. Il avait la jouissance d'un petit jardin clos de murs et herbu derrière la maison. En 1667, Rembrandt, Vermeer peignaient. Il avait lui-même appris à peindre et avait arrêté. Il rédigea un livre posthume, *Ethica*. C'est le plus beau et le plus heureux tableau invisible que le monde se soit donné de lui-même. Durant des années, il lui arrivait de le relire, le soir. Il l'avait enfermé dans un petit secrétaire. Il souffrait d'une insomnie chronique qu'il avait transformée en bonheur en lisant. Il aimait tellement la joie. Il éteignait la mèche à trois heures du matin, prenant du repos en attendant l'aube. En signalant ce point Korthlt cite le mot de Sénèque : «Vatia est enseveli ici.»

IIIᵉ TRAITÉ

Le misologue

Quiconque s'appliquerait à considérer l'écrire quand il écrit, aussitôt sa main ne se dédoublerait pas, et l'écrire qu'il écrit qu'il écrit etc., à quelque puissance qu'il le mette, n'est qu'un écrire tout court : le mouvement même de « réflexion » engagé de ce fait, plus que le cercle vicieux qu'il décrirait alors, me paraît reconduire une illusion trop innocente. Je connais alors que la passion à laquelle je m'adonne m'aveugle, tant sur les raisons qui prétendraient l'argumenter, que sur les moyens qu'elle met en œuvre. Et autant sur la matière sur laquelle elle s'exerce, de peu d'autonomie, qu'elle méconnaît à tout instant, que sur les vœux, les origines, les sens, les niaiseries qu'elle formerait en vain. L'œil, si je le suppose attentif à ce qu'il écrit, ou qu'il lit, ne perçoit pas plus le travail de sa vision, qu'il ne saurait se percevoir lui-même.

*

Puis manquerait le sujet de l'expérience. Quand l'angoisse qui monte dans le corps, et étreint gorge, nuque et poitrine, est trop vive (trop vive pour trouver le moyen de rester en place ; ou prohibant le sommeil ; mais non pas vive au point de jeter dehors, pour courir, avec l'espoir de fatiguer, à force d'enjambées, la peur) je n'écris pas pour « maîtriser » la peur (pour affronter une épreuve qui me qualifierait, pour répondre au défi d'une expérience). Je ne suis pas sujet d'une expérience. À la fois par manque d'expérience et par défaut de moi. Je suis sans Personne au fond de moi. Nulle souveraineté alors. Ni capital dans le crâne. Aucun assujettissement et peu de biographie.

Moi ? L'angle que font sur-le-champ cette peur et la langue.

*

De plus il est vraisemblable que la forme de l'œuvre consiste tout d'abord — quelque hasardeuses que soient toujours de telles conjectures, et trop prémédités semblables découpages — en cela dont elle se détourne, dont elle s'acharne à se défaire, qu'impérieusement il lui faut tourner, immoler pour que son cours progresse. Ce qui la propulse en « effet » n'est pas ce en quoi elle se donne — et qui l'*achève* et s'en détourne (à son tour s'en détourne ; résultat sans proportion qui soit à proprement parler médiate du sacrifice qui lui a donné lieu). Compulsion inintelligible de ce qu'elle rend *possible* en le rendant *incompréhensible* à qui s'échange au mouvement qui la porte.

Possible et incompréhensible à qui l'écrit. Compréhensible, et impossible, à qui la lit.

*

De là pas de « travail » en ce sens que le travail suppose le producteur, et le producteur le sujet. Capital et conscience.

Mais à l'intérieur de moi un rets difficilement extricable, obscur entre les liens que les nœuds enchevêtrent, et une petite hache de cérémonie. Et hors de moi nulle création.

Pas une ligne dont l'origine soit en elle-même ; ni dans la main qui la trace. Ni dans la tête (qui, aussi bien, la plupart du temps, s'en souvient, ou s'en est souvenue). Ni sur les lèvres qui la miment sans qu'elles se desserrent dans ce cas.

À peine frémissent-elles.

Plus compliqués, plus impliqués, ces rets brusques où « tout » s'enchevêtre.

Pas même assez « moi » pour que je m'y *empêtre*.

*

Associer le mot de travail et celui de luxe. Le *soin*.

On peut nommer écrivain celui qui s'occupe de la langue dont il use avec un soin particulier.

Non le « soin du langage », au sens de ce qu'on soigne, et qu'on entoure de soins. Comme pour panser une plaie. Remédier un défaut. Ménager une souffrance. Entretenir une blessure. Parer le mort.

Pas de sollicitude, de précaution. Autre

cercle, mais cercle carré, qu'une *langue léchée.*

Mais le soin comme « souci ». L'extrême soin (dénué d'attention. Passionné de la fragilité, de la destruction. Où la langue est le plus en péril).

*

Une langue est un sacrifice dont chacun fait l'objet en naissant. Victime qui grandit avec.

Je ne lis que le français, c'est-à-dire, aussi, le latin et le grec.

Le latin et le grec, ils sont dans le ne… que… Le hasard ne répond de *rien*.

Comme le hasard a fait que je naisse dans cette langue plus empesée que d'autres de l'histoire qui la porte (narratio), seuls les récits de la langue (lectio, recitatio : cette histoire de ces formes, le fingere de toutes ces fictions) auxquels s'échange sans reste ce *roman de moi* (cette tentative de m'approcher d'elle) contraignent à ces morts. Tradition, traduction où cette langue sans cesse est reconduite, traduite en elle-même et, à proportion d'en user plus librement, démesurément asservit.

Gratter par où il lui démange.

Le sentiment de la langue dont je disposais en blésant fut d'abord celui d'une haine sans mesure. Langue qui me fut donnée sous le mode du sarcasme, de l'asservissement, et de l'humiliation.

Un négatif.

Connaître l'arme pour mieux la retourner. Sonder, tâter le « terrain ». S'assurer sans étai. (Le « sans point d'appui ».) Érudition de l'état de délabrement des ruines. Démanteler avec ce « soin » le sol insupportable. Désoler, désoler. Soustraire le « poison de la promesse », la noire « idée de la présence ». (Rejoindre sans superstition ce qui emporte dans la peur, et est sans peur.) Des rêves. (Dépouiller le pire des prestiges du sens, de l'empire et du ciel.)

Sacrifier le sacrifice.

*

Longue syntaxe imprononçable puis brefs, brusques accès nominaux contrastants.

Désarticuler le sur-articulé.

*

Qui n'écrirait jamais : un vrai livre mort.

Écrire défait des livres comme lire les sacrifie.

Tradition que les membres attestent, que le cœur sait par cœur, les plus vieux transferts d'empire épousés par les peuples, incarnés par les tyrans ; sacrifice visible de ce muet impossible qui l'a écrit jusqu'aux muscles de la glotte, jusqu'à l'usage de la main droite, jusqu'au haut du corps contraint et pétrifié.

Domestiqué. Subjugué. Sacrifié de part en part à la langue dans l'articulation et le son de laquelle il a baigné puis vu le jour : laquelle, pour qu'elle s'articule en lui, de fond en comble et des pieds à la tête l'articule et le désarticule en elle. Le corps n'est pas sauvage, nu, franc, premier, primitif : c'est une fiction matérielle qu'a bâtie une langue sur le patron de son fantôme ; sa victime légendaire ; ou encore une construction plus ou moins organique à l'image de la façon dont la langue l'a plié au monde dont elle est l'*occasion*.

Écrire, lire, redoublent le sacrifice alors. Tâchant à une mue contraire à la métamorphose première du corps dans la lettre. Non qu'elle en affranchisse. Mais jouent, déjouent, vouent à l'intransposable. Et s'ils ne procurent pas un peu plus de liberté, les livres varient et multiplient les nœuds où le corps est contraint, dérèglent, usent (les règles, le règlement, la dictatio de la langue sur nous).

*

Quelle lèpre sur nos faces !

*

Socrate mourant, après qu'il a joué avec les cheveux de Phédon le Péloponnésien, qui est assis sur un petit tabouret à la droite du lit, il dit : « Protégeons-nous d'une souffrance dont nous pourrions souffrir. Prenons garde de devenir des misologues, comme d'autres deviennent des misanthropes. Car, ajoute-t-il, il ne peut arriver à personne pire malheur que de prendre en haine les logoi. »
Ὡς οὐκ ἔστιν, ἔφη, ὅτι ἄν τις μεῖζον τούτου κακὸν πάθοι ἢ λόγους μισήσας.

Et il reprend aussitôt. Se reprend à espérer de la mort, à sermonner sur l'âme etc.

*

Brice Parain affirmait qu'il ne pouvait arriver pire malheur à un homme, qu'il ressentît une méfiance si vive à l'égard de ses propres paroles qu'il refusât avec opiniâtreté de les coucher par écrit.

Peut-être la sagesse est-elle malheureuse. Il prétendait que la haine de Socrate touchant aux choses écrites lui paraissait plus absolue que celle qu'affectaient les sophistes qui portaient aux nues cette aversion dans leurs discours. Il argumentait de cette manière : car s'ils détruisaient toute foi ajoutée au langage en enseignant que simultanément tout est vrai, tout est faux, et que la langue ne communique rien que sa matière même, qui n'est qu'elle c'est-à-dire, à la mesure de cette restriction, un peu de vent dans l'air, à peu près rien, ils lui eussent reconnu ce faisant une sorte de valeur puisque cette réserve faite, et cet autisme mis en évidence, ils eussent continué de l'enseigner et se seraient attachés à l'écrire.

Un tel argument peut être renversé. Et si on songe aux écrits de Gorgias, il doit l'être.

Car, en écrivant, ils détruisirent d'autant plus la médiation dont ils se servaient, et étaient plus à même de ruiner l'édifice, miner les fondements, desceller voûtes, amonceler grêle et foudre et le vent de Borée, que s'ils avaient nourri une illusion aussi considérable de vive voix, d'une manière improvisée, et comme pour quelques oreilles, dans le « tournemain » d'un instant.

Écrire d'une part attestait une détestation plus acharnée, plus insistante, et plus profonde ; de l'autre permettait de mettre en œuvre une action plus délétère, un sacrifice plus saisissant et associant à sa suite une communauté plus nombreuse. Gorgias, Jean de La Fontaine...

Porter une eau, qui est empoisonnée, à un moulin, qui est détraqué.

Capables d'asseoir la déconsidération du langage sur ses procédés les plus extrêmes (aptes à ce jeu *perdant* des mille fonctions très incroyables et néanmoins dont la persuasion est impérieuse et terrifiante, dont chaque société prétend que la langue les sécrète) en ourdissant des ruses et en laçant ou en tendant des pièges plus incontournables et d'une séduction infaillible — d'une joie infaillible.

Seul l'écrit en regard de la voix (comme il suscite ce désir d'une médiation pour elle-même ; de là dénuée de sens, ne pouvant s'assouvir) peut parvenir à une autodestruction aussi matérielle et aussi effective : mettant à mal les prestiges fallacieux et si exaltants accordés au langage ; alourdissant la mue des animaux tragiques que supposent les effets de sens ; étendant cette détérioration à l'ensemble des groupes syntaxiques, jusqu'au moindre des signes mis à contribution, jusqu'à la matière même dont l'énoncé n'est qu'un effet parmi d'autres ; accroissant cette rage jusqu'à la pourvoir d'une puissance d'autant plus irrésistible qu'elle retourne contre elle-même avec l'étroitesse, l'étreinte la plus expresse, la plus étranglée, les armes qu'elle emploie ; et que tout entière elle se dévoue à la consommation du sacrifice dont elle est à la fois le spectateur et le spectacle, le sacrificateur, l'autel, la hache, et la victime.

*

La perte. C'est l'exposé.
Telle une infection virulente.
L'idée même de mourir.

Écrire. « Étroitement parler » en se « taisant ».

L'offrande.

*

Il ne peut arriver *meilleur malheur* que de prendre en haine les logoi.

*

Le plaisir d'accorder. Mettre au point des phrases complexes pour les règles d'accord. Susciter les féminins dans cet espoir.

C'est le jeu entre les éléments qui est dramatique et vaut pour le désir : les substantifs ne jouent pas. Ils sont bons dans la phrase à jouer les rôles sacrifiés, et à être détruits.

*

Le langage jette des sorts sur celui qui l'utilise à l'instar d'une femme que le malheur soudain pousse à maudire. Au refus des injonctions que la langue qu'il emploie aussitôt prodigue s'enchevêtre (c'est sa syntaxe même) la peur — l'appréhension empoisonnée qui semble donner existence à ce qu'elle combat avec le plus d'ardeur ; qui l'impose même à proportion de l'adresse qu'elle met à s'en défendre, dans la peur aussitôt retournée, redoublée — des effets de retour.

*

Sans lien avec le souffle la virgule et le point sont sans doute comme le symptôme écrit de la grammaire et de la soustraction de l'oral. La ponctuation : non les vestiges de l'énonciation ; signature de syntaxe. Monogramme, croix, parafe du silence. (D'un silence dénué de sens. Non valorisé. Ce qui ne parle plus.)

Une phrase ayant vraiment vécu sa vie jusqu'à la mort, elle fait signe du circuit du sacrifice qu'elle a consenti dans la ponctuation dans laquelle, enfin, dans le silence, comme écartelée dans la mort, elle s'immobilise.

(Trace du mouvement qui s'y imprime — c'est-à-dire marque du passé —, et rythme d'émotion des rêves pleins de pathos qu'elle a formés.)

*

Pas de but. Pas de stratégie. De conscience. Épouser au plus près les mouvements qui le traversent, qui ne le constituent « rien » sinon l'intensité de cette union (et le rythme qu'imprime sur lui un mouvement auquel il est toujours très loin de s'échanger). Le rythme naît de l'angle formé par les mouvements tout à coup entrecroisés, qui ne le définissent que *cet* angle : pas même « l'espace » que définit cet angle, et pas même aussi longtemps que cet angle ne dure.

Récit.

*

Récit de ce qu'il ne fut pas et de ce qu'il ne sera plus.

*

Le souvenir des livres aimés. Le livre qu'on aimerait moins avoir écrit, qu'avoir lu.

Mais ni « être lu » ; ni « avoir lu » ; *lire* (et sa temporalité, d'une espèce quasi sempiternelle ; très rythmée, et pourtant sans durée).

Le désir d'écrire un livre : le désir de lire un livre.

*

Le vocabulaire de tous les jours et les sédiments d'expérience que je traîne, les souvenirs incessants de lecture pour qui en fait profession (ne lisant que les « modernes », et leur langue : d'où les « anciens » se soulevant en moi, et leur langue, quand j'écris, dans une lutte spontanément fiévreuse engagée contre les manuscrits sans trêve et sans nombre que je ne cesse — tout le jour — de défendre et de lire) aboutissent en effet à un sacrifice à l'évidence chronique, mais aussi un peu immémorial, dont le supposé moi est le bouc émissaire.

Impersonnel à force d'être cuit. Et le bout de fumée réservé aux dieux.

*

La haine de ce qui est original.

L'origine est absente. Et si elle était présente, le plus originaire serait le moins personnel. Et tout ce qui cherche à être personnel est commun.

*

(Le lot commun : l'ineffable, l'inconfondible, l'inouï, l'individualité, les expériences sans modèle et inattribuables, particularités, singularités.

Il arrive peut-être qu'en écrivant la tête soit en proie à un vertige tel qu'il lui semble qu'elle se sait en train tout à coup d'accueillir ce qui ne s'accueille pas, ce qu'elle ignore le plus absolument.

Cette défaillance nerveuse est insupportable, vive et chétive, prompte, fréquente, douloureuse, anonyme. Son interprétation est présomptueuse. Son attribution est insensée, et elle peut être risible. — L'indivisibilité de l'individu n'est qu'espèce.)

*

Ni notre langue n'exprime la réalité de ce qui est, ni elle ne trahit d'invraisemblables et prestigieuses propriétés dont se verrait porteur celui qui l'utilise, ni elle ne se réduit à un pur artifice dénué tout à fait d'efficace.

C'est un bout de réel dans le réel, plus qu'un double.

(Si nous prétendions connaître l'origine du langage il faudrait ne pas être né. Et si nous prétendions fonder sur l'expérience la connaissance que nous pourrions avoir de lui, il faudrait ne pas mourir. Aucune voix ne peut prétendre sans contradiction être contemporaine de l'origine de la langue dont elle use. Et sans contradiction aucune pensée ne peut se voir naître « dans » l'apprentissage de ce qui la précède et « dans » l'expérience de ce qui la borne. Parler, quant au parler que la parole emploie, suppose un « acte de foi sans foi », et tourne pourtant sur-le-champ à une roue mécanique et avide.)

Une sorte, assez vile et rebutante, d'impiété pieuse.

*

La stupeur incessante. Nul ne peut faire le départ entre l'autonomie de la médiation qu'il utilise et la dépendance où elle le plonge. Cercle vicieux dont la très vive rotation à chaque instant confond : l'empire, la captivité ou le très minutieux servage grammatical et lexical que chaque langue à tout moment exerce sur celui qui la parle sont d'autant plus contraignants qu'il tâche à s'en affranchir davantage. Une langue asservit celui qui l'utilise à proportion qu'il parvient à se dégager des règles inexorables auxquelles elle l'a assujetti, — à proportion qu'il en dispose plus «librement».

La plus extrême maîtrise serait la plus extrême servitude.

*

Il ne s'individue pas. Il déjoue l'assujettissement. Celui qui écrit s'étête, se sépare, dessaisi au mouvement plus nu et anonyme qui le fait. Dans sa langue : terré. Il se «terre» absolument, moins dans un défaut de monde que dans la haine de l'unité à laquelle chaque monde prétend, moins dans le défaut du monde que dans le souvenir de la variété des fictions auxquelles le monde s'échange dans le temps.

Déterrant monde, l'émondant, plutôt que recouvrant sous ses pieds l'assurance d'une terre : l'atterrant. Exhérédant sa langue, mais non le faix sur «lui» que pèserait la narration de son histoire : moins dans le vœu de se l'approprier qu'au travers d'elle se déshériter à jamais. Dans une nudité plus nue à mesure qu'érudite des oripeaux, des plaies, des sangs qui la marquent dans « l'irréversible » des temps, dans « l'intransitif » des langues : des signes si beaux et si divers qu'ils sont inséparables de l'illusion de nudité. Plus même seul : rien, *rem*, entre l'ombre des morts que les livres multiplient et le fantôme d'un lecteur improbable que l'emploi de sa langue hallucine.

*

Un tel retrait coupe toute retraite.

*

En mars 1555, dans sa lettre-préface à son fils César, Jean de Notredame n'écrit pas qu'il « écrit ». Plus mystérieusement, il affirme qu'il « rabote obscurément » sa langue.

*

La maîtrise n'est qu'une adresse de la maladresse.

(Le défaut de mon pouvoir sur elle, plus l'étrangeté absolue de son pouvoir, font un temps une manière d'assurance. Sans doute est-ce par ce qu'elle « m'aveugle » que je « perçois » ce que je perçois. Mais non « aveugler un aveugle ». Le redoublement — la réflexivité — est ici sans détermination.

Pour user d'une autre figure, l'ombre que fait la langue sur les corps, ils ne peuvent la dire, la bouche étant trop obscure, que cette ombre s'y porte.)

*

Je suis à peu de chose près convaincu que la langue ne désire pas, au travers de qui écrit, s'écrire. (Même si elle ne cesse de le traduire en elle. De même la perception du fonctionnement du sacrifice ne supprime pas la victime qui en résulte.)

*

Prépositions, articles, explétifs, tours développés, mots fonctionnels dénués de sens autonome permettent d'accroître le relief sur quelques noms ou verbes dont toute la pathétique naît de leur rareté. Rudesse. Pauvreté.

*

Pas de phrase qui ne se décompose d'abord en moi dans le goût qui me conduit à en analyser la figure (le rythme de destruction). D'où l'attention passionnée pour la ponctuation, la trace sacrificielle, annulatrice. La place des plaies. Si la phrase sur laquelle s'arrêtent mes yeux peut être transformée, ou si sa forme n'a pas épousé une construction intransposable : déception, ennui, quel que soit le sens. Quand je lis ma tête récrit tout, sacrifie tout, *tue mieux*, change. Les grands textes pour moi : où je ne déplace rien. Les mains, les pieds, la lance sous le téton du sein.

(C'est-à-dire : les textes sans *metaphora*. Traduits en eux-mêmes. Où le transport qu'ils suscitent résulte de ce transport en eux-mêmes.

Ce transport est le transport, la *metaphora*, la métamorphose d'un mort dans son corps. On voit dans les ports de Grèce des petits chariots bleus sur lesquels est écrit en lettres blanches : *metaphora*. Ce sont des brouettes.)

*

Nous la limaille.
(La langue est l'aimant. Nous la limaille.)

*

Le nom Lao-tseu est composé des caractères «vieux» et «enfant». Le lettré est l'enfant du vieux.
Mais la langue est l'aïeule.
(Il tenta en écrivant des livres de recouvrer un plaisir immédiat de langue (une lallation muette), de «retourner» l'écho d'une voix entendue dans l'enfance (dont il rêvait qu'il l'avait entendue chanter près de son corps, le long de son corps, dans sa chambre d'enfant). Il tâche à reproduire les conditions de sa venue, à épouser le rythme le plus propre à l'émouvoir, nourrissant l'illusion vaine alors d'une langue sans empire, qui ne consacrât pas telle maison familiale, tel ordre social, toute narcissique et seule, et non asservissante, amoureuse, insensée, qui parlât de désir, et à la simple prononciation de laquelle le corps se crût

capable de songer seulement à l'idée d'en jouir.)

*

Rêve de rêve. Alors il s'essayait à elle. Il ne l'avait pas encore acquise. Il ne lui était pas encore «acquis».

*

Il est *avancé* en âge. Son soin est la *nuit* des *temps*. Le lettré et sa langue, c'est le *vieux* de la *vieille*.

*

Il dit : «Je n'ai rien voulu dire. Écrire s'avance quand se retrait l'envie de dire. Faim de dire sans dire, faim que rien ne nourrit. Ce qui fait dire alors, et perpétue le dire, cela est implicite au mouvement qui le porte. De là ne saurait être dit sans impliquer immédiatement contradiction. Or cela qui est implicite est silencieux. Et cela qui est silencieux est dénué de sens.»

Ainsi le mouvement qui le fait dire est-il

d'autant plus contraignant qu'il est implicite, et d'autant plus significatif qu'il est dénué de signification et perd pied davantage dans ce que rien ne nomme.

Ce mouvement puise hâte ou allure (jamais sens) à proportion de la vieille terreur, panique parce qu'elle naît de l'irréversible, où plongent ce sacrifice qui ne cesse pas et cette obscurité à laquelle il ajoute.

*

Sépulcre béant que son gosier!

*

Toutes «pensées originales» contestent à toutes autres «pensées originales» le droit de se situer à «l'origine». Une pensée souffrant passionnément du temps de sa langue et de son histoire ne peut que souligner cette citériorité, et s'exalter à l'idée de la secondarité de sa position. Toute pensée moins «personnelle» se conteste aussitôt le droit d'être à l'origine d'elle-même; surabondante au sein de la tradition qui la porte, à condition de son agressivité, de son caractère destructeur, elle fait s'excéder la tradition par elle-même, et ne revendiquant pour elle-même aucune causalité, ni originalité, elle tire plus de joie et de liberté de la multiplication des chaînes, qu'elle ne méconnaît pas, rutilantes, ou brisées, des sangs, circulant, ou répandus, et tire plus d'indépendance de dépendances consenties, variées à haute allure, et relativement désastreuses.

Tout texte est autre. Le poids que tous les livres font, les traditions, les souvenirs, les chants, les résumés d'histoire, les fables, les coutumes, les légendes. Une « abstraction » dans la mesure où l'originalité de ce texte, en regard des autres textes, sa différence, sera plus incertaine, et plus indécelable. Sacrifice du pseudo soi des textes. Mais pathos de ce sacrifice narratif c'est-à-dire catastrophe de l'épilogue. Mouvement. Alacrité, intensité de mouvement. C'est la jubilation.

*

On lit parfois, ou l'entend : « Pas d'art moins coûteux, plus accessible, ni plus démocratique. Nulle condition ne l'assujettit : jour et nuit, été comme hiver, etc. Écrire : un bout de papier et un crayon. »

Logopoiïkè : « art de composer des discours et d'imaginer des fictions. »

*

Logopoiïkè : les dictionnaires Bailly, Gaffiot, Littré, Larousse ; des yeux très perçants ; les grammaires (et Grevisse, le précis de Thomas) ; le Département des Imprimés de la Bibliothèque nationale ; main tenant une plume ; dictionnaires d'ancien français, recueils de locutions ; fauteuil ; grammaires médiévales, grecques, latines ; la solitude ; dictionnaires étymologiques ; un corps ; collections de proverbes ; la mort ; la triple métamorphose (manuscrit, copie, épreuve) et les trois arts qu'elle suppose : écriture, dactylographie, typographie ; l'idée de livre ; l'ennui, la peur ; désir de parler-en-se-taisant ; un flacon d'encre ; un songe-creux ; une plume ; le silence...

(Et aussitôt j'omets mille objets, j'égare cent prémisses — et jusqu'à ces vieux rituels sacrificiels dont je parlais, jusqu'à l'ampoule, fil, olive, et prise, jusqu'à l'irrésistible envie de détruire du sens, et couteau, ciseaux, colle et jusqu'au papier même.

En bref il faut sans doute convenir qu'écrire suppose un instrument plus pesant que l'orgue le plus lourd, plus nombreux que le plus prestigieux des orchestres nationaux, et d'un usage plus complexe, plus malaisé, et plus impénétrable que ne requièrent l'intelligibilité et le fonctionnement de ces machines si énigmatiques et si improbables que dégagent les fouilles dans le sous-sol d'une terre ancienne.)

Nul n'inventorie la logopoiïkè cependant ; car cet instrument est dénué de fin, dépourvu d'autonomie, d'une existence en grande partie métaphorique.

*

Comme tout un chacun je m'efforce de construire de belles phrases et je cherche à adopter une attitude que je suis incapable de soutenir : tant il est vrai qu'on ne se monnaye qu'au change que l'on donne et que rien n'est à l'intérieur de nous, si apparente, simulacrale, si sociale est toute notre nature.

Si extérieurs aussi les dieux, les passions,

déesses d'épouvante ou de ravage, qui se saisissent soudain de nous.

Pas de soi et ne cessant de défaillir, de temps à autre des mouvements divers nous dressent un peu dans l'air, peut-être sonnent, sans cesse s'adresse en nous un principe autre. Et je est hors d'état.

*

Quel est le rituel de lire ?
De la violence de quel désir lire purge ?

*

Toutes les analyses qui tendent à préciser le surprenant agissement d'écrire (quelles sont nos têtes, qu'elles aboutissent à des livres qui épousent ces formes ?), quand elles seraient lumineuses et toujours aussi passionnantes qu'il arrive parfois, ajoutent finalement à l'inintelligible.

À l'insensé.

D'une part, le mystère n'est pas levé par la démystification du mystère. De l'autre, non seulement la démystification ne fait que souligner l'antériorité du mystère qu'elle présuppose, mais encore elle l'agrandit dans ce sens que, quand elle en ruinerait à bon droit les prestiges, elle obscurcirait à mesure ce qui anime sa scription propre (quelle est la nature du désir ou de la répulsion qui poussent à démystifier le mystère qu'il y a eu ou non à écrire des livres qui épousaient ces formes?). À vrai dire la «démystification» n'est pas un autre livre que le livre.

*

Où l'on est impliqué on ne s'initie pas.

*

Essais. Experior. Exercices matériels.
Tels sur les bords du Rhin, jadis, les exercices d'annihilation et de désappropriation.

*

Mues. Peaux. Lectitats. Et la recitatio.
La dialectique tragique de Gorgias. La destruction. La pensée la plus paradoxale.
Texte, tragédie dans la double articulation : Phonocauste, Significe. Se sacrifiant

membre à membre. Naissant de ce « sacrifice périssant ».

*

Faire l'éloge de ce qui ne peut être loué. Défendre l'indéfendable. Traiter du néant.

*

Tâchant à l'intransposable de la médiation qu'il épouse.

*

Un livre est assez peu de chose, et d'une réalité sans nul doute risible au regard d'un corps. Il ne se transporte au réel que sous des dimensions qui ne peuvent impressionner que les mouches, exalter quelques blattes peut-être, étonner les cirons. Parfois l'œil d'un escargot enfant.

Il introduit dans le réel une surface dont les côtés excèdent rarement douze à vingt et un centimètres, et l'épaisseur d'un doigt.

IVᵉ TRAITÉ

Sur une boulette de plomb

Un patronyme nous attend. Tant qu'il fut en possession de sa voix, on l'appela le Taciturne.

*

Le premier mot qu'avaient lu leurs corps était leurs noms; et ils découvrirent que ce nom que leurs corps avaient lu les avait écrits.

*

Le dimanche 18 mars 1582, la nuit tombée, le prince d'Orange se leva de table et passa dans l'antichambre pour examiner deux tapisseries qui venaient d'être suspendues. Beaucoup de monde et des flambeaux les entouraient. Il s'approcha, suivi du comte

Maurice, de Justin, de Sainte-Aldegonde. La garde du prince fermait la marche, les hallebardes au poing. Un jeune homme de vingt ans en habit français se fraya un chemin à travers la foule, arriva en face du Taciturne, sortit de la poche de son habit un pistolet, visa à la tête, tira.

La détonation fut assourdissante. Il y eut une forte odeur de poils roussis. Le Taciturne vit avec effroi sa fraise en flammes, qui mettait le feu à sa barbe. Il chercha à l'arracher avec ses deux mains. Il dit plus tard qu'il avait cru tout d'abord que le toit avait cédé. La consistance épaisse du sang emplissait sa bouche.

*

Le jeune homme en habit français était en train de regarder avec terreur sa main elle-même ruisselante de sang. Le pistolet, comme il l'avait bourré à l'excès, avait éclaté en déchiquetant trois de ses doigts. Épées et hallebardes brillèrent et le jeune homme s'écroula en hurlant. Il fut percé encore de grands coups de fer sur le sol.

*

Le prince Guillaume, les genoux ployés, bégayait des mots que l'afflux du sang qui jaillissait entre ses deux lèvres rendait incompréhensibles tandis que deux serviteurs l'aidaient à sortir de l'antichambre en le soutenant par les bras.

*

Sainte-Aldegonde procéda à l'enquête. Le jeune homme en habit français s'appelait Jean Jauréguy. Les poches de Jean Jauréguy contenaient ceci :
deux petits morceaux de peau de castor ;
un cierge vert ;
une lettre en espagnol.
Sainte-Aldegonde dit qu'il était temps qu'on prévînt François d'Anjou : ce dernier était entouré de ses mignons et ils étaient en train de jouer. L'un d'entre eux, nu, se poudrait la verge. Anjou parut sincèrement surpris quand on lui dit la nouvelle et heurta trois fois son front contre la muraille en se plaignant que son anniversaire était gâché.

*

Amens cucurri. Je courus comme un fou.

*

Charlotte, les princesses, Catherine de Schwarzenbourg couraient. *Amens cucurri.* «Je courus comme un fou.» Elles se précipitèrent au chevet du Taciturne dont le corps était entouré par les principaux chirurgiens d'Anvers. On pouvait appeler le hasard providence, et la providence miracle. La balle avait passé de droite à gauche, avait remonté à travers les joues et le palais et n'avait brisé aucun os. Le coup était parti si près que la première joue qui avait été blessée était criblée de poudre.

Joue constellée de petits fragments du papier employé pour bourrer la charge.

La flamme qui était résultée de l'explosion, en enflammant tous les poils sur ce côté de la face, avait cautérisé la blessure. La contusion de la chair et l'affluence du sang rendirent incertain l'examen de la bouche. Les chirurgiens redoutèrent, en sondant la blessure, de provoquer la rupture de l'artère. Ils firent interdiction au Taciturne de parler.

*

Les enfants qui flottent dans l'eau obscure de leur mère, quand ils ouvrent la bouche, mangent. Ils sont sans l'air, qu'ils ignorent, et incapables de la voix, qu'ils entendent.

*

Les cloches sonnaient. Des groupes anxieux se formaient dans les rues. Les congrégations des deux langues prièrent dans tous les Pays-Bas. Tous attendirent des nouvelles provenant de cette chambre claire et vaste où le prince d'Orange, la tête bandée, faisait des gestes avec ses doigts.

La semaine qui suivit, les chirurgiens lui firent aussi interdiction du plaisir, parce qu'il était accoutumé à y râler.

*

Jean Jauréguy avait tiré le 18 mars. Le 31 mars, la blessure, qui paraissait cicatrisée, se rouvrit. L'hémorragie commença à huit heures du soir. Dura jusqu'à minuit. Jusqu'à ce qu'un des chirurgiens trouvât d'où elle provenait et bouchât l'orifice en y appliquant une petite boulette de plomb maintenue par la pression d'un doigt à l'intérieur de la bouche.

À minuit le Taciturne avait perdu quatre litres de sang. À cinq heures du matin, le doigt de la personne qui avait pris la faction glissa. La seconde hémorragie dura trois heures. On parvint à arrêter de nouveau l'épanchement à l'aide d'une nouvelle boulette de plomb, l'autre s'étant égarée sur le parquet de la chambre. Ils prirent chacun leur tour pour appliquer un doigt sur la boulette, sans interruption. Guillaume avait noté d'une main à peine capable de porter et de serrer la plume quatre lignes pour le duc d'Anjou, afin de lui recommander le peuple, et quatre lignes aux États, pour qu'ils missent leur confiance dans le duc. Sainte-Aldegonde avait secouru de sa main la main du Taciturne pour rédiger ces lignes. Sainte-Aldegonde, Charlotte, Catherine, Marie, Maurice et Anna se tenaient debout en demi-cercle autour du grand lit à baldaquin. Il ne put que leur dire de façon indistincte en bougeant un peu les lèvres rouges :

« Es ist mit mir getan. »

Ce qui veut dire : « C'en est fait de moi. »

*

Dans son extrême faiblesse le Taciturne quitta le français. On dit que la langue entendue dans le sexe des femmes revient au moment de mourir. Peut-être Marie, plus simplement, dans la lettre qu'elle adressait à son oncle, traduisit-elle en allemand ces cinq mots pour que Jean de Nassau les comprît. À proprement parler, ce n'était plus Guillaume le Taciturne qu'il fallait dire, mais Guillaume le Muet, avant qu'on dît Guillaume le Mort. Je tiens une petite boulette de plomb sur une blessure qui est éternelle. Elle glisse.

Vᵉ TRAITÉ

Taciturio

Le livre est un morceau de silence dans les mains du lecteur. Celui qui écrit se tait. Celui qui lit ne rompt pas le silence.

*

C'est une époque ancienne, qui est périe, que celle où le lecteur lisait à haute voix, où l'écrivain à voix forte dictait, où les volumes se déroulaient, transcrits à la main, et ne se multipliaient pas. Ils sont arrivés ensemble : le moulin à papier, la page typographique, les libraires-imprimeurs, et ce taisir du livre. La voix dans le livre est retraite dans un désir de se taire, un taisir sans abord, sans proximité autre que celle, taciturne de part en part, d'une distance due au silence. Le livre se retrait à partir d'un silence qui naît par contrecoup en lui aussitôt que la langue (non un souffle) s'est métamorphosée en lui, et il naît sous un ciel autre que celui où les voix sonnent, où le monde s'ébruite. Le livre est ce suppôt de contagion où le silence dans le visible gagne le visible à sa propre invisibilité, et (de même la vie veillant, terrifiée, sur la mort) témoigne du désir de se taire.

*

C'est du silence figé. Qui a figé.

*

Aucune voix ne peut prétendre rompre ce silence ; suppléer ce défaut de la voix qui lui a donné jour ; vivifier la lettre ; ne peut l'animer. Les poètes cessèrent de chanter, ne s'accompagnèrent plus sur la lyre. Écrivirent poèmes, chants, branches. Lurent encore. Puis composèrent des livres. Le livre est d'une indépendance, d'une autonomie, qui, dès l'abord, ne fut pas éprouvée. Sans doute il semble parfois que celui qui prétend à le lire se dresse vif, et lui prête sa voix ; mais c'est parler ; le livre n'est plus. Le livre entretient de muets, obscurs, matériels rapports avec la langue, et le silence de la langue. Le support de la voix n'entre pas dans ce compte : son recès même ne circule pas nécessairement en lui.

*

Les livres ne jettent pas des cris d'orfraies — qui planent sur la mer.

*

Le désir d'écrire est lié à une taciturnité plus opiniâtre.
Le silence qui préside à la composition des livres ne s'est pas condensé en eux, le silence auquel donne cours leur lecture ne s'est pas ramassé en eux : les livres proviennent d'une *réticence de bouche* au sein des langues, au regard de la voix, qui plonge le silence du monde dans un silence autre. Dans un silence qui n'a pas la voix pour échelle. Ils répondent à la fois du mouvement de se taire, et d'une réticence de la langue.

*

Ils ne répondent pas.

(Moins que la voix : morceaux de matière et d'histoire. Vains : dénués de sens. Face à voix et monde : taire et terre. Ne répondant rien : taciturnes.)

*

Comme chaque langue alors qu'elle se déploie dresse un silence qui lui est propre, les livres appartiennent autant à l'histoire des formes si diverses qu'ils ont époque après époque épousées, des matières, si nombreuses, qui les ont constitués, qu'à ce silence que chaque langue comme son fond suscite, qui n'est aucun langage, que les langages au contraire aussitôt volubiles tentent d'ensevelir sous le poids prolixe des discours, des idées, des voix.

*

Loin que le livre affranchisse de l'insubordonnable puissance de la langue, il la porte à sa limite improférable, jusqu'à en provoquer l'éclat. Et le silence.

*

La langue extrême, muette, vaine du livre désole le sens, déprend la voix, détruit le « monde » auquel tout ce qui se prétend « langage » s'échange.

*

Le livre échange la voix en ce silence.
Il la « perd ».
Comme la mort s'échange en « silence ».

*

Nous écrivons autant que nous ne parlons pas, ne tenons de discours, ne confortons de monde, n'ajoutons au sens, ne rompons le silence. Nous écrivons autant que nous ne rompons pas le silence de langue qui nous adresse. Nous en agrandissons la plaie. Dans la langue, seule, la plaie de l'écrit sonne. Elle ne sonne pas en « défaut », mais en « livre ».

Dans le silence du livre.

Par le silence du livre le monde est plongé dans un silence plus silencieux que le silence du monde.

*

(Taisant ce qui bruit en monde. L'atterre.
Fait brusquement défaut.
Faisant silence.)

*

C'est à « corps perdu » que qui lit ou écrit se jette dans les livres.
(Sans doute croyait-il qu'il y avait laissé trace, qu'il y avait là pouvoir, communication future, de quoi recouvrer visage, ou bien rejoindre l'air. En vain fait-il claquer son fouet. Aussitôt il sait qu'il s'est mépris. Le mouvement consistant à se déprendre ne peut être repris. Sa déconvenue fut aussi profonde que son souhait : faramineux.)

*

Parleur, et non lisard.
(Il mène le bruit où il faut du silence. Il

tâche à prendre les lièvres au son du tambour.)

*

Nu vêtu.
(Sans doute le corps, les singularités du corps, son dressage — suivant lequel le corps sacrifie sa sauvagerie et ses puissances, ses variantes innumérables, pour consentir à quelques règles péremptoires, pour obtenir finalement dans l'abîme scarifié de sa gorge quelques sons pauvres et définis —, l'histoire de cette sacrification, de cette régulation, de cette domestication, l'assuétude des intonations qu'entraînent le groupe et le lieu, plus mille marques diverses, plus hasardeuses, décisives, qui sont dites « personnelles », qui résonnent dans cette voix vivante, enrichissent le texte qu'elle fait sonner et soudain dresse dans l'air. Mais le livre n'est livre qu'à la condition que la voix le déserte. Le déserté de voix. Et sa pauvreté, son abstraction, son silence, lui sont plus essentiels que toute richesse.

Plus radicaux que toute dimension organique. Meurtre plus que sa vie.)

*

Il fut écrit dans la mesure où parler marquait le pas. Où le taire gagnait tout le terrain, s'étendait à la langue.

(S'étendait à la totalité — qui est « fictive muette » — de la langue.)

*

Petits blocs irrespirables. Inexpirables. (La voix n'expie pas l'empire chimérique, inutile, qu'ils exercent. Ne rédime pas la fiction incoercible, dénuée de signification, absolue, qu'ils entraînent.)

*

Une misère. Un « livre ». Un « buisson creux ». La mort.

*

Aucun livre que j'ai lu ne soutient l'éclat du jour. Mais les livres valent la chandelle qu'on use en les lisant. Des créatures semi-nocturnes.

*

Le jour ne les rétribue pas. Ils ne valent pas l'air qu'on expire alors qu'on les prononce à voix forte. Des créatures silencieuses.

*

Plus abstraits.

*

Quand le silence paraît, tout perd face, ce qui disparaît survient. Les livres sont cette face perdue, pertes de sens, visages morts. De bois. Obscurs. Silencieux.

*

Le caractère sauvage, inacculturable, an-anthropoïde, non vivant, du silence.
Fiction d'un livre préalable.

*

La mort. La terre. Le silence.

*

Le silence n'appartient pas au vivant. Il n'est pas un « attribut » de la mort. Le silence ne naît pas. Le silence ne périt pas. Plus d'époques et de langues que le monde ne saurait contenir ne sauraient l'épuiser. Et l'envie qu'on a de se taire est à l'image de l'attrait — de la peur — de la mort.

*

Le corps plongé dans l'embarras, la gorge nouée, la face asservie de terreur. Le silence (le livre). La lecture les membres immobilisés dans une sorte d'accablement de la mort.

Souffle précisément chétif. Halètement qui ne se distingue pas.

*

(Il se tait.

Ce retrait s'ouvre en retrait d'un fond qui vient de plus loin que la parole qui le nomme. Ce fond, à vrai dire, ni le silence dont procède la parole, ni la parole, ne peuvent s'en approcher.

Sans la parole il n'est pas mais — néanmoins — il ne peut être approché hors du silence.)

*

(Il se tait et la gêne qu'il éprouve approfondit ce «fond». Ce qui procure la gêne préserve ce retrait; et le relance. En se taisant il semble qu'il veille sur ce qu'il ne peut pas dire.

1. Mais, ce qu'il ne peut pas dire, la parole ne peut pas s'en ressaisir. Le monde ne peut pas l'accueillir.

2. Mais, ce qu'il ne peut pas dire, le taire ne le sauvegarde pas.)

*

Ce qui est sauvage s'enfonce sans finir dans ce que de plus en plus nous ne parvenons pas à penser et à dire.

Ce que nous ne parvenons pas à dire : cela constitue une part de notre silence.

Ainsi : s'enfonce interminablement dans le silence.

(Ainsi : le livre en s'ouvrant ouvre dès avant à ce qui ne peut pas se dire.)

*

1. Seul à partir des langues on peut dire : le silence.
2. Sous l'espèce du livre la parole : touche au silence.

*

1. Le poème est un mouvement de langue qui retient son souffle, engendrant des silences.
2. Langage le plus contraire au langage, il est un rythme le plus contraire au silence du langage et le plus proche du silence de la langue : en lui s'inscrivent et s'exposent par contraste langue sans langage, par défaut silence d'une langue.

Limes. Orée. Il ne limite pas le silence de la langue. Il l'agrandit. Langue dans ce sens où il ruine le langage de la langue. Il est langage limite accumulant une levée plus avancée dans le silence de la langue.

Dans le langage de la langue, c'est un trou qu'il creuse.

*

Dans le silence la voix (l'absence de voix) perd pied dans un monde, soudain, qui passe le visible.

Sans que ce silence s'offre pour autant à des puissances invisibles.

Si la parole octroie aux choses visibles d'être visibles (qu'elles se tiennent dans la lumière, qu'elles s'assemblent en monde), l'introduction du silence introduit de l'invisible dans le visible, révoque l'assise, détache l'aspect, met en grains la lumière, en poudre la certitude du monde. Ouvre à la terre. (Elle ensauvage la visibilité des choses et précipite la transparence et l'immédiateté de la lumière.)

Dire : « Le silence est invisible » a deux sens. Et en effet (cela est sans doute) nul ne voit le silence. Mais aussi, quand il y a silence, le visible ne tient plus très bien debout, la lumière jette des « reflets vides » (qui sont énigmatiques, et qui tournoient) ; elle abandonne au « faux jour », le taciturne est pris d'un étourdissement ; ses mollets, sa cage thoracique, sa nuque sont soumis à l'instabilité d'un insupportable vertige ; Aristote soutient qu'alors l'oreille saine jette un long bruit à l'instar de celui que produit une corne de mer ; le monde s'affaisse, bascule un peu ; une seconde invisibilité a lieu.

*

Dans le livre le silence « est » visible.
Où l'invisible du silence est visible, là est : lisible.

*

La langue dit de l'enfant qui se tait qu'il a avalé sa — langue.

*

Le livre réserve la part de silence qui revient à la — langue-dont-le-parleur-n'usa-jamais.

*

(De là que si je lis il faut que je ne parle pas. Desserrant les lèvres c'est le souffle, mon son, tout le corps, ceux qui me firent ;

le refus qui pourchasse une scène invisible ; le passé qui se fuit. Mais c'est après l'écrit ; c'est tout ce qui a été lu. Ce n'est pas voix se devançant en parole vivante.)

Une telle impossibilité n'a pas à être levée, mais perpétuée. Psalmodie qui ne déchiffre pas le texte préalable. Ni ne le traduit en paroles. Ânonnement d'un Muet que le corps redouble.

(Voix morte. Sonnerie du signifiant.)

*

1. Jamais le silence ne se fait.
2. Jamais le silence n'est rompu.
3. Le livre n'*est* pas.

*

Caii Sollii Apollinaris Sidonii Epistolae. Liber octavius. Epistola XVI.

*

Du silencieux : avoir le bec gelé. Et de qui, laissant sans réplique, impose le silence : clore.

(Il se tait. Il lit muettement. Il lit des yeux. Il baye en silence aux corneilles du soir.)

*

(En 482 Sidoine Apollinaire, témoin de l'invasion des Huns, des Vandales, des Suèves, marié, lors du sac et de la prise de Rome par Genséric, à Papianilla, fille d'Avitus, témoin de l'accession de Clovis au pouvoir, depuis sept ans de Romain devenu Wisigoth, écrit une lettre à son éditeur, Constantius, qui l'incite, devant le succès que connaît sa correspondance, à l'augmenter d'un livre encore. Dans cette lettre Sidoine Apollinaire définit les particularités de sa façon d'écrire. Évoquant l'exigence qui le porte, il emploie un verbe latin qui n'est attesté que dans cette lettre : « etsi tacere necdum coepimus, certe *taciturire*... » Il oppose ce verbe hapax à *tacere*. Il écrit : ce n'est pas « se taire » ; c'est « avoir envie de se taire ».)

*

Taciturio : j'ai envie de me taire.

*

Le désir de se taire est trop irrépressible, qu'il se satisfasse du silence bruyant qui m'entoure comme de ce qui l'assouvirait.

*

Scribo : taciturio.

*

J'écris : 1. J'ai envie de me taire. 2. Le livre « garde » le silence.

VIᵉ TRAITÉ

Pagina

La page est la face d'une feuille.

Une feuille, c'est la partie terminale d'un végétal, qui est mince et plate, sur laquelle, avers et revers, deux côtés forment symétrie, que l'automne dépouille.

Pagene et fueil, ou foille. Pagina et folium, ou folia.

Ainsi un livre constitue une sorte, très singulière, de feuillaison. Feuillaison à vrai dire moins sujette aux saisons, qu'aux époques, plus soustraite à l'effet du soleil (encore que, une fois attentifs, nous nous tournions un peu en direction de la fenêtre), qu'aux lieux au cours du temps.

Aussi bien certains soutiennent-ils qu'un livre se feuillette.

Mais ils ne fleurissent pas.

*

Il semble, si on considère le lecteur silencieux, immobile, d'un livre — il est assis dans son fauteuil, le volume muet tenu entre les mains, la tête penchée, la lampe à son côté, ou la fenêtre — que cette forme voûtée, à peine palpitante, pour moitié enveloppée de nuit, ou d'ombre, mais corps lentement mouvementé vers la lumière, émet des signes sans doute peu propres aux créatures que l'air anime : ils sont proches de ceux qu'adresse une plante se pressant vers le jour.

*

La page, qui est plane, offre, non dans le même temps, deux «faces».

De façon paradoxale, quand elle sert d'unité de compte (pour évaluer la longueur d'un livre) c'est de façon autonome qu'elle est envisagée : soit «foliotée», soit, plus récemment, «paginée» (dédoublée recto et verso du même folio alors numéroté sur chaque face). Mais ainsi elle ne peut être perçue.

Quant à l'unité de ce qui est vu, ou lu, ce n'est pas la page, ni deux, mais ce qu'on désigne assez curieusement du nom de « double page » : cette surface que constituent deux « demi-pages » (le verso de la première d'entre elles, et le recto de celle qui la suit).

*

Ainsi, la plupart du temps, de nos jours, l'unité de ce qui est perçu au cours de la lecture est un rectangle dont la hauteur est moindre que la largeur.
Surface qui est « double ».
Parce que cette double page est cousue (à supposer qu'on nomme « livre » un livre non cassé), ce rectangle n'est jamais plan. Espace aux quatre justifications verticales, et aux huit blanchiments.
Ainsi définie, ceci, que votre main touche, en lisant, est une « page ».
Ce n'est pas une *pagina*.

*

Les latins nommaient « pagina » moins la surface interne d'une feuille que la colonne d'écriture qu'elle reçoit : surface que déploie une seule colonne. Hauteur, largeur, espaces, leur couleur, étaient d'une nature, d'un nombre, absolument autres. Ainsi quand Pline précise qu'une rangée de vigne est en forme de page, ce rectangle ne nous est aujourd'hui perceptible qu'à la suite d'un effort qui concerne l'idée même d'écrire.

De telles considérations, si pauvres, si élémentaires, répondent mieux des mutations insolites qui sont survenues dans certains genres littéraires, qu'un cent de pages théoriques, sinon toujours cousues ensemble, le plus souvent collées.

*

Pagina est un piège. Ce qu'on fixe, déterminant un jeu d'effets sûrs, ou de rapports immuables. Pango : on fixe des clous, on plante des pieds de vigne, on aligne des chiffres sur la colonne des recettes, on enfonce des pieux, on enfouit des bornes. Ainsi délimite-t-on un pagus, un pays. Pagensis ; païennie. Pelletée de langue sur cette terre bornée. Elle est ce qui établit solidement. Pagina et palissade. Page, pax, et pacte. Paginer et pacifier.

La page plante sans mûrissement ni floraison. Jardin des canicules aux fêtes d'Adonis. Au sens strict elle « empale » les mots. Sacrification de ce qui semble être : « la voix ».

« Com*pact* », ce mot si proche de celui de la page renvoie au lait qui tourne et qui se caille, aux glaçons en quoi l'hiver l'eau se transforme. Solidification de ce qui semble être : « le souffle ».

Comme la langue dit que le lait « prend » en beurre. Que l'eau « prend » en glace. Le mot latin de pagina laisse peut-être dire : l'air « prend » en page.

*

Solidification mais une tourne impatiente. Au plus juste : précipitation. Comme des feuilles. Des membres épars, dépris, sacrifiés d'aucun corps. Feuilles désormais d'hiver. Dans Ronsard :

« ... Homère nous égale

À la feuille d'hiver qui des arbres dévale,

Tant nous sommes chétifs, et pauvres, journaliers. »

*

Cette *praecipitatio*. C'est le jet à Rome d'un corps du haut de la Roche. Un corps lancé la tête la première dans la mort. C'est le précipitat après qu'on a mêlé les liquides. Le mouvement qui nous porte nous dessaisit sans retour. Et ce « nous » lui-même est sans origine : dès l'abord dessaisi sans retour au mouvement qui « nous » porte et qui « le » constitue. La condition du temps est cette chute irréversible. Ces nœuds sont dépourvus de centre quelque serrés qu'ils soient. Nœuds moins attentifs à ce qui les enchevêtre qu'attachés « eux-mêmes » à ces vides, à ces nuits, à ces figures d'abîme, laissés entre les liens ; ils se livrent tout entiers à ce qui leur est le plus étranger. Ce sont les lacs. Morceaux inattribuables sans trêve ; chairs serrées et lacées ; gorges que l'angoisse étreint à l'instar de la première courte cravate autour du cou d'un enfant de cinq ans qui longe dans l'obscurité le cercueil ; amours qui gèlent ; intrigues prises en caillots au cours du périssement. S'entrecroisant sans cesse et se nouant aux jeux impersonnels, pourtant insubstituables, de la métamorphose. Seules les intrigues se nouent.

Nous sommes des membres très hasardeux poussés à ce qui nous soustrait.

Mais membres, si hasardeux soient-ils, qui sont dépourvus de tout corps qui les assemble et qui les porte.

*

Pas plus épais qu'un cheveu, le vide.

Le vide qui est entre les dents du peigne n'ordonne que le vide qui est entre les cheveux.

*

Ainsi le mot de page ne renvoie-t-il pas qu'à jardinage, vigneron continent, anthologie, la treille, champêtres évocations.

Mais tours issus de la violence. Tournes de violence. Ruse et piège. Pala, la pelle. Et l'échalas. Pallium sur les morts. Tripalium, travail, pouvoir (là où règne la pacification) : stratègèma des guerres. Sornettes que le corps dépris de cette page. Vœux pieux. Vieux pieux. La langue prétend que c'est comme des « feuilles » qu'angoissés les hommes tremblent.

*

Mais, au fond de toutes les pages, le mot de page est lui-même un piège dans l'ombre de la surface où il s'inscrit.

*

Comme il peut être « mis en musique » : poème « mis en page ». De même qu'une voix se pose : il semble que la page pose la voix. Dans son rythme, ses blancs, il semble que sa matière s'assujettit à l'énonciation qui sera faite d'elle : non dans le présent de son inscription. Mais dans l'ultériorité des souffles et des vents où elle périra aussitôt, rongée par l'air, après qu'elle aura, un temps d'instant, sonné.

Blancheur figurant l'air. Arête sur laquelle font angle (feraient angle) — à l'instar de l'angle invisible que font chaque fois qu'une parole sonne l'air de la terre et le souffle d'un corps — la blancheur de l'espace et la noirceur des caractères. La page serait cette position de souffle. Il semble que le souci de la disposition des formes sur la page tâche à retracer la fiction d'une énonciation impossible. Dictio, dictatio (et non scriptio) qui suppose une sorte d'homogénéité entre terre et livre, entre souffle et page. Qui suppose du moins homéomères les éléments constituant l'une, et les parties configurées en l'autre. Véhicule de la plume (la bêche, la pala) tel le couteau sacrificiel entre la terre et l'arbre broyé de la page. Entre la langue et la voix engrenée sur le souffle d'un corps. Page et livre seraient seconds, inessentiels, dénués d'autonomie dans leur matière, dans leur histoire, dans leur pouvoir. Les livres seraient des accidents dans la médiation du sonore. Le livre ne serait qu'un blanc (le piège d'un blanc) entre la voix et son énonciation. Blanc comme air. Noir comme le corbeau. Blanc comme l'aérant de la page. L'ajourant.

*

Mais le mot de page étant le mot du leurre leurre.

*

Leurrer est faire revenir le faucon en lui présentant le leurre.

Le leurre : morceau de cuir rouge etc.

La page : un leurre.

Rectangle de papier faisant revenir la voix en lui présentant le leurre blanc de l'air.

Mais décevoir. Attirer par des espérances vaines.

Et cette feuille de papier blanc est autant air que ce morceau de cuir rouge : chair sanglante.

Et chaude.

*

La page.

Le mot prétend par nœuds et jeux de conséquences que cette étoffe se trame de voix sur chaîne d'air.

Qui panneaute la langue.

Débusquant le sonore. Pourchassant l'animé.

Piège à voix comme on dit piège à loutre ou bien piège à renard. Guêpier. Ce sont les lacs et ce sont les rets. C'est une trappe. Le blanc : *glu, gluau.*

« On distingue le trébuchet à filet, le trébuchet cage et le trébuchet assommoir. »

*

La langue dit très simplement qu'il laisse « page blanche », celui qui reste court.

*

Le papier, ou l'écran, *englué.*
La *carafe à mouches.*

*

Traquer ce qui sonne et qui périt en l'air comme la langue dit traquer un bois de qui le fouillent en le ceignant.

Guet sur l'effet de voix issu des lèvres, au moment du contact de l'air. Faire le guet, guetter, être aux aguets ; guet-apens (en *guet apensé* ; ou *d'aguet apensê*).

Piège dressé (au sens propre colonne de la page), patient à surprendre le souffle, et le son, et la voix — et les dessins qu'ils composent dans l'air (dans le froid de l'air) à l'instant de leur exhalaison. Émission. Enfin profération.

Comme tonnerre. Foudre. Pluies torrentielles.

*

Un distique de Martial — publié en 85 (Apophoreta, CCXVI, Auceps) — met en scène l'écrivain-oiseleur.

Le champ est la page (charta). La main silencieuse (manus tacita) avance le «roseau trompeur». Le rets des gluaux qui se resserrent sur la proie est le rectangle de la colonne (pagina) qui se resserre sur la face du volumen. L'oiseau est la voix.

La ruse (Non tantum calamis...) tient à ce que la plume (calamus) ne suffit pas. J'ai toujours pensé que les roseaux englués ne suffisaient pas. Il faut que l'oiseleur imite le cantus de l'oiseau pour le retenir; ou qu'il joue de la flûte pour le fasciner. De même l'écrivain qui trace d'une main silencieuse le piège resserré de la page (colonne de la pagina), en utilisant une plume de roseau, retient la langue (lingua) en la fascinant dans la disposition du chant (mètre des carmina).

*

Nasses, filets dormants.
Ou plutôt le tramail, qui est aussi une sorte de treille. Il est un filet de pêche, aux trois rets superposés, qui forment poche sous l'effet du courant, qui piègent le poisson violemment projeté, les mailles le retenant alors par les *ouïes*.

*

Mais ce sont des chimères.
Leurre pris à son propre leurre.
Piège, à son propre piège. Métaphores que la page s'emploierait à figurer, alors prise à son propre piège, omettant la ruse qu'elle suscite et nomme pourtant.
La page est en elle-même autonome. Comme elle dessaisit aux éléments qui la définissent, elle assujettit à ce piège.
On ne perçoit ce disant qu'une poursuite impossible, une quête imaginaire, un vœu rhétorique (onomastique), un empressement

fallacieux (car rien n'y vit, non plus n'est animé) de la voix sur la page.

*

(Parler dessaisit à la langue. Ce qu'on éprouve, ce qu'on prononce, ce sont deux dessaisissements qui épousent des véhicules qui diffèrent et s'isolent au point que le transport est marqué aussitôt d'une implacable, d'une fanatique autonomie des médiations auxquelles la double épreuve s'abandonne. Car elle n'est jamais une. Et pour chacun de ces « mondes », à son abord, ce qui survient se noue avant toute sa survenue. Même le fait de parler à peine, de gémir, de souffler un petit peu — de s'ouvrir à l'air : ce transport de l'air en voix au travers du corps —, cette « issue s'enferme » sur elle-même.

Ce sont les mâchoires de fer du piège qui se referment en claquant. Il est soustrait à la vue par un morceau de mousse humide arrachée qui sent jusqu'à l'écœurement la terre.

*

Ce qui s'éprouve ne se transporte pas dans ce qui s'énonce. Sauf si c'est l'énoncé, dont l'expérience fait l'épreuve.

*

Ce à quoi dessaisit l'expérience, la langue ne peut le ressaisir. Mais la plupart du temps la langue a jeté comme un leurre, devant la proie, ce à quoi l'expérience a été dessaisie.

Comment la terre se transporte en corps, comment la voix se transporte en poème, comment le souffle se pose sur la page : ces notions ne sont pas solidaires entre elles. Transport transforme. La métamorphose voue à une hétérogénéité plus nombreuse et plus énigmatique.)

*

La voix n'est pas sur la page, comme une buée, l'hiver, sur la vitre de la fenêtre quand la bouche s'approche.

*

Dire : le Blanc sur la Page c'est le Jour sur la Terre ; écrire et aérer (comme parler prélève souffle sur cela qui respire) ; définir la page : chimère du souffle et leurre pour la terre — de telles propositions sont incroyables.

*

La page n'attire pas la terre. Sur elle, un souffle ne se dépose pas.

*

Sur la page la voix est hors d'atteinte. La voix est l'Absente de cette langue montrée. Quand il se penche sur la face sans face de la feuille, la voix lui est la disparue. C'est pourquoi l'on écrit. Qui prétendrait mimer le souffle se posant, il nierait en vain qu'il écrit. La page n'est pas ce « miroir ». Ni « alouettes » le nom qui désigne les mots. C'est la ruine. C'est la gorge de loup. Les mots sont placés à fond « perdu » de l'air. Dans ce piège ceux qui saignent et ceux qui avancent en silence leur roseau sont acculés ; ils offrent n'importe quelle prise aux vieux désirs et aux lumières des plus vieux silences, aux ombres plus anciennes encore que les rêves, aux matières mortes c'est-à-dire les chiffons et les noms, les livres et les os. Situation d'autant plus critique que champêtre et trop solide. Solidité telle que menaçant à tout instant une ruine sur elle imperceptible.

*

Les mots que l'on prononce ne sont pas les mots qu'on écrit. Autre syntaxe, autre monde. La page est imprononçable.

*

Le livre se retrait à partir d'un désir de silence (non le silence) qui croît par contre-coup en lui aussitôt que la langue (non un souffle) s'est métamorphosée en taire (non quelques chuchots) comme la «bouche» se serait transformée en «main», et «l'air», en «page». Ces images sont équivoques. Le désir d'écrire est lié, en ce fond, à une taciturnité absolue. Chaque livre entretient d'insubstituables et matériels rapports avec chaque langue et chacun des silences qui sont propres à chaque langue. Ce silence que chaque langue, alors qu'elle se déploie, configure en défaut. Ces possibilités de langue que le fait de parler rend impossibles.

Il est autant que cette impossibilité est tout à fait impossible.

Qui écrit se déprend de la voix, comme il désole le sens et met à bas l'éloquence d'un monde. La page est peu de réminiscence : elle n'est pas l'empreinte d'une voix préalable ou ultérieure. Au mieux les marques de ce manque, la trace d'une voix qui déserte. Parler, pour cette part chimérique de la langue, n'est pas possible ou éventuel : il lui est sacrifié. D'un seul coup, l'envie de se taire qui commande l'écrit, et se consomme dans l'émotion de lire, s'est étendue à une langue impossible : à une langue imprononçable. Aussi le livre réserve-t-il la part de silence qui revient à une langue dont le parleur ne dispose pas. Ce qui dans la langue ne monte pas aux lèvres. Ne passe pas par la bouche. Ne sonne pas dans l'air. N'épouse pas de souffle.

— Se tait.

*

La langue est une part de la nature qui n'est pas de la nature, qui même ne prend pas part à la nature. Du moins sous une forme qui puisse être affirmée pour vivante. Il semble (à supposer que — langue : langueyante — on laisse verboïer le mot dans tous les sens qu'il évoque) qu'elle y prend part par l'entremise de souffles. La voix, la langue au moment de l'énonciation (du moins parce que la profération des syllabes est émission de l'air), par le moyen du souffle, peuvent rejoindre la terre. Terre à quoi alors elles «restituent». Mais la terre est un mot de langue, une simple, mais très difficile, abstraction.

*

Pour le leurre de ce mot : la terre parlant en souffle et se taisant en langue. Le souffle (qui n'est pas *voix*, qui n'est plus *air*) serait l'arête sur laquelle se joignent et se disjoignent la langue et la terre.

Angle que figurerait la page.

Mais je songe à une phrase d'Aristote, qui est contraire à cette vue, et que je n'aurai pas cessé de remâcher, laquelle à mes yeux s'échange précisément au bout du compte à l'idée d'aligner, parfois, des mots (des mots vains, sans usage, plus silencieux même, qu'imprononçables), sur un bout de papier, qui n'est pas tout à fait une page : « La voix est un luxe sans lequel la vie est possible. »

*

Si la langue lui permet d'affirmer : « Tout n'est que réalité », alors la conséquence pour une fois emporte de façon nécessaire les lèvres de celui qui s'en porte garant : car il suffit qu'une voix singulière profère un tel jugement pour qu'aussitôt la totalité de ce tout se voie impliquée en fiction. Du moins des « chimères matérielles ». Car aucun sens ne se pose. Car les langues, comme les mondes, ils sont les Incommensurables entre eux. Comme les temps : les Indénombrables.

Pas de repère pour l'addition. Pas de bulle d'eau qui assure plan le socle invraisemblable. Pas de globe où enfourner en « somme » et en « système » des tournes et des dimensions qui sont entre elles incomparables et pour chacune d'entre elles comparables à rien. Pas de mémoire qui en garde mémoire.

*

Nous sommes plus grands que nous ne sommes. Car sans taille, et inexistants. Nous sommes partie prenante ou rebelle d'un tout à chaque instant, 1. relativement consommé en nous, 2. autant qu'inassignable.

Et tout de nous (c'est-à-dire rien) s'agitant à éprouver actuellement (en acte, dans l'acte) le mouvement hors de nous qui est imprimé sur nous-mêmes, et qui est nous, au bout du compte, même si nous périssons et qu'il ne périt pas. Du moins d'une même manière que nous.

Nous tels du moins qu'un point d'intersection entre l'expérience et la langue. Mais à vrai dire angle plutôt qu'intersection.

Et même pas le mot de « point ».

*

Quant à dire avec précision quelle peut être la nature exacte de la page d'un livre, définie de façon générale, je la donnerai pour singulière, et pour obscure.

VIIᵉ TRAITÉ

*Sur les rapports que le texte
et l'image n'entretiennent pas*

À l'éditeur (il s'appelait Gervais Charpentier, c'était juin) qui le suppliait de faire de l'un de ses romans une édition illustrée, Gustave Flaubert répondit brusquement : « L'illustration est anti-littéraire. Vous voulez que le premier imbécile venu dessine ce que je me suis tué *à ne pas montrer.* »

*

Ainsi qu'on dit quand on repose la règle :
« Ce n'est pas moi qui souligne. »
C'est la règle.

*

Il n'y a pas de lien entre le texte et l'image, sinon l'image du texte même. L'écriture

— comme tout mode d'expression — cherche l'intransposable, et les signes sont là, par fonction, pour suppléer l'objet qu'ils ont cessé de montrer et qui a disparu. Le propre des signes écrits est de ne pas montrer ce qu'ils désignent ; ils signifient ; ils règnent dans l'immontrable.

*

Toute image est à proscrire dans les livres qu'on ouvre et dans la lecture desquels on se plonge — sinon celle de l'écrit lui-même — par la simple raison qu'elle se substituerait à la lettre qui s'efforçait de suppléer à son défaut. Il est 1. contradictoire, 2. vain de demander au signe qu'il se transporte dans l'objet à quoi il réfère, car la signification est ce transport même ; c'est par voie de conséquence demander au signe qu'il se répudie comme signe ; c'est astreindre l'écrit à sa mort. L'image coupe l'herbe sous le pied qui est le langage. Montrer l'écrit comme spectacle : s'il apparaît, il s'anéantit ; il commence à être visible ; il cesse d'être lisible ; il est un poisson qui crève dans l'air et la lumière sans un cri. Pour reprendre le verbe dont usait Gustave Flaubert, la mise en images «tue» les mots, puisqu'elle prétend se ressaisir de ce qu'ils avaient abstrait dans l'immédiateté continue pour le réintroduire dans l'univers physique.

*

Il disait qu'il s'était «tué» dans l'invisible.

*

Une telle impossibilité n'a pas à être levée, mais affirmée avec toute la force possible. L'image est proprement «l'interdit» du dire. De là, si on veut conserver à cette impossibilité sa vieille et fondative énergie, il semble qu'on ne puisse ni lire à haute voix ni traduire en images ou en film ou en dessins ou sous une forme théâtrale quelque livre qui ait été écrit au monde. On dit qu'il n'y aurait qu'une solution visuelle envisageable : elle consisterait à montrer le livre lui-même à l'écran. Même cette solution est fallacieuse. Elle doit être repoussée. Car le livre en aucune manière ne peut être distinct de sa lecture. Or, les conditions que suppose la lecture d'un livre ne correspondent en rien à celles que requiert le spectacle d'un film. Pour reprendre la phrase que Gorgias prononça à Athènes : ce que l'œil voit, la bouche ne peut le prononcer ; ce que la bouche prononce, la main ne peut le toucher ; ce que la main étreint et palpe, le nez ne peut le sentir etc. En d'autres termes, les significations que les lettres couchent par écrit sont incommunicables aux représentations que les images dressent devant nos yeux.

*

Littérature et image sont immiscibles. Nombreux sont les peintres et les écrivains qui ont tenté de fondre ces deux expressions. Ce ne sont qu'erreurs. Ce sont autant d'occasions de fou rire. Prétention de fous. Ces deux expressions ne peuvent pas être juxtaposées. Jamais elles ne sont appréhendées ensemble quelque rêve que nourrisse celui qui se saisit de ce genre de livres. Quand l'un est lisible, l'autre n'est pas vu. Quand l'un est visible, l'autre n'est pas lu. À quelque contiguïté qu'on s'efforce, ces deux *media* demeurent parallèles, et il faut dire que, pour l'éternité, ces mondes sont impénétrables l'un à l'autre. Même dans le sein de Dieu, l'image et la lettre demeurent séparées, et insuperposables. L'iconoclasmie byzantine en a proposé d'irréfragables arguments. Le système spinoziste en a fourni une théorie péremptoire. Un mode d'expression ne se transpose en un autre qu'à la condition de sa perte.

*

Le lecteur et le spectateur ne seront jamais le même homme au même moment, penché en avant dans la même lumière, découvrant la même page.

*

Le lecteur ne sera jamais un spectateur. Le spectateur ne sera jamais un lecteur.

*

Le livre est la seule icône aniconique.

*

Il disait : « Il n'y a qu'un seul acte. Mais les différents modes de cet acte sont sans transposition possible. » Ce n'était pas juin mais la neige de la fin d'hiver. Il habitait une petite chambre sous les toits sur la route d'Outrerdek, dans laquelle il gagnait sa vie en taillant des verres d'optique pour mieux voir. Il portait des mitaines. Il avait une petite meule haute comme un pied d'enfant. Tournant et polissant des verres qui étaient destinés aux télescopes et aux microscopes, il disait que ce qu'on ne voyait pas était leur objet. Il enseignait les langues qui n'existaient plus des penseurs qui n'existaient plus à des jeunes gens qui existaient à peine : la langue qu'on parlait jadis à Jérusalem et celle qu'on parlait à Rome. Il disait que les livres avaient été écrits par d'autres que ceux dont ils portaient le nom et que les récits qu'ils contenaient renvoyaient à des choses plus anciennes.

VIIIᵉ TRAITÉ

Le Livre des lumières

Au cours de la lecture, on dit qu'une voix silencieuse, parfois, se fait jour. À l'évidence, elle ne naît pas du livre. Mais le corps ne l'articule pas. Elle épouse le rythme de la syntaxe et sans qu'elle fasse sonner les mots elle mobilise pourtant la gorge, le souffle, les lèvres. Il semble que tout le corps, pourtant immobile, s'est mis à suivre une certaine cadence, qu'il ne gouverne pas, mais que le livre lui impose : la langue résonne en silence dans les marques syntaxiques, le corps halète un peu, et c'est un très lointain fredon.

On le dit.

« On le dit », cela veut dire : ce sont des choses qu'on entend. Mais personne n'entend les livres.

S'il est vrai que la ponctuation d'un livre

est plus affaire de syntaxe que de souffle, il reste que parfois pareille voix fictive parcourt effectivement le corps. Même, quand le livre est très beau, elle fait penser que la lecture n'est pas si loin de l'audition, ni le silence du livre tout à fait éloigné d'une «musique extrême» — encore qu'il faille affirmer aussitôt qu'elle est imperceptible.

Aussi entend-on parler de la ponctuation comme d'une sorte de cadence ou, plutôt, de «mouvement d'exécution». Ce n'est pas un air, une mélodie : mais un rythme, qui est abstrait, qui chiffre la promptitude ou la lenteur, solfiant les groupes des mots, décidant des valeurs. Ainsi on estime certaines ponctuations pour agitées, ou contenues, pour graves, ou inquiètes, pour fougueuses, ou sèches, pour domptées, ou tumultueuses — et il est vrai que le rejet même de la ponctuation, loin qu'il affranchisse d'une règle, consent un sacrifice qu'il n'appelait peut-être pas de ses vœux s'il a pour premier effet des restrictions supplémentaires, des privations exorbitantes. Vouant à vivre de peu, il accroît la misère. Quand son absence troublerait ou bien transgresserait une loi convenue, elle impose, quelque rêve qu'elle fasse, à la richesse et à la variété des propositions diverses une pauvreté rythmique et une uniformité syntaxique qui vont sans doute pour une part à l'encontre du désir qui l'avait suscitée, qui l'entravent au lieu qu'elles le libèrent, et introduisent à un ordre d'autant plus contraignant qu'il pèse sur des ressources amoindries.

Ainsi une navette étrange va-t-elle du corps du lecteur au livre qu'il tient ouvert. Elle tisse un réseau invisible, elle met en branle une libration obscure et, provoquant à une étrange métamorphose, elle donne l'essor à une hallucination qui est éprouvée comme physique. Elle offre ainsi l'exemple d'une incontestable « locomotion du corps immobile » encore que, si on considère le lecteur d'un livre, qu'il prétend pour « palpitant », il faille concéder que ce qu'il tient dans ses mains n'émet pas des signes très caractéristiques des créatures vivantes, et que lui-même, assis dans son fauteuil, piaffe peu, et ne s'essouffle pas. Il me faut alors reconnaître le caractère inadéquat, ou trop imagé, des expressions dont j'use.

Pourtant, en affirmant que le petit paquet de papiers morts, qu'est un livre, peut, par sa seule disposition typographique, ébranler le vivant et dédoubler son souffle en cette sorte de fantôme, de voix fantôme, je m'efforce de décrire le très curieux effet qu'exerce sur moi le *Livre des lumières*, qui parut chez Simeon Piget, à Paris, en 1644, et dû à Jean Gaulmin. À chaque fois que je me saisis de lui, mon espoir est musical, c'est la cadence d'une langue que j'y cherche, et à chaque fois, comme la voix muette, disparue, s'élève sans qu'elle rompe le silence qui l'abrite, soudain elle dresse, à mes côtés, dans l'air, l'ombre du corps de Jean de La Fontaine.

Longtemps, à des reprises diverses, il lut ce livre. Il y emprunta sans compter, adaptant de longs contes, transformant parties ou tout, relevant tel trait, amplifiant tel tour, extrayant telle intrigue seconde. Mais loin de s'absorber dans l'habile enchevêtrement des fictions qui le composent, il céda moins à l'attrait des aventures rapportées qu'aux pouvoirs exercés par les rythmes successifs des phrases. J'imagine ce corps plus sensible qu'un autre à ces sortes d'échanges. Il tombe à la merci de la voix sans voix, et du son non sonore. Il se dessaisit à la puissance fallacieuse des signes de la ponctuation. Au-delà du sens elle décide l'écoute, déclenche le nombre et l'espace du vers. Elle imprime sur ce corps un mouvement si intense qu'en effet la ponctuation d'une prose s'est transformée d'elle-même en la disposition métrique d'un poème. Ce mouvement silencieux est si irrésistible, et ce corps l'épouse si étroitement, qu'en effet l'état d'une langue y trouve son rythme le plus propre : en résonnant elle s'échange en elle-même. Je brode à fil tortu. Une cadence se résout en chant.

    Je note que cette voix n'est aucune voix. Je fais remarquer que cette page, aucun souffle ne l'anime. Je songe que Jean Gaulmin est mort, je songe aussi que Jean de La Fontaine n'est plus, et enfin je songe qu'il serait ridicule celui qui soutiendrait que quelque oreille perçoit encore leur voix. Le son que les livres rendent n'est pas un son et je l'entends. À mesure que j'y prête attention et que mon corps se plie à son pouvoir, au vide en moi, par lequel elle sonne, je reconnais que cette voix n'existe pas.

TOME II
TABLE DES TRAITÉS

IXe TRAITÉ
Les langues et la mort   147

Xe TRAITÉ
Vie de Lu   189

XIe TRAITÉ
La bibliothèque   197

XIIe TRAITÉ
Le mot de l'objet   219

XIIIe TRAITÉ
L'e   231

XIVe TRAITÉ
Noèsis   243

IXe TRAITÉ

Les langues et la mort

Les langues sont inanimées. Les langues ne sont pas des organismes vivants. Elles ne connaissent à proprement parler ni croissance ni déclin. Ni renaissance ni décadence. Ni évolution, ni familles, parents, deuils, etc. Les mots de « dessèchement », et de « sève », constituent des métaphores aussi excessives que celles d'une sorte de « pureté » ou bien de « corruption » dont on les noterait. Jamais elles ne sont mortes, et jamais vivantes. Elles ne sont pas non plus des systèmes articulés de signes dus à une paradoxale convention. Pas exactement des « systèmes », et font-elles « signe » ? Et quelles « conventions » qui eussent « convenu » en leur place ? Les langues ne sont pas soumises à « entropie », ne revitalisent pas, ne dévitalisent pas — encore qu'on puisse parfois assez raisonnablement conjecturer qu'elles n'en fournissent peut-être pas que le nom. On assure que rien en vérité ne les anime que les hommes qui les parlent. Mais cela aussi est très exagéré : puisqu'on compte 10 000 à 12 000 langues qui furent parlées sur la terre. Elles se sont tues, mais ce sont des langues. Silencieuses, elles le demeurent. Et comment l'une d'entre elles pourrait-elle fonder l'ascendant qu'elle prétendrait exercer sur telle autre ? Comment l'une d'entre elles pourrait-elle s'octroyer le privilège de parler sur les autres, et de parler en se substituant à leurs paroles ? Certains linguistes estiment entre deux et trois milliers le nombre de celles qu'on parlerait encore : quel pas les mortes et les disparues et les indéchiffrables n'auraient-elles pas dans ce cas sur les « vivantes », sur les « survivantes » ? Et le moyen que la langue dont j'use prétende à quelque justesse que ce soit ? Si — à partir de ce décompte de deux ou trois mille langues qui sont encore « vivantes » — ces mêmes linguistes ont évalué entre trois et cinq pour cent le pourcentage des langues connues qui recourent à l'écriture, où situer les mortes mêmes qui y ont recouru ? Et celles demeurées inintelligibles ? Alors qu'elles ne sont que différenciations, comment fonder une sorte d'unité de toutes ?

*

La langue n'est pas liée à la vie. Le langage ne répond pas à un besoin. Son usage ne remplit pas une fonction. Le langage dit plus qu'il n'est besoin qu'on dise. Le fait de parler n'est pas un acte nécessaire. Aristote écrivait : la voix est un luxe sans lequel la vie est possible. Tout l'exprimable est sans rapport à ce que suppose la survie d'une espèce — à supposer qu'on ait jamais songé que la survie d'une classe animale supposât l'exprimable.

Luxe, déséquilibre, excès qui les fondent. Qui les entraînent sans qu'une fin les ordonne.

*

Il n'y a pas de langues qui soient en vie. Il n'y a pas de langues mortes.

Mais il n'y a pas de « langue ».

*

La langue est sans existence. Chaque parleur puise à un fonds qui n'est ni particulier ni commun. En effet ce fonds n'est identique pour personne, et pourtant il n'est pas propre à chacun. L'époque, le lieu, la classe sociale, la culture, l'âge, le sexe, les souvenirs individuels jouent sans doute séparément quelque rôle, et d'un caractère parfois aveuglant, mais même leur addition ne constituerait pas le total nécessaire à la voix. C'est sur la distribution de l'acquisition, sur les temps propres à la série, sur les emboîtements qui ne sont pas réversibles de l'oubli et de la remémoration, sur la position des séquences — dont tout le rôle n'a pas tenu au contenu mais au moment et aux circonstances de leur intervention — qu'il faut prêter l'attention. Dans ce sens chacun de ceux qui parlent ne peut être égalé ni à la somme ni à l'articulation d'un idiolecte « intime » et d'une langue nationale « convenue ».

*

Dans ce sens : autant de langues que d'individus qui les emploient. Un peu plus même : à cause des livres.

*

Au fond de chacun de ceux qui ouvrent la bouche, non pas une histoire propre (leur plus privé et profond « ego » n'étant précisément qu'une catégorie propre à la langue qu'ils utilisent, et sans existence universelle, ni matérielle. De plus, « langue solitaire », « individu sans communauté », etc., ce sont des cercles carrés, des échelles sans échelons) que traduirait une sourde mélopée autistique : mais un tassement, une combinaison temporelle d'un caractère irréversible et dont les éléments sont moins singuliers que leur ordre, leur épaisseur, leur sédimentation.

En ce sens chaque langue, c'est-à-dire chaque parleur, est incommensurable, sans que tous soient pour autant personnels, ni ne relèvent pourtant d'une unanimité. Il n'y a pas, entre eux, une « unité » de langue qui soit une ressource mise à leur disposition, ni une mesure indiscutable, ni même un référent « national ».

Entre eux donc, non pas une communication historique générale, non pas une langue identique, capable d'un renvoi ethnique, topographique (ces notions sont à la fois des normes idéologiques, et des fictions statistiques) mais l'enchevêtrement et la guerre groupant et différenciant ceux qui parlent entre eux. Au sens strict : les dissociant et les associant.

Pourquoi alors ce sentiment irrésistible d'une « ressemblance » d'une langue avec elle-même?, et pourquoi, dans le même temps, cette absence si saisissante d'identité linguistique entre des livres, des classes, etc., aussi distincts? Par ampliation, mimétisme, chacun se jetant sur les mots de l'autre. Par différenciation, discrimination, celui-là même cherchant à s'affirmer tâchant à ne pas se fondre, errer, disparaître. Être adopté par la voix qu'il épouse, mais que le son de sa voix présente une accentuation particulière. Double mouvement qui est le même. Chacun tente de se séparer de ceux dont la fascination le noie, et dont il tire tout pourtant jusqu'à sa voix, jusqu'à l'image qu'il a de lui-même, et inlassablement — se protégeant par ressemblance, se sauvegardant par différenciation —

qu'il s'efforce de mettre à mort un à un dans le dessein de ne pas mourir (i.e. en ne sombrant pas dans cet abîme d'allégeance et de similitude, ou d'indifférenciation et de violence). Sans doute chacun cherche-t-il à se faire reconnaître de ceux qu'il connaît — mais chacun cherchant dans ce cas à se faire reconnaître «le même différent», ne serait-ce que pour pouvoir être reconnu.

*

C'est Littré le premier — me semble-t-il — qui emploie la très curieuse expression «texte de langue».

(«Ceci est un texte de langue. Ceci n'est pas un texte de langue...»)

(Aussi, quand M.P.É. Littré présente sa traduction de *L'Enfer* : «C'est un texte de langue», dit-il.)

Mais il n'y a pas de langue.

*

Thèse :
Rien n'est la mesure de rien, rien ne mesure la mesure.

Contre-argument :

La mort n'est-elle pas un peu la taille que nous avons ?

Thèse :

Traduction impossible. Mondes linguistiques autonomes. Aucun transport.

Contre-argument :

Nous pouvons sortir du langage. Quand nous mourons.

*

Quand on traduit, la langue la plus souple, la plus vivante, qui réserve le plus de vivacité et de surprise, la plus douée de subtilité et d'imagination, de ressources, la plus fraîche, la plus riche, la plus judicieuse, et dégourdie, la plus sagace est la morte. Et la langue dans laquelle on traduit paraît des plus éteintes, raides — appauvrie, appauvrissante. La plus inhabile. Morte.

« Visiblement, dit-il à part soi, ahanant sur son mot à mot, cette langue est à bout de rouleau ! Cela saute aux yeux ! C'est là un reliquat de compte, un mauvais rebut, sans invention, ni expédient, ni recours, qui ne tient plus rien en réserve. La mort sans conteste a tout à fait paralysé ses pouvoirs ; l'impotence, l'imbécillité et le froid l'ont gagnée. Ils la transissent ; ils l'entravent au point de l'immobiliser. Une langue vivante, c'est un véritable *coma* ! Et le dictionnaire un tas de bûches ! »

*

Que veut dire morte dans « rester lettre morte » ?

(Ce qui n'est pas sans vie. Ce qui n'est pas mort. Ce qui n'est pas suivi d'action, ou d'effet : cela n'éclaire pas.)

*

Le court passage suivant est de Guillaume Budé. Il relate un dialogue que ce dernier eut en français avec François Ier et qu'il transcrivit à sa demande en latin dans le deuxième volume du *De Philologia*. En 1572, Charles IX commanda une traduction en français de cet entretien à Louis Le Roy — plus couramment appelé Regius — qui mourut quelques années plus tard. Henri Chevreul publia à Paris, en 1861, ce *De Venatione* de Budé traduit par Regius. Je cite la traduction de Regius (pages 8 et 9 ; j'ajoute que l'ordonnance de Villers-Cotterêts arrêtant l'usage du *langaige maternel françois* date de la 15 août 1539 ; Budé meurt en août suivant ; il est alors porté en terre « de nuit, sans torches ni semonces ») :

« François Ier. — Nous désirons sçavoir si Minerve et Diane peuvent communiquer convenablement ensemble : ayans entendu quelquesfois de vous et autres, qu'au jour d'huy l'oraison latine se monstre encore fort mal aisée en plusieurs parties de la vie, et difficile à manier en escrivant, quand il est question de l'accommoder à matieres non accoustumées teles que sont les présentes [i.e. la chasse], combien elle est paovre, jaçoit qu'elle ayt honte de le confesser.

Budé. — J'estime, Sire, la langue latine assez riche et heureuse, et non tant scrupuleuse à desploier ses richesses, que je ne l'avois accoustumé, elle est honteuse quand luy convient declarer quelque cas occulte, ou s'accommoder à nouvelles choses, comme il advient à tout homme bien né d'estre honteux en l'apprentissage de quelque institution.

François Ier. — Si ce qu'il me souvient vous avoir ouy dire est vray, il fault que la Latinité perde ceste honte qui semble illiberale et maligne, ou qu'elle se desparte de plusieurs parties de la vie, et soit rejettée des juridictions, des parlemens, des palais, des églises, des sermons, dont vous monstriez estre desplaisant auparavant : par ainsy, ignorante des formulaires de prattique, du droict divin et humain, et esloignée des plaisirs de la venerie et faulconnerie appartenans à la noblesse, muete es cours souveraines, et profane es lieux sacrez, destituée de paroler en toutes les inventions nouvelles de cest aage, honteuse et estrange es instrumens, ornemens et appareilz de la vie, et es cours des princes se doit par necessité retirer et, demourant à l'ombrage, parler seulement avec les trespassez et avec les ombres de l'antiquité romaine, si elle ne veult accommoder ses richesses anciennes aux meurs presentes et à nostre usage : ce qu'il faut adviser de faire sans prejudice de son droict, et sans la diminution de son integrité, et opinion ancienne, comme vous avez tousjours accoustumé de le faire, et y prendre soigneusement garde. Or sus donc, puisque vous estes souvent monstré envers moy fidele et diligent protecteur tant de la langue latine que de la grecque sa parente, et intercesseur liberal et courageux, aprenez-nous comment la Latinité puisse converser entre les veneurs, et parler elegamment et proprement en leurs assemblées... »

Guillaume Budé s'essaie à le prouver longuement, et très obscurément. Et en vain. Tel un antique Confucius malheureux, traitant devant la cour de la rectitude des noms anciens.

*

Thèse :
Le français n'est pas du latin qui a dérivé. (Syntaxe qui n'a rien à voir avec Rome. Lexique qui n'a rien à voir avec Athènes. Etc.)
Contre-argument :
C'est du latin tout court.
(Nationalisme :
Le latin, c'est du français de cuisine.)

*

Seul le souvenir — l'histoire, l'écrit — assure aux langues qui ne sont plus parlées, ou qui ne l'ont jamais été, l'épithète de « mortes ». Curieusement, seule une langue « écrite » et « décodée » passe pour « morte ». Pour les langues orales qui ne sont plus parlées, on dit « disparues ».

Mais l'oubli. L'absence même du « temps » (du « dire »). La disparition sans mémoire, la plus nombreuse, où rien ne semble avoir disparu, qui ne paraît même pas une disparition. Parfois le sable protège mieux que les hommes les vieux livres, et les belles choses.

Et parfois quelques lettrés, hommes faits d'une sorte de sable.

*

Une langue morte : celle qui n'a plus de correspondant physique, sonore, dans le corps de celui qui la lit. I.e. qui n'assure plus d'étai au ressaisissement de « l'expérience » à l'intérieur de « soi ». I.e. qui ne permet plus une formulation immédiate et particulière. I.e. mais ceci n'est pas possible. Langue purement publique, qui créerait du vide (et non du monde et du social, des épreuves et des personnes) dans l'âme. Porte de toutes merveilles.

*

Auto-définissant.

Une langue morte serait celle où celui qui l'emploie ne se supposerait plus — au travers d'elle — un auditeur possible. Or c'est pour partie écrire.

Une langue morte : là où « l'écoute » tombe, là où la langue a perdu l'usage de son « écoute » propre. — Mais toutes les langues du monde seraient plus que mortes. Nous travaillons sur de bas morceaux toujours plus avariés.

De plus, aussitôt, cette Langue sans Écoute, cette « langue morte » pourrait être employée comme une nouvelle « vivante », comme une différenciation supplémentaire (à l'instar des citations latines ou grecques placées comme les champignons, les farces ou les truffes dans les pâtés ou dans les pommes de terre), ou un socle indispensable à l'écoute, à la « locution », à l'obéissance. Ou encore : peut-on nier logiquement qu'une langue morte puisse redevenir vivante ?

(Non. Thèse bien sûr matériellement impossible pour les langues parlées qui sont disparues du fait de l'oubli, du fait du caractère inanticipable de ces formes. Possible dans le cas des langues écrites — des langues passées, transformées par l'écriture : le fonds demeure, mais le fonds est écrit, et lié à la mort par un autre biais, à la règle, à une privatisation très référente (autoréférente) très particulière.

Dans ce sens on peut concevoir d'autres espèces paradoxales qui demeureraient sans doute logiques : une langue vivante dont l'érosion et l'uniformisation et l'avilissement sont devenus tels qu'elle n'est plus capable de servir à l'expression (pure technologie, sécheresse laconique, brutalité signalétique). Elle conduit peu à peu à l'emploi des langues mortes dont elle est issue pour exprimer ce qu'elle ne ressent plus (i.e. langues mortes demeurant mortes, et leur monde devenant le sien). Soit encore choisissant le silence. L'état des bêtes sur la rive des morts que çà et là dans le temps et l'espace un rêve prétentieux de raffinement et de civilisation prétend pour sauvages. Pour peu qu'on puisse dire que raffinement et barbarie s'opposent.)

De temps à autre il semble qu'on éprouve des sentiments qui sont voisins. Il y a aussi une vertu dans le fait qu'ils découragent. Le « sans voix » dans lequel la beauté d'un fragment de langue laisse soudain est lui-même pour une part indigne de cette beauté.

*

(Une langue morte : une langue écrite, seulement écrite. Elle ne suppose pas qu'un corps lui prête sa voix. Ne cherchant que l'intransposable en elle, elle délaisse la communication, s'éloigne des corps. Non seulement elle n'a plus à être dite, elle cherche à ne plus pouvoir l'être.

Or cette notion ne réfère pas au statut hypothétique des langues. Elle s'échange à la notion de « livre ».)

*

Tout ce qui se dit n'est pas tout, prétend Lie-tseu. Tout ne se dit pas. Limite, « mort », vide, « réel » qui appartient à chaque langue comme son défaut, sur quoi chaque langue d'une façon particulière achoppe — ou du moins ne cesse de se totaliser en s'y interrompant. Ce qui naît du son, cela s'entend, mais ce par quoi le son se produit n'a jamais retenti. Ainsi disait Lie-tseu. Aussi bien Aristote. Ce dernier ajoutait : « silence » par lequel on écoute (le « faire-entendre, pour qu'il fasse entendre, il ne résonne pas... »).

*

La chimère, le rêve qui rend l'étude des langues mortes si exaltante sans doute, si pernicieuse peut-être à d'autres yeux, et la manie à laquelle elle conduit si incoercible, par-delà leur merveilleuse et totale et particulière inutilité, par-delà le luxe incomparable que constitue leur apprentissage, plus que la perte sans dimensions en quoi se résout l'emploi qu'on fait du temps qu'on leur consacre, par-delà la péremption qu'aussitôt elles évoquent, et le sentiment nu, massif, du temps qu'elles donnent à éprouver, et cette sensation d'une distance opaque, infranchissable (abîme dont à chaque seconde et au sein de chaque seconde nous touchons comme avec le doigt que la « dépression » s'agrandit) qui va de nos vies courbées sur ces pages au peu de vestiges morts qui commémorent leurs morts — par-delà, ce qui rend, *plus que leur mort*, l'étude des langues mortes si «enjouante», si miraculeusement «attrayante» pour qui en subit la singulière séduction, ficelé et nu sur l'emplanture, oreilles grandes ouvertes dans le silence, entouré des grandes corneilles qui ne cornent pas : 1. elles sont imprononçables, 2. elles sont inaudibles.

C'est leur silence.

«Sépulcre béant que leur gosier!»

Tacite dit que les hommes ne connaissent qu'un unique «sepulcrum» : le «cor» vivant de l'autre. Un tel silence, qui leur est dû, sans doute ne consiste-t-il pas dans un silence hyperbolique, religieux (un silence «séparé» de la langue qui le dispose par défaut, et au-delà des «histoires», avant qu'il y ait langues et histoires, ou «silence» après la mort, ou après le périssement des «mondes»), c'est un mutisme né de la mort de ceux qui écrivirent, qui dans ce sens est «historique» (supposé que la mort le soit), mais qui néanmoins appartient à ce que nous éprouvons comme le «silence» dans ce sens où, à chaque instant où on entrouvre, lit ou traduit ces textes si anciens, une même et impersonnelle émotion bouleverse peu ou prou leur lecteur, émotion à partir de laquelle on partage le sentiment très brusque, très confondant, un peu défaillant toutefois, de toute époque comme un grain de poussière planant au sein du temps préalable et sans comparaison plus vaste que celui qui nous tient lieu d'avenir. Cette émotion — qui leur est due — qu'atteste l'incapacité où elles plongent ceux qui les étudient et les lisent de les pouvoir prononcer jamais, de jamais pouvoir entendre leur « voix propre », ruine les limites convenues de la langue, ou plutôt étend les frontières qui ne limitent que la destruction de rythmes retenus, que l'anéantissement de temps inconfondibles (presque « l'irroration » de quelques gouttes d'âges de part en part irréductibles, puisant un caractère de nécessité ou d'inéluctabilité dans leurs chutes pourtant une à une fortuites à l'intérieur de ce que la langue — cette langue, toujours « cette langue-là » — a pu nommer comme la « nuit » des temps), et par là dessaisit à un silence aux traits extrêmement marqués, dramatiques, et pourtant apaisants à force d'immobilité, d'obscurité, et de distance.

Ce silence « temporel » où les langues « mortes » jettent.

Cette « nuit » que ce « silence » lève.

*

Contre-argument :
Après qu'on a mangé le fromage, que reste-t-il du trou, qui est dans le fromage ?

*

Je ressens une véritable satisfaction à refermer les livres.

Les livres qu'on ne lit plus, non réédités depuis deux ou trois ou quatre siècles. Que la négligence, le mépris ou bien l'abandon gagnent. Que l'oubli préserve. Lire verse à l'absence, contraint le corps à certaines apparences de la mort. Mais une fois ouverts, la totale absence de la mort, l'absurde vie et médiocrité qui sont cachées à l'intérieur, qui s'y sont « blotties », angoissent.

Et de ce fait versent à la mort.

*

(Ainsi faut-il sans doute convenir que c'est moins en effet l'étrangeté dans la graphie des langues anciennes, moins la variété des supports, leur apparence extraordinaire ou bien leur inimaginable désuétude, que le caractère absolument imprononçable de leur matière qui nous saisit quand nous les regardons, qui nous intrigue ou qui nous intimide comme quelque chose d'un peu « sacré », « sacrifié », et nous ferme la bouche. Sorte de mutité absolue qui nous paraît avoir demeuré au sein même de l'inscription.)

*

Ce sont des langues dont la profération est interdite. Ce sont les Interdites.

*

Peut-être cette « divinitas », cette « mutitas » les rapprochent-elles irrésistiblement de l'existence inabordable, sans raison, si peu diserte, des choses du monde — de ce caractère si factuel et si impénétrable qui fait souvent à nos yeux le propre des choses « naturelles », et surtout « inanimées ». Des coquilles d'escargots qui sont vides, dans les fourrés.

Un reste lumineux de bave sur leur bord.

*

Livres et ce qui n'existe plus.
Tous les recueils des Veda répètent tenacement cela. Que *mâyâ* est l'attribution. Que *nirvâna* signifie le fait de disparaître.

Ils disent que dans la région inférieure résident les animaux et les dieux. Ils affirment que dans la région supérieure résident les « formes qui n'existent plus ».

*

Les morts.
L'usage de l'indicatif présent dans les explications un peu morguantes, rageuses, susceptibles que Jean Racine donne dans ses préfaces a surpris un certain nombre de lecteurs modernes.

« Horace nous recommande… », « Aristote veut... », « Pausanias rapporte... », « Je vois que Térence même... », « Voici la réflexion que fait Dion Cassius... », « Voici les paroles de Justin... », « Appien d'Alexandrie entre plus dans le détail... », « Ainsi Sophocle fait mourir... », « Pour moi, je trouve qu'Aristophane a eu raison de... », « Mais en vérité, j'ai trop d'obligation à Euripide... » — Enfin le motif particulièrement invraisemblable qui ouvertement anime cet usage :

« Et nous devons sans cesse nous demander : Que diroient Homère et Virgile s'ils lisoient ces vers ? Que diroit Sophocle s'il voyoit représenter cette scène ? »

C'est la préface de *Britannicus*. Cet aveu, qui figure dans l'édition de 1670, Jean Racine prit soin de l'ôter dès la réédition de 1676.

*

Racine se trahit. Spontanément il se réfère aux Tragiques comme s'ils étaient son premier public. L'oreille la plus proche est millénaire. Le regard le plus direct n'est pas dans l'espace. Ils parleraient français, vieux morts amateurs de traduction, ou de métamorphoses. Il en appelle à leur témoignage, quand plus de deux millénaires les séparent.

Ce n'est pas l'illusion qu'il nourrissait que je veux souligner. Il y a peu de différence entre quelques heures qui nous séparent d'autrui, et quelques millénaires. Ce qui n'est plus ne se présente pas sous des aspects qui sont si divers. Mais le sentiment d'évidence qui l'emportait. La *confiance* dans laquelle leur évocation sur-le-champ le plongeait.

La façon dont Proklos vivait « avec » Platon. Il était là, il partageait le pain, on ne cessait pas, à tout instant, à tout propos, de lui céder la parole — alors qu'il était mort depuis neuf cents ans.

*

L'absentia et la pensée (l'abstantia, l'abscedentia, l'abstractio, l'absentatio et la pensée).

L'absentia est le lieu de la pensée. Raisonnements, simulacres, pensées, écrans, phantasmes, images différencient par l'absence.

*

(Le stylographe dans la main de celui qui écrit. Le livre dans la main de celui qui lit. Sigismond Freud parle d'une petite bobine qu'il a vue dans la main d'un enfant essayant, « tâtant » du « disparaître » et du « paraître » des choses et de leur absence. Nous avons besoin de relais avec ce qui n'est pas. Les uns des petites idoles, des petites effigies, des petits bols, des petits cratères, d'autres des petit volumes, des petits lambeaux, des petites citations de ceux qui sont morts.)

*

Citation et mort.

Toute citation est — en vieille rhétorique — une éthopée : c'est faire parler l'absent. S'effacer devant le mort. Mais aussi bien l'insistant rituel selon lequel on mangeait le corps des morts, ou celui du dieu. Sacrifice pour s'en préserver, pour contenir ce pouvoir en le découpant en morceaux et en l'ingérant pour partie.

D'une même façon le sentiment d'une perte initiale, absolue (de l'abandon, de la séparation, ou de la mort) est souvent présenté comme l'origine des livres (du moins des romans, et des systèmes philosophiques). Dans ce sens la tentative dérisoire et somptueusement piétinante et citatrice de Montaigne évoque un cercle peut-être fondamental : la mort où tout en nous conflue ne peut être seulement envisagée que si nous supposons son expérience. Il semble — semblons-nous dire — que nous l'avons éprouvée en naissant. À la vérité c'est une notion bien précautionneuse que celle d'un deuil qui ne nous serait antérieur que parce qu'il serait devant nous : et toute la vie étant en ce sens traversée de hâte, d'urgence, tout étant présage, signes précurseurs, prétextes à hantise. Tout est aussi bien sur-le-champ reconnaissance, réminiscence — et d'un effet aussi déprimant. Si « tout » a commencé un beau jour, tout a déjà eu lieu et tire définitivement mesure de cette limitation — ou bien, dans cette langue où le « pays » se disait les « fines », de cette épouvante. De la connaturalité du néant. La mort est aux deux bouts de cette « chaîne d'or » et il n'est pas vrai que d'autres civilisations, à l'instar de la nôtre, n'aient pas ressenti comme aussi désespérant, ou aussi horrible, ce qui précède la naissance.

Car ce n'est jamais une « mère », un « souvenir », un « objet », un « état » qui auraient été perdus. S'il en était ainsi, une prière, une évocation, une quête, une recherche bien menée, une analyse consciencieuse pourraient nourrir l'illusion de remettre la main un jour sur ce qui fait défaut. Mais c'est l'absence qui fait le lit de ce « défaut ». C'est tout ce qui peut être vécu qui est dans la mort. Tout est perdu. C'est sans mémoire. Cela n'a pas eu lieu. Aussi rien ne peut-il en rappeler le souvenir, ni en remémorer la disparition. C'est une amnésie qui précède la mémoire. L'éclipse se situe aux deux bouts de l'antique « chaîne » imaginaire : c'est sans identité. Nous entretenons avec l'éclipse totale — notre absence, ou plutôt l'absence en nous — un lien privilégié mais dont le fait d'écrire n'est pas le privilège. Nous tâchons alors extrêmement au deuil. Et dans le néant. Et en vain. Et dans ce sens il est en quelque sorte facile de dire que pour celui qui écrit toute langue est une langue morte. C'est une mémoire de rien, mais exactement comme nous nous « ressouvenons » de la mort.

*

Le moyen d'autre part que la contagion bouleversante des voix aux moments qui succèdent à la naissance, et qui aussi peut-être la précèdent, et qui fait le fond à partir duquel l'acquisition progressive d'une langue est possible, — comme elle précède cette acquisition qu'elle rend possible — ne demeure pas aveugle à ce qui la dessaisit alors sans qu'elle puisse l'appréhender ? Il n'y a pas un seul mot en effet que je n'aie reçu d'un autre. Sitôt que je parle, mon accent se superpose au sien. Et jamais il ne se détermine par lui-même ou par une autre voie que celles de cette fascination hébétée, tremblante, chuchotée ou de cet affrontement aveugle et comme empourprant tout le corps. Sorte de voix qu'on peut dire dans ce sens en effet «aïeule», «morte», sorte de fredon terrifiant, nettement incompréhensible, obscur, inséparable des premiers essais de gorge du tout petit parleur à l'instant où il s'essaie à sa langue, ou à l'imitation des sons qu'émettent ceux qui l'entourent. Encore que ces noms et ces épithètes (voix, aïeule, morte, pourpre, terrifiant, obscur, fredon…) soient alors particulièrement impuissants à signifier, et de là ne soient pas aussi précisément ressentis : perçus sans moyen qu'ils soient perçus, éprouvés sans moyen de les exprimer, de les distinguer, de les opposer, sans moyen de leur affecter hiérarchie ou valeurs.

De là les vieux thèmes de la plainte adressée à une voix perdue. De la langue citant en lamentation l'essai impossible de dire. De la voix de la mort, dont le corps s'est décomposé, — voix d'Écho ; voix qui désespérément dans l'espace demande un corps pour se loger.

Mais il faut souligner que cette « mort » et que ce « deuil » sont des notions par elles-mêmes inexactes et abusives : puisque cette amnésie est « absolue ». Deuil de personne, abandon vague, perte sans objet, souvenir sans nostalgie véritablement attribuable.

*

(Quand nous pleurions, il était extrêmement préférable que nous ne sussions pas exactement qui nous pleurions. Dans un même temps — voile à portée de nos mains —

nous nous empêchions de voir et — lustrations extrêmement immédiates et presque privées, à la limite de notre corps — nous nous lavions les yeux de ce que nous ne voulions pas qu'ils aient vu. Voir l'absence, voir « de nos yeux vu » le fait que nous ne fûmes pas toujours, et que nous mourrons, c'est tout à coup la main de conte qui prétend qu'elle empoignera l'eau.)

*

L'amateur de langues mortes.

(C'est une petite prosopopée oratoire par laquelle Guglielmus Budaeus confesse sa passion. Il s'est détourné de François Ier. À son instigation il a pénétré dans l'ombrage, s'est assis parmi les ombres. Il se tourne vers un interlocuteur plus royal qu'un roi : il s'adresse à la langue à laquelle il a sacrifié ses loisirs. Il confesse sa domination plus tyrannique et plus impérieuse. Aussi est-ce l'ombrageux ombrage. Il reconnaît sa « mania ». Il connaît les crises des fétichistes, qui sont souvent hallucinantes, et il a le caractère pieux des prêtres, la manie vétilleuse des simulacres de sacrifices.

« Comme vous étiez inutile ! » dit-il en s'adressant à la langue dont il est l'ensorcelé.)

*

(Un autre lieu ombreux : il est assis dans un fauteuil près de sa table. C'était la fin du jour. Il venait d'allumer la chandelle qui était posée sur le tissu de bure qui fait de la table un « bureau ». Qui n'a subi l'attrait absolu de ce qui l'a précédé ? La douloureuse présomption que de l'être ait été ? Le dépit où on est de ne pas avoir « tout » entendu ?)

*

(« Comme vous étiez inutile ! dit-il encore. Nul alors ne vous voyait. Nul, depuis des millénaires, ne vous entendait plus. Personne qui pût songer à vous écrire encore. Vous ne vous souciiez plus d'être. Peut-être, au tout commencement de votre refus, de votre retrait, vous préoccupiez-vous qu'on ne vous entendît plus excessivement. Et que personne ne s'avisât désormais de vous toucher, de vous transformer, de vous dire. »

« Vous n'étiez plus là parce que vous aviez décidé de ne plus être à la disposition de qui que ce soit. Parce que vous aviez décidé de ne plus être dans le dessein de quoi que ce soit. Vous ne disiez plus un mot parce que enfin vous réclamiez le silence. Vous vouliez votre propre fin. Vous souhaitiez la contagion, la progressive inanition, la paix de l'obscurité et de l'absence peu à peu, et de façon insensible. Très tôt vous requériez avec insistance l'absence de son, l'absence de tout « dérangement » de sens. Vous aviez rompu avec la guerre, avec le désir, avec les discours, avec les justifications niaises, avec les promesses vaines. Vous vous montriez à mon égard d'une patience sans limites, vous étiez la sérénité c'est-à-dire l'extrême hébétude. Totalement tarie, vous vous étiez épanchée dans le temps, vous aviez tout le temps, tout le temps vous me l'abandonniez. Vous vous étiez livrée, soumise totalement à la nuit où vous m'entraîniez.

« Vous étiez déserte. Vous accréditiez le sommeil, l'endormissement, la douceur d'un imperceptible souffle près de soi.

« À vos côtés, j'imitais insensiblement votre exemple. L'angoisse s'échangeait à votre absence. Le doute s'estompait peu à peu : il devenait contemplation de votre néant.

« Vous étiez une part de la nuit des temps. Une coquille attestant l'effrayant infini. Un fragment affleurant encore dans le sable, coupant encore.

« Je vous savais inutile et je me savais inutile. Je ressentais combien vous étiez vaine, j'éprouvais combien j'étais peu.

« Comment aurais-je eu la témérité de chercher à obtenir d'être plus que vous n'étiez, quand vous n'étiez plus rien ? Et m'insurger contre cette annihilation quand tant de siècles avaient accumulé de poussière sur vos cendres elles-mêmes, et préservé le vide qui s'étend à partir de vous ?

« Vous étiez cette jaunasserie tour à tour un peu blanchâtre, ou grisâtre, ou un peu violacée dans le rare blanc des pages des versions du collège, l'obscurité brune, affamée et humide de la nuit commençante, l'odeur suffocante de fadeur que dégage le corps des morts, mêlée de cuir, d'urine, et de laine mouillée. Ce qui a vécu et qui, ayant cessé de vivre, n'est pas, n'était-il pas, de quelque manière, moins encore qu'il n'était avant qu'il n'apparût ? Je ne pouvais mendier auprès de vous la moindre assurance, ni poser la moindre interrogation. Vous n'aviez plus d'avis sur rien. Vous n'étiez ni pour ni contre : vous n'étiez pas "contre" moi-même, vous n'étiez même pas "pour" vous-même. Presque de l'affection ! Au bout d'un si long temps je trouvais enfin quelqu'un qui n'affirmait ni ne niait, qui ne résolvait aucune contradiction. Qui laissait les choses les unes à côté des autres. Qui laissait tout à côté de tout et tout, l'unité de tout, le laissait enfin de côté !

« Parce que vous ne résidiez plus à l'intérieur de vous-même. Mais qui aurait pu vous situer au-dehors ? Vous étiez disparue infiniment, éternellement, et à votre contact je disparaissais.

« Chose de poudre, plus petite qu'une noix. Corvée. Chose irremplaçable et inutile. Plus brève qu'un son. Qui ne pesait rien. Abstraite. Immensément ancienne et sans durée, et qui ne se répétait pas. À la disposition de n'importe qui et dans le même temps rébellion si fermée, muette, lettre close, inaccessible, imperturbablement inaccessible, pour les siècles et les siècles désormais impénétrable : négation qui était inflexible, retrait impavide qui était insaisissable... »

*

Parler et tuer.

« Chaque fois, reprit Mme d'Aulnoy en le regardant avec un air sévère, qu'un enfant souille sa bouche en prononçant un gros mot, au royaume des fées une fée meurt. »

*

Celui qui écrit, il lui semble parfois absurdement qu'il est le porte-parole d'une ombre — sinon celui de fées que la pudeur de sa voix maintiendrait dans l'existence. Ombre sans nom, sans visage. Qui est plus large que sa mort. L'ombre impossible, immense, et qui serait contemporaine des saisons qui précèdent et entourent la naissance. Sans doute y a-t-il là une dépossession à ce qui n'est pas. Et qui est sans répit. Encore qu'elle ne se retourne pas à vrai dire sur ce qui n'était pas. Ni n'affronte à proprement parler ce qui ne sera plus. C'était le vieux thème rhétorique de la vanité. C'est ce qui met à nu, et qui aussitôt ne désigne *rien*.

*

Rien, c'est *rem.* C'est la chose.

*

Cette insignifiance soudain universelle est le corollaire « féerique » de tout système supposé de signes. Le « silence » dans ce sens est le nom de la « mort » du moins à seule fin de la séparer de la voix de ceux qui « vivent » (à seule fin de préserver la vie des pouvoirs qui reviennent à la différenciation des vivants par la mort — mort qui les fonde dans la vie autant qu'elle les y maintient). Or, les livres prétendent conserver dans leurs pages et le silence et la voix.

Le thème du dédoublement est voisin : être en place de « quelqu'un ». Être en place de « soi ». Ce sont des équivalences qui sont moins pathétiques que constitutives — que logiques. Elles font l'objet des contes pour enfants. Le petit déchet haut comme le pouce. Le petit rebut malheureux. Et le miroir que je me tends ne peut que refléter cette inexistence avant moi, moi, c'est-à-dire l'imitation, et c'est-à-dire la différenciation ou le geste maniaque du sacrifice, c'est-à-dire encore le corps démembré de la victime, la peau et les kathàrmata déposés aux carrefours, puis cette corrosion aussitôt après moi.

*

Le sens n'est pas ce qu'il signifie, mais il y a du sens : des écrans, des simulacres, des engorgements. Par différenciation sans terme.
La mort : le sans sens : l'électroencéphalogramme plat : le réel.

*

Sacrifier à la joie, à l'absence de sens, les pires pensées, pour faire sonner le rien.
La res. L'être. La chose.
D'où une profonde indifférence à l'égard des contenus de pensée, au degré d'habileté et de complexité près. De plus, comment ne pas se montrer tout à fait indifférent à ce que pense la pensée quand l'opération de pensée laisse passer le « bout de nez lui-

même », très matériel, de l'utilisation particulière qu'elle est d'un surcroît d'énergie matérielle ? Déjà sacrifice. Le tout de ce qu'elle pense — la totalité du pensable — se trouve toujours déjà subordonné à la fonction qu'elle assouvit physiquement. La pensée n'est pas le but du fait de penser. Les choses pensables ne sont pas des choses, et elles sont 1. indifférentes par elles-mêmes, et 2. indifférentes relativement à la différenciation qu'elles permettent.

La joie de l'activité de penser consiste en la ruine du pensable. Dans ce sens (si de tels comportements, ou de telles mécaniques, pouvaient être affectés de rôles ou de desseins) penser veut l'absence de toute pensée. L'opération cherche à atteindre l'absence de ce qui la motive.

Vide, panne absolue, blanc, mort, équilibre, réel, « aréférence référente », « encéphalogramme plat » qui travaillent le crâne.

*

C'est la *rem*. C'est le « rien », dans l'ombre de François Ier.

*

(Préciser le plus la mise, jouer à fond, c'est-à-dire laisser se développer les conséquences jusqu'à la suppression. Ne jouer sur rien d'autre que sur la mise initiale.

Plaisir de la pensée articulée. Plaisir du lecteur. (En grec : le mot qui est à la fin de l'*Éloge d'Hélène.*)

« Auteurs tragiques ».

En langue grecque : spécifiquement les trois traités qui restent de Gorgias. Dans la vieille Chine : Kong-souen Long. À Rome : *De Natura Rerum* — ou *De Phisica Rerum* — de Titus Lucretius Carus. En langue française : Jean de La Fontaine.)

*

Il faut rendre le logos à l'alogon de tout ce qui est.

*

Un pêcheur jette un filet dans la mer. La première fois, il remonte un enfant mort : il le rejette. La seconde fois, une petite urne cinéraire en or massif et pleine de sable : il la rejette dans la mer. La troisième fois, un gros poisson. Il le rejette aussitôt à la mer. Enfin : un filet de pêche. Il l'emporte chez lui.

*

Celui qui lit les vieux textes, et qui connaît les vieilles langues, son corps est mort à l'égal de ces langues. Qu'on le jette à l'eau !

Xᵉ TRAITÉ

Vie de Lu

Lu Guimeng naquit dans le Jiangsu, sous les Tang. Lu appartenait à une famille patricienne et aisée. Il descendait du ministre Lu Yuanfang. Lu lisait. La bibliothèque dans la demeure de ses ancêtres était ancienne et nombreuse, et d'une odeur pénétrante de vieilles pommes. Il était entêté de la lecture du *Chunqiu*. Il fut d'abord dignitaire des deux commanderies de Su et de Hu. Quelquefois il entendait un bruissement d'eau qui l'appelait. Un jour, il se retira soudain du monde. Il retourna chez lui, reprit la lecture du *Chunqiu* en gérant son domaine de quatre cents mu avec une dizaine d'hommes et autant de buffles. Il défrichait lui-même, rompait les branches inutiles, menait les buffles à la rivière. Il fit édifier une bibliothèque près de l'eau. À l'opposé du domaine, il y avait un enclos pour les femmes. Il était grand amateur de thé, qu'il cultivait aussi. Il regardait les fleurs blanches, pinçait les plus jeunes pousses qui n'atteignaient pas la moitié d'un centimètre, toutes repliées sur elles-mêmes comme les petits des hommes quand ils sucent leur pouce. Il paillait lui-même les pieds de ses jeunes théiers avec du chaume de riz.

*

Puis il cessa de pailler. Il s'asseyait directement par terre. Il jouait avec des brins. Il se plaisait aussi à les émietter.

*

Lu était maniaque de propreté et de pureté. Il allait se baigner dans l'eau de la source et dans celle du lac quatre fois le jour. Il revendit les femmes parce qu'il les trouvait malpropres. Quand il avait le pénis gonflé, il essorait sa joie dans l'eau. Il acheta trois barques et il errait autour de Fuli. Aussi reçut-il le sobriquet de *Jianghu sanren* (le Vagabond des rivières et des lacs).

*

Il ne faisait rien. Il aimait s'asseoir dans les barques mouillées. Il ne prenait pas l'aviron. Il aimait flotter.

*

Souvent il partait en barque au pied levé, avec seulement deux livres, un fourneau à thé et un nécessaire d'écriture. Dans chacune de ses barques, pour pouvoir partir dans la précipitation de l'envie, il laissait entreposé un matériel de pêche complet, une canne de bambou, des hameçons, une boîte de cendres pour se nettoyer les doigts ou l'anus, une balance pour recueillir les poissons. Il voguait des heures durant. Il lisait. Il écoutait l'eau. Il regardait le monde, et son reflet déposé sur l'eau le long des rives, et son souvenir empreint dans l'encre sur la soie douce des volumes. Il les portait jusqu'à son nez et il respirait l'étrange odeur vieille des livres qui furent lus par les morts. Il laissa de très beaux recueils de poésie dont il adressait toujours le premier exemplaire à Pi Rixiu afin qu'il le corrigeât et qu'il le lui retournât en lui communiquant son avis. Il froissait sous ses doigts une feuille de thé noir qui peu à peu tombait en poudre en parfumant ses doigts. De façon imprévisible il passait un manteau de pluie, prenait un panier et visitait les arbres, pinçant les feuilles des deux mains, rompant avec l'ongle du pouce les feuilles trop petites ; ou maculées ; ou déficientes ; ou grises ; piquées par les moustiques ; sucées par les punaises.

*

Il cessa de boire le thé. Il aimait l'odeur du thé sur ses doigts.

Il aimait porter ses doigts à son nez et se caresser les narines avec leur odeur.

*

Parfois il allait aux cabanes à l'improviste et il supervisait toutes les étapes de la fabrication des feuilles. Il pénétrait dans la salle de flétrissage où l'eau s'évaporait grâce aux courants d'air dus aux grands éventails. Les petites feuilles enroulées et vertes encore sentaient la pomme et commençaient à se recroqueviller. Puis il voyait les hommes les tordre et les jeter dans les bacs de fermentation. Ils les portaient près des chaudières à bois pour les sécher. Pour trier les feuilles insuffisamment noires, c'était l'équipe des enfants qui en était chargée. Ils avaient des yeux rapides et merveilleux pour déceler la grisaille. Les femmes les plus vieilles disposaient les boîtes et emballaient pour la ville. Il prenait un de ces petits volumes fermentés et noirs et le déposait sur l'eau frémissante. Il regardait les couleurs dérouler des traces dans l'eau chaude, de l'orange jusqu'au rouge foncé et il s'en émouvait. Il glissait dans les livres comme marque pour indiquer la page où il avait interrompu sa lecture une branche de théier fraîche du genre camélia avec sa petite fleur en bourgeon. Il mangeait la chair des poissons presque crue. Il enroulait le filet de poisson et, à l'aide des deux bois, il le plongeait dans l'eau rouge et chaude du thé.

*

Lu mena ainsi une paisible et longue existence de retraite, déclinant l'une après l'autre, avec des fous rires sous sa main, les charges officielles qu'on lui proposait.

*

Dans les dernières années du IXe siècle, après qu'il fut mort, l'empereur Zhaozong lui confia le titre de *youbuque*, ce qui veut dire « fonctionnaire de droite chargé de reprendre les omissions de l'empereur ». Il me paraît convenable de choisir ceux qui sont chargés de reprendre ce qu'un homme a omis parmi ceux que la mort a ôtés.

*

Les poissons et les berges, les théiers, les reflets et les eaux regrettèrent sa barque silencieuse.

XIᵉ TRAITÉ

La bibliothèque

La bibliothèque est la transcription remaniée d'un entretien qui eut lieu le lundi 19 décembre 1977 entre Georges Perec, Benoît Anelisseau et Pascal Quignard. *La bibliothèque* parut dans *L'Humidité*, en mai 1978, aux côtés de *Notes brèves sur l'art et la manière de ranger ses livres* de Georges Perec. Le texte de Georges Perec a été repris dans *Penser/Classer*, Hachette, 1985, pp. 31-42.

Pierre Leleu

— Vous déterrez des Latins et des Grecs couverts par la poussière. Vous ramenez au jour de vieux livres français que l'histoire a rejetés dans l'oubli. Vous consacrez votre temps à la lecture. N'avez-vous pas écrit un récit intitulé « Le Lecteur » ? Ainsi vivez-vous dans la bibliothèque. Vous vivez d'elle.

— Vous avez tort de jeter un sort sur ce que j'écris pour en conclure tant de douleur. Les mots dont vous usez ont trop de force. J'aime beaucoup lire. J'aime un peu la poussière (sauf sur les seins, les sexes, ou les yeux ouverts). J'aime très peu les bibliothèques. De toute façon l'opposition où vous cherchez à m'enfermer est sans aucun doute d'un contraste excessif. Comment « vivre » en effet dans un lieu consacré à la conservation de la mort mais dont l'une des fonctions de nos jours de plus en plus souvent mise en avant consiste moins à nettoyer les tombes qu'à les ouvrir, consiste moins à ménager, à réserver la mort, à contenir ses effets, qu'à assurer sa contagion, sa communication ? Curieuses grottes affectées, oppressantes et sombres, avec hurluberlus, forçats et sentinelles, nichées au cœur des villes, aux flancs des vieux palais, et qui servent d'entrepôts à cette petite part de reliefs que certains morts ont le goût pour le moins indiscret d'abandonner sur le rivage des vivants. Mais dans le même temps nul ne sait plus avec quelle distance étrange et avec quelle joie (avec quelle désillusion, et avec quelle illusion) on peut s'entretenir, un peu, d'une « langue disparue », ou évoquer, dans une compagnie presque inassujettie au temps, le souvenir d'un corps anéanti. Mais, aussi bien, ne faut-il pas ajouter aussitôt que l'entreprise contraire serait peut-être plus déroutante encore — dans l'épouvante ou l'effrayant désir où sont les mortels de mourir ? À la vérité il me faudra peut-être toujours répondre point par point de façon négative. J'ai peu traduit dans le brouhaha des salles. J'ai rarement grossi ce peuple d'ombres voûtées, qui sont de grandes traîneuses de sabre, et qui pépient sans cesse. J'ai moins souvent que vous le dites établi des vieux textes, rencogné dans le fond des Réserves, et je n'ai jamais su écrire dans le jour médiocre, brûlant les yeux, assis sur les fauteuils de bois dur. Le jardin, l'eau, l'aube, l'isolement, le soleil sont mes dieux. A fortiori comment aurais-je pu «lire», parmi la multitude agitée de ces «clubs», à l'écart de la clarté du jour, dans cet air usé, souvent fétide, que rien ne renouvelle, enveloppé de la nuée glapissante? Même, de façon toute simple, comment lire, quand persiste ce fredon entêtant, fait de pages froissées, de grincements de chaises, d'éternuements et de gorges raclées, de détonations imprévisibles, sourdes, que font les livres brutalement jetés sur les pupitres ou sur les tables, alors que la lecture impose, autant que l'existence du livre ouvert dressé devant les yeux, le fait de la solitude et l'idée de silence?

Mais je crois que la négation doit être poussée plus loin encore et toucher à l'édifice lui-même, des pierres d'angle jusqu'aux plus hautes verrières. Quand exploserait le vacarme, ces coupoles brisées en éclats, ces chaises mises au rebut, ces hommes traînés sur des charrettes et jetés en hurlant dans l'eau de Seine du haut des deux ponts qui mènent à la Cité, ces pierres mises à terre et ces nécropoles réduites à néant, alors le pressentiment se ferait évidence, la conviction aveuglerait : les livres ne sont pas dans les bibliothèques. Ou les bibliothèques ne sont pas là où elles sont situées.

— Que veulent dire ces verrières et ces chaises dans ce cas ? Quel sens donnez-vous au mot de bibliothèque ?

— Le sens le plus ordinaire. Celui sanctionné par l'usage. Bibliothèque : lieu où on range les livres. En grec : où on les « pose ». Or, où sont rangés les livres ? Dans les corps qui les lisent. Pour répondre à votre première question, les bibliothèques ne sont pas des lieux, ce sont des corps.

— Mais où, sinon dans de tels « lieux », auriez-vous trouvé la tragédie de Lycophron, les traités de Damascius, les proses de Maurice Scève ?

— Sans doute bibliothèque peut-il être entendu en grec comme une « boîte à papyrus », en français comme un « dépôt de papier ». Mais l'image du rat de bibliothèque, du nécrophage et du désincarné que vous évoquiez de façon insidieuse en commençant pour m'y réduire est au bout du compte romantique et vaine. Sans doute ai-je dévoré les livres : mais moins cependant que les lois et les codes, les noms et les syntaxes ne dévorent chaque corps, qui est aussitôt social. Sans doute me suis-je repu de la viande « très creuse », sans doute ai-je beaucoup mâché le livre que saint Jean dit « amer aux entrailles », mais ce corps était préalablement creusé pour cette faim, saturé d'un désir que seul l'excès était capable de creuser encore et de « manquer » encore. Aussi ne vit-on pas « dans » la bibliothèque de la façon plus ou moins convenue et secondaire où vous paraissiez l'entendre. Mais d'une manière fondamentale, autant que nous parlons et que cette puissance de la langue en nous nous fonde, et qu'elle nous constitue. Ce sont des corps vivants qui enregistrent ces marques. Les entrepôts ce sont nos chairs et nos boulimies de symptômes. Leur histoire : c'est cette écriture sur nous. Ils sont liés à la filiation des patronymes et à l'empire, nous-mêmes victimes d'un sacrifice à la double face des livres auquel nous consentons en nous retenant cependant d'applaudir des deux mains qui le tiennent. Notre « caverne » est notre crâne et notre crâne, la niche de l'armorium.

— Pourriez-vous détailler cette histoire qui construirait ces corps ?

— Il y a autant d'histoires qu'on tisse et affabule des événements qui sont épars en romans, au sein desquels ceux qui se croient vainqueurs ou du moins ceux qui ont réchappé font figure de héros. Songez aux transferts d'empires : Grèce, Italie, Byzance, France, Espagne. De l'Inde à l'Inde. De la Chine au Japon. Toutes les bibliothèques, comme les langues, sont toujours nées de pillages, confiscations, transferts de trésors, d'hommes, de pouvoirs, de dominations, de narcissismes, de soupçons et de censures, d'apparats et de louanges, de gestes somptuaires et de proclamations d'interdits. Toutes sont passées aux mains d'un chef de guerre, d'un religieux, d'un roi, d'un marchand. Songez à Mazarin, à John Sloane. Aux plus lettrés et aux plus écrivains d'entre eux l'idée s'est fait jour que « conserver » ou que « détruire » c'est d'une même façon « lire » : le premier empereur des Qin donnant l'ordre terrible en 213 avant Jésus-Christ ; César détruisant la bibliothèque d'Alexandrie ; les chrétiens celle de Pergame ; les moines maculant, effaçant, mutilant ; les Réformés ; les feux publics des « places du marché » ; les Révolutionnaires. De même que les figures peintes sur les vitraux des fenêtres des bibliothèques médiévales redoublaient les grandes articulations du catalogue des livres enchaînés (au point que la conservation de ces vitraux permet de connaître pour chaque époque donnée l'état de l'inventaire), de même qu'ils en constituaient le « miroir », redoublant leur emprise en ce sens où la lumière qui permettait de lire les livres traversait et se nourrissait de ces reflets d'eux-mêmes préalables — de même nos yeux quand ils cessent de lire voient au travers de grilles innombrables qui sont elles-mêmes filles des pères, des langues, des hégémonies et de la volonté d'instruction et de légende qui les reflètent. Nos lèvres, s'ouvriraient-elles au bas d'une tête qui n'aurait jamais lu, elles réciteraient, sue par cœur, une tradition implacable, un « empire » longuement exercé et qui commande jusqu'aux muscles de la glotte, jusqu'à l'usage de la main droite, jusqu'au haut du corps contraint et pétrifié.

— Vous croyez vraiment que les livres auraient la capacité d'écrire le « corps humain » ?

— Je ne crois pas qu'il y ait des choses aussi générales qu'un « corps humain ». Je ne vois même pas de quel sexe il serait. Mais rouvrez les vieux volumes, reprenez toutes ces images si lumineuses montrant Oxford, Cesena ou Zutphen. De même que durant deux siècles on enchaîna les livres grands ouverts sur les pupitres où ils reposent : de même nos corps, qui sont garrottés par une chaîne dont l'invisibilité n'ôte rien à la toute-puissance. Nous sommes enchaînés des pieds jusqu'au fond de la gorge, domestiqués et attelés à la langue dont nous nous usons, laquelle, pour qu'elle s'articule en nous, de ces « fonds » en ces « combles » nous articule et nous désarticule en elle. Mais non seulement les postures que requièrent ces sons mais aussi celles auxquelles soumet l'inscription des signes qui les « représentent » ; je songe à l'enfant au collège, assis à sa table, buste qui est tendu, la nuque rasée, les genoux nus et glacés sous le pupitre, la main qui écrit sur le cahier, doigts blanchis autour du porte-plume; tout ce corps, il est asservi à la lettre même qu'il inscrit, non par l'attention qu'il porte à ce qu'il fait, mais dans la disposition et la forme même de ses membres, la respiration de son souffle, la circulation de son sang. Quand il serait nu, selon l'éclat ou le refus de son regard, le port de sa tête, le raidissement de la nuque, la façon dont les genoux sont serrés, dont ses pieds touchent le sol, la pression des doigts sur la plume, le circuit (gauche à droite, ou droite à gauche, ou haut en bas, ou le boustrophédon) que fait sa main sur la page, l'état du coffre « thoracique », la chétiveté des muscles, etc., je puis dire, rien qu'à voir ce corps, de quelle langue il dispose, à quelle classe il appartient, s'il chante, pianote, ou lit, à quelles langues mortes, ou vivantes, il s'est adonné. Ce corps muet, nu, et que je vois de dos, n'est-il pas déjà une *petite bibliothèque d'un français particulier*? Aussi ne devrait-on pas dire qu'on dispose d'une langue, qu'on emploie tel mot, qu'on s'en sert à dessein (de communiquer, etc.), mais que la langue où le hasard nous a fait naître dispose de nos corps et nous tient dans des emplois qui sont de véritables servitudes. Les langues, qui sont des puissances très tyranniques, asservissent ces corps et les transforment à leur image, tant il est vrai que celui qui prétend « maîtriser » une langue, en user le plus « librement », est celui qui s'y est aliéné davantage : jusqu'à la servilité. C'est un esclave qui a épousé les intérêts de son maître et qui cultive avec un zèle obsédé, entêté (les « puristes »), la passion diabolique qui les emprisonne, tour à tour graissant et hérissant le fouet, faisant rutiler les chaînes et les fers, ajoutant aux entraves, chantant très haut des sortes de petits *Te Deum* à la gloire du supplice.

Alors oui, Benoît Anelisseau, — mais dans ce sens plus singulier et d'une certaine manière contraire à ce que laissait entendre votre première question — le plus fruste des hommes, il est tel que vous le voyiez : rat de bibliothèque, Bücherwurm, bookworm. Comme le fer rouge qu'on approche des vaches pour marquer le troupeau d'une lettre : certains livres « marquants ». Ils impriment leur lettre sur un corps qui sans cette impression assouvirait son besoin d'expression en meuglant et s'en satisferait. Sur ce corps qui devient alors une « fiction matérielle », une construction plus ou moins organique à l'image de la langue. Nous sommes deux fois écrits et plus écrits que nous ne saurions écrire dans le dessein de combattre ces traces. C'est dans ce sens que lire et ne pas méconnaître le poids de ce qui nous précède peut être conçu comme une entreprise plus transgressive que des pratiques plus ignorantes, ou plus innocentes, et qui passent pour plus libres, plus sauvages, plus rebelles alors qu'elles obéissent et qu'elles s'aveuglent. Dès l'instant où nous ne parlions pas encore, nous avions entendu. Dès l'instant où nos corps ne savaient se dresser, le soprano d'une langue aussi lointaine qu'intime les avait dressés sur le patron de son fantôme. La langue, qui est lecture, elle les « entendait », avant qu'ils puissent la comprendre. Les « lisait », avant qu'ils sachent la déchiffrer. Encore une fois : le corps le plus illettré est plus savant que le lettré n'est savant : celui-ci se simplifie, se dépouille, et s'abstrait. La lettre est ce sacrifice. Sagace au sens du « roué » : il tâche à une « mue » contraire à la métamorphose première de son corps dans la lettre et à la métamorphose seconde de sa voix aggravée lors de l'adolescence. À jamais abandonnée du son même de l'enfance.

— Que voulez-vous dire par « métamorphose du corps dans la lettre » ?

— Il y a le zêta qui terrifiait les Pères dans le sénat de Rome. Il y a le thêta qui fit verser des larmes à l'empereur Néron. Il y avait dans l'apologétique chrétienne (mais avant dans le sigma d'Alexandrie, c'est-à-dire dans les traditions égyptiennes et juives) un vieux fond vraiment épouvanté qui constitue plus à mes yeux une puissance redoutable que le simple symptôme d'une société trop livresque ou d'une rhétorique propre aux religions ainsi qu'aux tyrannies. Tout ce corps du dieu mort criblé de lettres, du moindre geste de ses mains (qui déroulent le monde d'alpha à oméga mais aussi, par exemple, la tête en mourant, qu'il penche sur la gauche) au tau même de la croix : en bref, le corps conçu (la sacrification du « logos » en « corps », la victime épanchant du sens dans les traces laissées par le couteau sacrificiel à double tranchant) comme un gigantesque alphabet des souffrances physiques (le sacrifice) et des partages symboliques (le significe). Verbe « incarné » sans doute, mais moins la lettre en chair que la chair en lettres, redoublant si je puis dire la métamorphose par effet de retour : langue devenue chair et chair devenue langue. Dans les cultures écrites, tel est le mystère de l'incarnation. Ce n'est pas une croix mais une roue. Roue devenue tradition. Effrayante « Passion » d'une lettre incarnée.

— Cette tradition que vous évoquez s'est-elle réellement poursuivie au-delà des lettres grecques et des consonnes hébraïques ?

— La première image qui vient à l'esprit est la prolifération continue, incessante, des abécédaires en Occident, tant par la figuration qu'ils suscitent que par la mnémotechnie du sacrifice qu'ils recensent. L'un des plus beaux est sans doute *Li abécés par ekivoche* attribué à Huon le Roi de Cambrai, mais aussi bien l'*ABC Plantefolie*, l'*ABC Nostre Dame*, l'*ABC à femmes*. Aussi bien la tradition des alphabets servant à l'interprétation des songes ou bien la coutume si constante (au point qu'elle n'est même pas de nos jours surannée) qui consiste à rechercher en ouvrant au hasard un livre (souvent la Bible) pour finalement décider de sa vie à partir de quelques mots trouvés à l'aveuglée. Toute l'épigrammatique enfin repose sur une semblable emblématisation du corps et sur le pressentiment du pouvoir ensorcelant des lettres sur ceux dont on souhaite l'amour : tradition grecque, puis alexandrine, puis byzantine, mais qui a culminé à mon sens dans les poèmes latins d'Ausone de Bordeaux où l'on voit les lèvres du sexe des femmes maniées et remaniées dans tous les sens afin de former les lettres initiales des mots grecs ou romains les plus obscènes. Les lèvres sans voix du désir jouaient entre elles à ce qui leur était le moins possible, c'est-à-dire quelque chose d'un peu humain, quelque chose comme parler. Lettres initiales d'ailleurs qui font aussitôt songer à la tradition, beaucoup mieux connue (parce que très volontiers exaltée de nos jours par la mode), des « cadeaux », du moins qui renvoient à leur double tradition, à la fois picturale et typographique.

— Quels sont ces cadeaux ?

— Des dons, c'est-à-dire des machines de guerre portées à détruire ceux qui les reçoivent. Cadeau n'a longtemps voulu dire que la lettre capitale ouvrant la page du manuscrit. C'est la lettre *cadelée*, c'est l'espace de l'enluminure. Nous nous sommes « offerts » à la langue. Notre corps est ce « cadeau » que les livres nous font. Il nous revient des livres : contre-don de l'échange de notre corps sacrifié à la langue. Aussi bien les lettres initiales des vieux manuscrits, ou plus récemment les lettres typographiques ou les vignettes ouvrant les chapitres des romans ont-elles enfermé bien souvent dans leur sein, d'une même façon, un corps, que la lettre mange, qu'elle torture pour le plier à ses fins, à sa « forme », à son « sens ».

— Quand vous écrivez, pensez-vous à la totalité des livres, à telle ou telle bibliothèque, aux rayonnages sur lesquels vos livres figurent ?

— Je pense à un ton et une ombre. Et à un regard qui luit peut-être, attentif, au fond de ce silence. Comme un animal qui guette une proie invisible. Et je me leurre en croyant à chaque fois détruire le rayon que vous dites. Quand j'écris, j'aimerais nourrir l'illusion suivante : que je déplace le poids du langage sur moi, que je prête l'oreille au silence que la langue déploie en défaut, que je dépose cette peau empreinte de traces et de sangs rhétoriques, que je laisse à l'abandon la voix aggravée, la voix première elle-même épousant les timbres, les articulations, et les rythmes convenus ; que je rebute autant le « jamais-barbare » que le « toujours-empereur » ; puisque, encore une fois, la parole apprivoise le « corps » à la langue comme l'écriture la « langue » en ses signes visibles, il me semble que je me libère des livres dans le temps où en effet je ne fais qu'ajouter peut-être à leur emprise et perpétuer de la sorte une foi assurément malavisée.

Mais cesserais-je de lire : il me semble que je me repaîtrais alors d'une viande plus creuse encore. Périodiquement on brûle les livres, on brise les bibliothèques : il me semble que ce qu'on nomme très énigmatiquement « littérature orale » est un retour à un assujettissement plus implacable du corps, tel un registre qui serait de part en part sa propre archive. Les livres déjouent parfois les règles qui nous permettent de dire, exploitent l'inarticulable que les langues parlées laissent le long des chemins qu'elles empruntent, nous déprennent de l'angoisse, ou nous dessaisissent à l'angoisse d'une manière différente, en nous écartant pour une part d'un corps trop exemplaire, trop réglementé et trop fantomatique, et la sorte de vertige, de solitude, de dégoût, de vide, de néant, de silence, d'angoisse (je ne sais comment dire) dans lesquels ils nous plongent, plus qu'un luxe, une perte, une liberté, est peut-être un des plus prodigieux « transports ».

Ainsi quand le feu serait bouté à tous les livres que le monde contient la bibliothèque serait sans doute plus présente que jamais. D'une certaine manière ce sont les livres qu'on écrit qui font obstacle à ce que la bibliothèque ne s'étende aux dimensions du monde.

Les livres, ce sont des choses très ambiguës, et assez risibles. Je dirais de façon paradoxale qu'autant qu'ils emboîtent le pas aux ordres divers, et qu'ils les consolident, autant ils les grèvent et arment contre leur pouvoir. Ils asservissent à la lettre mais défendent contre l'empire qu'elle exerce à force d'en jouer et d'en inventorier les détours et les pièges ; ils détournent à jamais de trop de foi ajoutée aux pseudo-fonctions que ces ordres revendiquent et au sens mensonger et le plus souvent ignoble auquel ils ne cessent de prétendre. Aussi peut-on affirmer que pour une part seuls les livres peuvent se mesurer avec la bibliothèque et désarmer, un temps, ce qui en elle assaille. Que, pour l'autre, seuls les livres peuvent protéger le corps du joug inexorable. Du moins, un temps, peuvent-ils s'entremettre. Dans cette « escalade », dont le précipice est la mort et le réel, à chaque fois seul un désastre imaginaire plus grand peut mettre en défaut le fait de la victoire incessante. Seul un amas de ruines permet de défier le tribut insupportable que les corps consentent : si le tribut est bousillé — c'est-à-dire mal distinct, mêlé de chaume et de terre détrempée — alors le conquérant abandonne le trésor. Comme la plupart des hommes abandonnent leur voix elle-même abandonnée de l'enfance. Sauf les écrivains. Leur règne est ce tribut que le conquérant abandonne dans le chaume du langage et la terre détrempée et sale du réel. C'est la « chose » même — et c'est exactement pourquoi la *res* passe pour *rien*. Mais à vrai dire tout cet entretien aura moins consisté à développer un paradoxe sans doute insoutenable qu'il ne se sera acharné à bâtir une espèce de « sorite réciproque » où la bibliothèque incendiée en rêve paie sans mesure de retour les membres ardents sans ordre des corps de ses lecteurs. Mais à l'un et l'autre bout de la chaîne : la langue, qui précède l'un et l'autre, et qui se joue de nous.

— À perte ?

— Bien sûr, à perte. En pure perte. Et j'ajoute : par chance. Car le « tout » est l'illusion. Le « sens » est le rêve des insensés. Nous avons toujours « tout » perdu. Nous avons « tout » à perdre.

XIIᵉ TRAITÉ

Le mot de l'objet

Que veut dire le mot « objet » ? Un sein qu'une femme dénude. *Objectus pectorum* veut dire mot à mot ἐκβολή μαστῶν, dévoilement des mamelles. L'objectus est le geste de cette dénudation. En 90, légat, Tacite était en Germanie. Découvrit le ciel sombre, les grandes marées, les brouillards, les champs tristes. Il rapporte qu'il a parlementé avec les êtres qui vivaient là et qu'il décrit les yeux gris, les cheveux rouges, les vêtements serrés à la taille, le sexe et les fesses des hommes recouverts de pantalons et non de tuniques ou de robes. Il a bu la bière qu'ils faisaient. Il a vu de ses yeux l'ordre dans lequel les guerriers se disposaient pour la bataille. La page de Tacite que j'évoque est la suivante : « Memoriae proditur quasdam acies inclinatas iam et labantes a feminis restitutas constantia precum et objectu pectorum et monstrata cominus captivitate. » (On raconte que des lignes de bataille qui pliaient déjà et qui perdaient pied furent rétablies par des femmes : elles priaient les combattants en dénudant leurs seins et en signifiant la captivité toute proche.) En exhibant leur poitrine nue, les femmes des Germains lançaient un sort à leurs époux ou à leurs fils. Ce dévoilement avait une valeur impérative qu'on n'a plus moyen de saisir de façon sûre. Selon Gudeman, elles priaient de la sorte les guerriers de les donner à la mort plutôt qu'à l'esclavage. Selon Müllenhoff, par l'objection de leurs seins, les femmes rappellent aux hommes qu'en cas de défaite leurs corps cesseraient d'être à eux. Les femmes rappellent qu'elles sont la proie sexuelle des batailles. En le rappelant et en tirant sur leurs robes, elles font l'objet qu'elles sont.

*

Le réel est ce qui concerne les choses qui existent effectivement en dehors de nous. Les objets, ce sont les choses en tant qu'elles sont placées devant et s'opposent au sujet qui les perçoit et qui les nomme.

Comment apparaissent des objets dans le réel ? Comment des choses se jettent-elles en avant dans une masse sensorielle continue ?

Le mot objet veut dire l'exhibition d'un sein sur lequel on retire volontairement un tissu.

Le mot réel vient de realis. Realis vient de rem. La res est ce qui est, à la fois la substance et l'acte. L'accusatif de res est rem. La forme accusative a été conservée en français parce que la « chose » est le plus souvent « l'objet » de l'action. L'accusatif rem a donné le français rien. Conformément à son origine « rien » est demeuré huit siècles durant un substantif féminin et a gardé cette valeur jusqu'aux premières années du XVIIe siècle. Henri IV écrit encore le mot au féminin et au sens de chose. Employé dans des phrases négatives, le mot est devenu un mot négatif ; il est devenu un mot masculin. Enfin rien a éliminé le pronom négatif néant.

*

Objectus vient de *ob-jicere*. Les seins sont *jetés devant* les hommes. L'objet est la part du réel qui est mise en avant ; elle est devant les yeux comme la proie ; elle est placée devant tous comme le butin.

L'objectus pectorum a un pouvoir contraignant. Tacite dit que ce geste impudique a pour effet de ramener au combat le guerrier qui fuit et de restaurer la ligne de bataille. Ce mouvement de la main d'une femme lance un sort dont on a perdu le sens.

Mais on en sait l'objet : c'est l'objet.

*

Rem devint rien. Dans un roman du XIIe siècle le héros parle de l'amie perdue. Il dit qu'elle est la « rien » sur la terre qu'il a le plus désirée.

Marquée du pluriel cette « rien » désigne les parties impudiques de l'homme :

« Chacune qui les va nommant
Les appelle, ne sais comment,
Boises, harnois, riens, piches, pines. »

Prise dans une phrase négative, la « chose » peu à peu devient « nulle chose ». Quand Aimery de Beaulande écrit : « De ma vie n'est plus riens », ce sont toutes choses qui sont devenues des fantômes de choses. Ce fantôme de la « res » devient la realitas de la res, qui est l'autre du langage, et elle l'inscrit dans le langage sous la forme de rien.

*

Il y a un secret du réel : c'est le rien.
Y a-t-il un secret de l'objectus derrière le sein dénudé ?
Le texte de Tacite laisse entendre un secret : « et in proximo pignora, unde feminarum ululatus audiri, unde vagitus infantium. » Avant qu'elles mettent nue leur poitrine, tout près de la ligne de combat, se trouvent les « femmes qui font entendre les hurlements, les petits enfants qui vagissent ». Tacite signale ces trois points dans cet ordre : les hurlements des femmes, les vagissements des bébés, les poitrines soudain découvertes. Mettre en avant les seins dissimule des cris.

*

Il prit à Trogue Pompée un étrange désir. Il conçut l'idée singulière de rédiger dans un romain splendide l'histoire de la Grèce. Il en vint à transcrire en latin les histoires particulières de la plupart des peuples agenouillés : de la Grèce à la Perse et jusqu'à l'Assyrie. Au premier livre de son *Histoire Universelle*, il relate la guerre des Mèdes d'Astyage contre les Perses de Cyrus. Il montre les Perses reculant pas à pas, cédant. « Pulsa Persarum acies cum paulatim cederet, matres et uxores eorum obviam occurrunt ; orant in proelium revertantur. Cunctantibus, sublata veste, obscena corporis ostendunt rogantes num in uteros matrum vel uxorum vellent refugere. » (Les mères et les femmes des Perses accourent à eux ; elles les prient de retourner au combat. Les voyant hésiter, elles retroussent leurs robes, tendent vers eux leurs parties obscènes en leur demandant s'ils veulent se réfugier dans l'utérus de leurs mères ou de leurs épouses.) Aussitôt les guerriers perses, comme s'ils avaient été astreints par cette nudité, cessent de fuir, reforment leur ligne, chargent et mettent en fuite à leur tour les guerriers d'Astyage.

*

Les mots sont difficiles. Il y a un autre objectus derrière l'objectus. Sous la ἐκβολή, il y a un ἀνασυρμός. Sous le «dévoilement», il y a un «retroussement». L'exhibition des *obscæna corporis* constitue un maléfice silencieux. L'admirable phrase que fait dire Trogue Pompée aux femmes perses est une rationalisation. C'est du geste que vient l'efficace.

*

Ils venaient du pays des Voconces. Son aïeul avait commandé un corps de cavalerie sous Pompée dans la guerre de Mithridate. De là le mot de Pompée devançant Trogue. Son père avait été secrétaire de César, et garde de son sceau, avant que deux coups de poignard lui perçassent les parties. C'était sur les marches qui conduisent au temple de Pompée. C'étaient les ides de mars. C'était la main de Brutus. Il ramena le pan de sa robe sur son sexe ensanglanté en disant je ne sais quoi. Puis il cacha son visage avec sa toge.

*

Plutarque donne une interprétation plus simple de l'objection. Les mères spartiates font honte à leurs fils de leur lâcheté en leur montrant leurs parties intimes. Plutarque dit qu'il s'agit là d'un geste injurieux : elles leur indiquent en faisant ce geste qu'ils ne sont que des femmes comme elles.

C'est encore une rationalisation.

*

Trogue Pompée avait conservé de la famille en Gaule. Il écrivit cette page rapportant un geste impudique des femmes des Perses sur les bords de l'Isère.

*

L'origine de l'objet est liée 1. au sort que lance le geste, 2. au *stupor* où plonge la vision de ce que les femmes montrent. Ce qu'elles montrent — seins, puis sexe — est en effet progressivement originaire. Le premier objet dans le réel est peut-être le sein. Le tout premier site est l'utérus. Tout objet est 1. d'abord voilé, 2. uniquement féminin.

*

Il y a dans la dénudation magique une force impérieuse qui contraint au risque de la mort. Par là, dans le rien du réel, des fragments se détachent et se mettent en avant. C'est ainsi que la terre devient un monde et que ce monde est peu à peu peuplé d'objets. Le rien du réel alors n'est plus. C'est un immense voile d'images, une longue tapisserie d'illusions qui s'est substituée à lui. Ces voiles, ces tissus hallucinatoires, cette mâyâ se retroussent. C'est l'objectus de l'objet.

*

Est-il possible de conjurer les effets de l'exhibition sans se reproduire ?

Tout objet est interdit. Si tout objectus dévoile, tout ce qui est dévoilé est interdit.

« Et une chose vous défend
Que ja ne nommez celle rien
Que cil hommes portent pendant. »

Cette interdiction des objets se porte sur leurs noms eux-mêmes : le con, la queue. Leur nomination est déjà une exhibition.

Leur prononciation comme leur inscription procurent beaucoup plus de gêne que leur usage. Ils sont « interdits » dans le dire. Ce sont les « riens » de la « res ».

*

J'écris pour rêver que les mots ont un sens. La « rien » dit ce qui est entre les jambes des hommes. L'« objet » est une femme qui dévoile une partie impudique d'elle-même, seins ou sexe, et les jette en avant sous le regard des hommes.

*

Ce retroussement est le même qui fait que les lèvres des hommes, en dehors de la faim, sont les seules lèvres animales à se retrousser en l'absence de « l'objet » dans un objectus vide.

*

Le retroussement des lèvres des hommes quand il n'y a pas d'objet a pour nom le rire.

XIIIᵉ TRAITÉ

L'e

Les arbres qui sont éloignés sont dépourvus de branches.

*

(Wang Wei précise que, tout d'abord, — pour peu que nous les prenions à l'improviste en nous retournant brusquement — aussitôt avec violence, avec splendeur, ils paraissent nier qu'aux termes de leurs branches ils aient jamais porté des fleurs.

Puis, si nous nous éloignons davantage — et à la condition que nous les regardions de côté — c'est à peine s'ils souffrent l'idée de se dresser, de s'épanouir, et de présenter à nos yeux la plus vague apparence d'un minuscule feuillage. Peu après, ils ne supportent même plus leur ombre. Ils effacent leur ombre sur la terre.

Si nous marchions un peu encore, et si nous nous retournions de nouveau brusquement, alors ils n'admettraient plus du tout qu'ils aient pu être des arbres. De leur propre mouvement ils seraient anéantis, et ils se confondraient au silence, et à l'invisibilité.

Ils se reposent alors.)

*

La première coquille connue se trouve dans un psautier imprimé par Fust et Schoeffer en 1457.

*

La bouche qui parle est invisible à celui qui parle. Quel est celui qui parle sans sa bouche ? Quel est celui qui parle hors de ce qui n'est pas visible ?

Si celui qui parle n'a pas présent à l'esprit 1. la mémoire de la matière de sa parole, 2. la mémoire de ce que la mémoire, lors de la commémoration, ne garde pas en mémoire, alors il parle.

*

Le signe dit *deleatur* est attesté en 1520 (placards d'un ouvrage de Raoul de Montfiquet imprimé chez Philippe Lenoir).

*

L'*e*.
L'*e* prosthétique dans « écrire », « écriture », etc., est attesté dans les textes mérovingiens. (On trouve « escripsi » en 769. On le trouve déjà à l'intérieur d'un composé en 718 sous la forme « adescribetur ».)

Guillebert de Metz note « escripvain ». Tory note encore « escripture ».

Ronsard fut le premier, en 1553, dans les *Amours,* à noter « écrivain ». En 1565 (dans l'*Abbregé,* mais la première forme est curieusement contradictoire) Ronsard écrit : « Tu escriras écrire et non escripre. »

*

Dans le *Livre des Morts* :
« Prie pour ceux dont le larynx n'est pas sorti indemne de l'épreuve de la mort. »

*

Sylvius demanda en vain que l'on écrivît *hom* au lieu de *on*. Les Byzantins mentionnent l'existence de papyrus longs de 100 m. La notion de livre folioté est chrétienne. Celle de papier — plus bouddhique qu'à proprement parler chinoise. La prononciation de *p* dans « psaume » et dans « psautier » est reparue au XIXe siècle : après « sept » siècles de silence.

(Dans « sept », précisément, comme dans « baptême » ou dans « sculpture », *p* est demeuré muet.)

Perceptible et imprononçable.

(Certains prétendent l'avoir vu reparaître de nos jours dans « cheptel » ou bien dans « péremptoire ». Cela après des siècles de retrait et de mutisme. Des siècles d'inscription luxueuse — tel un « articulable-inarticulable » au cœur de ces mots. J'avance l'hypothèse que leur lisibilité était telle qu'elle les vouait au silence.) Aussi bien, il avait sonné de nouveau, un beau matin, au cours du XVIe siècle, dans « Rédempteur », dans « l'Égypte » qu'il est, dans le « somptueux » qu'il est, par affectation de Rome et de l'écrit.

*

Les grammairiens ont médité longuement sur ces espèces graphiques dont le statut est si particulier. Ils leur donnèrent le nom de lettres quiescentes.

D'autres leur donnèrent le nom de consonnes ineffables.

Même, ils proposèrent différents procédés de négation graphique par eux-mêmes très paradoxaux — pour noter graphiquement leur absence phonique au sein de l'inscription matérielle — en les signalant par un point destructeur. Ils appelèrent ce procédé, qui consiste à pointer la lettre luxueuse afin de ne pas la porter à la bouche, *l'exponctuation*.

*

L'*e*.
Ronsard imposa l'accent intérieur.
Corneille inventa l'accent grave.
En 1624 Lanoue se plaint que notre langue

n'ait qu'un seul caractère pour noter les « trois *e* français ». Les trois qui sont dans NETTETE ajoute-t-il.

Corneille en 1660 inventa l'accent grave pour noter l'*e* ouvert ; et il en imposa le nom.

En 1730 l'abbé de Saint-Pierre écrit de l'*e* cornélien, ou accent grave : « C'est un caractère qui comense à s'introduire et que peu de personnes conoissent... Je dois la conoissance de cette letre à feu M. l'abbé de Dangeau. »

Ronsard en 1550 systématisa l'*e* à tréma. On le rend inventeur de « poëme », « poëte », etc. La substitution de l'*e* cornélien à l'*e* ronsardien (i.e. *poëme* → *poème, poëte* → *poète*) date de 1878.

(Les linguistes affirment que ce bouleversement idéologique fut étroitement lié à la métamorphose du kakatoës en kakatoès.)

*

Montflory, en 1533 :

« Ce dict petit poinct figuré Apostrophos : c'est-à-dire en latin Aversio, et en françoys se peult appeler Detraction ou Abolition. »

En 1548, à Paris, chez Wechel, Louis Meigret introduit le *j* (dans sa traduction du *Menteur* de Lucien). Il le nomme «je ou ji consonante».

En 1559, à Paris, chez Wechel, Ramus distingua *i/j, u/v* en latin. Il les distingua en français en 1562. *J* et *v* furent nommés «lettres ramistes». Et «ramistes» furent nommés ceux qui les utilisaient.

Scaliger stigmatise leur «grande folie».

En 1583 Louis Elzévir distingua *i* et *j* et *u* et *v* en bas de casse.

*

Il n'y a pas de langage commun aux différentes langues. Il n'y a pas de silence commun aux différentes langues.

Même, il n'y a pas de silence propre à chaque langue. Il y a un rêve d'absence de langue, un «trou de langue», un «désir de silence» que tout emploi d'une langue «creuse» voracement en «abîme de langue», en «vertige de langue», en «vide de langue» dans le volume du corps de tout «parleur de langue».

*

« Lux ex sua natura lucet, non ut ego videam… » (Nicolas de Cues, II, 12.)

(La lumière luit de sa propre nature, et non pas afin que je voie…)

*

Le sens n'a pas la capacité de connaître son opération dans le temps de cette opération. De même que l'œil ne sait pas qu'il voit, ni la main qu'elle touche, ni l'oreille ne connaît qu'elle entend, ni le nez ne connaît qu'il sent, ni la bouche qu'elle goûte.

Rien n'appareille et ne diffère le sens à ce dont il a le sens. Autant d'objets que de sens. Et quelques objets — pour l'absence de sens.

La lecture ne connaît pas la nature du sens qu'elle exerce lors de l'opération de lire.

On ne peut dire de la chandelle qui rend le lieu où elle est exposée visible, qu'elle voit.

*

En 1492 Antonio de Lebrija compte 26 lettres pour noter la langue espagnole.

En 1524 Trissino compte 28 lettres pour noter la langue italienne. En 1557 Robert Estienne compte 22 lettres pour noter la langue française.

*

« Quodlibet esse in quolibet... »
(N'importe quoi est dans n'importe quoi...)

*

(« Non est manus nec pes in oculo, sed in oculo sunt oculus, inquantum ipse oculus est immediate in homine, ut quodlibet membrum per quodlibet immediate sit in homine et homo sive totum per quodlibet membrum sit in quolibet, sicut totum in partibus est per quamlibet in qualibet », Nicolas de Cues, II, 5. (La main n'est pas plus main dans l'œil, que le pied n'y est pied, mais tous deux sont œil dans l'œil, pour autant que l'œil lui-même est d'une façon immédiate dans l'homme, et tous les membres sont ainsi dans le pied et, comme pied, d'une façon immédiate dans l'homme; comme n'importe quel membre, par n'importe quel, est d'une façon immédiate dans l'homme ; et l'homme, le tout, est par n'importe quel membre dans n'importe lequel, comme le tout est dans les parties : dans n'importe laquelle par n'importe laquelle...)

*

Wang Wei affirme que tous les hommes qui sont dans le lointain n'ont pas d'yeux.

XIVᵉ TRAITÉ

Noèsis

Quand un visage se perçoit dans un miroir l'image qui y est réfléchie est une surface deux fois plus petite que le ballon — le court « volume original » posé sur nos épaules — dans le temps où il croit se découvrir lui-même.

Quand nous nous contemplons dans les surfaces qui sont polies nous ressentons de l'admiration et une irrésistible complaisance 1. pour des gnomes, 2. pour des faces écrasées.

Ainsi, si par malchance nous cédons à l'envie de jeter un regard sur nous-mêmes, nous ne pouvons nous discerner que sous des espèces qui sont aussi planes et aussi minces que les pages des livres qui sont d'un tout petit format.

*

En 1560 Plantin nommait « recourbé » le circonflexe. En 1567, il le nomme « chevron rompu ».

*

La félicité est ordinairement défectueuse du fait de l'inconstance de nos organes, et aussi du peu de pitié que ceux qui nous aiment leur témoignent, et du peu de soin dont ils les entourent quand ils prétendent les chérir.

Mais il est vrai que nous n'avons pas l'usage de ce que nous sommes. Ils en usent alors peut-être comme il faut. Et il nous faut reconnaître que le fait d'être ne présente pas, par soi, de titre particulier à un usage particulier.

*

« Que pour les adeptes ce qui ne doit pas être bu soit boisson, ce qui ne doit pas être mangé nourriture, que ce qui ne peut être objet de rapports charnels le soit. » *Kulârnavatantra*, ix, 57.

*

Le sperme que nous retenons en pensant — rend les pensées les plus graves un peu « saugrenues ».

*

L'opération de la pensée.

L'espace qu'occupe la pensée est un petit trou vide dans la tête, qui ne s'échange au « réel » qu'une fois vide. Ceci veut dire : qu'une fois mort. (C'est-à-dire : quand tous procès de symbolisation, « décoration », sens, sont tombés.)

Il pense : il meuble avec fièvre un petit territoire de néant. Il bat l'air avec les deux mains. Ces mains, qui sont très agitées, comme elles cherchent à masquer le vide, témoignent de lui. (« Il s'étourdit. » C'est la peur, qui est à la racine de ce trou de destruction très intense, qui se vide et s'épouse enfin dans le vide réel — vide sans voix, dépourvu de témoin, dénué de sens, asymbolique —, qui est le vide de la mort.)

« Il s'étourdit. » Qui pense cherche à amarrer cette sorte de « perdu » ; à occuper cette sorte sempiternelle d'« inoccupant ». Il introduit des rêves, des mots, des désirs, des images, etc. C'est une gradation de différenciations qui est interminable. Les opérations de pensée sont vouées à une surenchère qui ne connaît pas de terme puisque leur origine — elle n'est pas une origine : est liée à toute absence. C'est-à-dire : elle est liée à la mort. Elle peut être définie comme ce « rien moteur », moins originaire qu'incessant : mouvement de fuite dans la terreur.

Destruction concurrente de ce qui l'oblige à cette sorte de roue : imitation par différenciation. Rivalité du rien et de la mort que les anciens sacrifices en Grèce ou en Chine mettaient à nu dans une lumière que tout précipitait. Tout l'a renouvelée. L'autodestruction dans ce sens est moins la limite de la pensée que sa source, et elle consiste pourtant moins en cette source (dans la mesure où celle-ci la limite dans la mort), qu'en sa fin. De là le circuit paradoxal de la « fin sans fin ». La réflexion se mystifie elle-même quand elle tâche à se faire passer pour ordre, sens, monde, paix, ou leur désir : en effet, quels que soient ses desseins, son opération matérielle reste identique : elle « use » de l'agressivité. Elle entasse les morts. Les lèvres ne s'épousent pas, et toute l'aide qu'elles peuvent attendre pour se secourir consiste invariablement en l'une de ces petites haches qui sont toujours à la disposition du sacrificateur. On la nomme la « langue ». Petit fouet. Nous nommerons donc « tête » cette victime « surexploitée » de la violence qui la repaît de mensonges (de pensées trop peu portées à se détruire tout à fait).

(Une absence dans un vide : le tout d'une effroyable violence. Ce qu'on nommait jadis mélancolie, de nos jours dépression, n'est « rien » que la reconnaissance de cela : fascination du réel. Encore que le réel n'ait rien pour fasciner. Aussi est-ce le « rien » qui fascine, dans ce « réel » qui fascine.)

Une vraie pensée est le vide qui est à sa place. Celui qui pense, autant qu'il pense, il détruit, et les résultats de la pensée (livres, idées, toute symbolique) ne sont que des petites effigies résiduelles, des petites rognures dues à la paresse. Telle est l'urine tout à coup, dans la peur. La concurrence qui les fait s'imiter entre eux n'imite « rien » : au mieux elle hâte le mouvement qui les porte à se perdre ; elle peut donner quelque accent à l'intensité vide du vide et, comme elle agrandit le minuscule trou sans fond, elle augmente l'épouvantable impression de vertige que son appréhension suscite. Ces peurs mêmes sont de piètres étais : leur multiplicité, leur mobilité, et même l'angoisse intense dont elles sont l'occasion — la si irrésistible et effrayante persuasion de l'angoisse —, elles-mêmes ne visent qu'à nous rassurer. Si la pensée est le sacrifice d'un excédent d'énergie ou de désir, alors elle est tout entière occupée à la mise à mort d'un excédent de « rien ». Georges Bataille disait : un « transport de haine perdue ».

(Anaximène affirmait qu'un mouvement d'agitation tel que celui qu'on imprime à un crible peut bien différencier des choses mélangées — autant qu'il pense, en pensant il les met en poussière. Ce qu'on appelle le sens consiste en de petits caillots moraux non pensés. Développer le sens (le penser), c'est le détruire. Un philosophe qui argumenterait jusqu'au bout est un philosophe qui perdrait sa philosophie. Un philosophe qui pense est un cercle carré : il est trop soucieux de la peur qui l'anime, c'est-à-dire du sens qu'il cherche à préserver. Telle est la définition de tout discours : asseoir un monde. Gorgias, Kong-souen Long, Lucretius, Damaskios sont les rares grands textes de pensée « achevée ». Comme Lucrèce développe la « nature des choses » d'Épicure, il aboutit peu à peu à l'absence de nature, à l'absence des choses, et à la peste d'Athènes. Destruction et abstraction sont des termes à cet égard synonymes. Elles sont penchées sur ce qui consume. Sur une escalade d'absences.)

Quoi que ce soit au monde, il n'est rien qui ne puisse être pensé, désigné, ou décrit. Mais une fois pensé, désigné, décrit, il ne reste « rien » qui soit pensable, désignable, descriptible. Riens indescriptibles, imprévisibles, ininterprétables, irréférents. Pur hasard, et la négation d'une pensée qui se détruit.

Il n'y a pas de sens parce qu'il n'y a pas de non-sens. Et il n'y a pas de non-sens parce qu'il n'y a pas de sens. Rien ne représente rien, et pour rien.

Rien. — Mais « rien » ne peut effacer « rien ». Nous ne pouvons qu'ajouter.

Les os — les merveilleux os.

(Encore qu'au regard de « rien », que

peut vouloir dire « ajouter » ? Faut-il l'entendre comme « soustraire » ?

La prématuration de la naissance, l'individuation des corps, la nécessité imprescriptible de la mort, la différenciation des sexes, ces quatre caractéristiques — que parler, penser « traduisent » — n'en font qu'une, qu'on peut juger à juste titre très insistante, de part en part désagréable, totalement ordinaire, et souvent ressentie comme monstrueuse.)

*

(En octobre 1830, Raphaël de Valentin, ruiné au jeu et décidé à se jeter à la Seine, hélas hésite.) Dans *Le Comte de Monte-Cristo*, p. 869 : « le paysage comme un cerveau vide ».

*

« Beaulx livres de la librairie de sainct Victor. » Le 53ᵉ livre :

« Questio subtilissima, Utrum Chimera in vacuo bombinans possit comedere secundas intentiones ? et fuit debatuta per decem hebdomadas in concilio Constantiensi. »

Qu'on peut traduire : Question très subtile : Si la Chimère résonnant dans le vide a le pouvoir de consommer les « pensées de pensées », débattue dix semaines au concile de Constance.

(La langue ou Chimère : poitrail de lion, ventre de chèvre, queue de dragon, crachant le feu, tétant la semence des hommes, déchirant leur corps. La Chimère peut-elle dévorer les Abstractions ?)

*

Je pais les chimères.

*

(Sur une page d'Aristote, et une de Georges Bataille.

Plus d'air m'entoure que je ne l'utilise dans la seule fin de respirer et je parle. Trop d'eau, trop d'aliments, qu'ils n'occupent incessamment la bouche et je desserre les lèvres. J'embouche la trompe du rite. Plus d'agressivité, ou de désir, que mon corps n'occupe d'espace, qu'il ne les perde sur-le-champ en pensées, en livres, en angoisses, en rêves. Trop de vie, qu'elle n'aboutisse à sa destruction, qu'elle ne cherche à perdre sans trêve, sans répit, le mouvement qui l'excède, qu'elle ne s'expulse dans la mort.

L'œuvre la plus belle, la plus profonde pensée sont alors celles qui se dépècent le mieux. Ce sont les plus «achevées», les sacrifices les plus sanglants, les pertes qui sont le plus irrémédiables. Dès lors qu'elles correspondent aux mouvements catastrophiques qui les animent, elles permettent une persuasion d'autant plus grande que la déperdition à laquelle elles se soumettent est plus irrattrapable, et elles procurent une joie qui est à la proportion du don qu'elles consentent. Le plaisir qui en résulte est celui, peut-être fondamental, qui suit le sacrifice par lequel une communauté se soulage d'un faix de violence devenu insupportable, et se rassemble sur le dos d'un mort aussi exceptionnel qu'arbitraire.

C'est une saignée. Je ne soutiens pas qu'elle correspond à une hémorragie qui serait universelle. (Mais, comme il pense, il «use» de l'agressivité. Il «sacrifie». — Et comme il pense, comme il «entasse les morts», il ne comble pas le trou de la mort en lui.)

Sacré sublimateur. Livres, amours, rêves : c'est la superposition du feuillage des arbres dans les airs, qui supplée l'espace suroccupé d'un sol par son exaltation au-dessus du niveau inextricable des fourrés et des herbes. De même, quelque jour relativement ancien, des insectes pourvus d'ailes qui les dépassent à leur tour.

Aussi bien la place disponible est-elle fonction du nombre des individus qui peuvent l'occuper. (Le hasard nie la nécessité : il ne nie pas les lois des séries compossibles et incompossibles. Et la sujétion à ces lois n'altère pas son caractère hasardeux.) L'excès alors conduit à la mort. Il n'y a pas de place pour deux. Même, cette image est fallacieuse. Il n'y a pas de place du tout au regard de celui qui désire. Le désir est principe de mort. Depuis qu'il y a des mondes et que du temps s'écoule — depuis que le total, au compte de la mort, irréversiblement s'accroît — quels désirs n'auraient pas été assouvis? Mais quelles sont les peurs qu'un homme a apaisées? C'est que le désir n'est pas un « manque ». C'est que c'est le « rien » que le désir désire. C'est mourir qu'il désire. Désir qui est aussi, et au sens le plus étroit, la « chose épouvantable » ; la « rem » ; la « cause d'épouvante ».

Ainsi la mort pour certaines espèces vivantes, au regard de nombreux organismes immortels, consiste-t-elle en une « trouvaille » du même type que ces feuilles qui se sont superposées dans l'air, et que portent des plantes qui se sont un beau jour exaltées. Ou à l'image de ces ailes, dotées de plumes, dont la couleur est luxueuse, variée, que portent ces petites bêtes qu'on appelle, dans notre langue, des oiseaux.

Telle est la mort : c'est un petit espace nouveau, à l'image de ces feuilles symétriques, de ces ailes multicolores, mais dont la particularité est qu'il concerne l'absence d'espace. C'est un petit espace nouveau quand il n'y a plus d'espace disponible, et que le maintien du volume de la vie en général dans l'espace qu'elle occupe suppose : c'est une « naissance de la disparition ». C'est une « construction de destructions ».

Quel que soit ce détour, c'est cette page. Si enchevêtré que le détour soit. Si obscur.)

*

Hobbes.

Disait que la pensée était hasardeuse, que les délibérations de l'âme sont des artifices. De sorte que les pensées, les souvenirs, les ruminations ne font qu'ajouter leur propre désordre au chaos qui nous précède, et élancent le désordre qui nous entoure.

Montaigne dit dans l'*Apologie* que les opérations de la pensée, ou plutôt les pensées que nous disons conscientes, faute de pouvoir être rapportées à autre chose qu'elles-mêmes, en sorte que nous puissions avoir idée de ce qu'elles mesurent, sont aussi plus crédules, d'une conviction plus aveugle, d'une persistance plus tenace que le souvenir que nous conservons des songes.

*

La pensée transformant l'extermination en discrimination. Cf. les essences. « Gibier » du sieur de Marandé.

*

Décider : en latin, c'est trancher par l'épée. Le « jugement » de Salomon. Penser.

*

La préférence que certains accordent aux œuvres plus particulièrement obscures, difficiles, n'a rien d'intellectuel.

La recherche des « casse-tête », des cassant-la-tête.

*

Pendant un an j'ai traduit Lycophron. Je n'avais plus l'audace de pousser les portes en verre transparent des boulangeries. Dans le même temps, j'éditais les œuvres complètes de Maurice Scève.

*

Faire passer de l'état dispersé à l'état structuré et de l'état structuré à l'état dispersé. Composer et décomposer. La pensée se saisit — très imaginairement — d'un pur divers, épars, incohérent, pour tisser une toile d'ordre par-dessus. Qu'il ne laisse pas s'oublier l'art serré et pour ainsi dire étranglant du tisserand : mailles au travers desquelles chaînes, trame, navette. À l'intérieur du dessin faire figurer non seulement l'échelle, non seulement la recette, mais encore la petite silhouette du témoin. Qu'il ne faut pas laisser prendre ce qui prend. Devant chaque système : asystasie qui non seulement précède, mais encore sous-tend, et donc doit succéder.

Joie devant le bonimenteur qui décompose l'artifice. La prestidigitation doit aller jusqu'au bout et procurer de l'émerveillement en poursuivant le tour jusque dans l'exposition habile de ses ficelles — pour aboutir à un nouveau tour plus inattendu encore. Certains sophistes s'arrêtaient en route, comme certains prestidigitateurs gardent le secret (le « tour de Polichinelle »). Non Gorgias. La surprise devant l'opération matérielle (sans fin morale à ce « dénouement »). Ne pas supporter de « faire croire » quoi que ce soit. Montrer du doigt le doigt qui désigne. Kongsouen Long : ne pas laisser le symbole, le signe comme « substitué » à l'objet qui lui sert de support matériel. Exactement le brusque et éclatant : « Tiens ! Qu'est-ce qu'est *là* ? » de la chanson que je viens de citer cinq lignes manuscrites plus haut.

*

Ce « là », c'est « rem ».

*

(La matière de ce que j'écris, c'est la totalité des signes que j'emploie soumise à sa propre action. Les arguments qui paraissent mettre en place et propulser ces signes, soumis à l'action qui leur est propre, se détruisent véhémentement jusqu'à montrer la « corde » — et jusqu'à l'élimer dans ces signes tout à coup emphatiques et isolés, abstraits et risibles. Le « museau » n'étant que ce matériau même. L'action étant liée à la complexité de l'argumentation, à l'impétuosité de la rotation. La joie éventuelle qui en résulte — soumise inévitablement à l'énergie qui s'y trouve dépensée — est liée à l'intensité de cette action. À la soudaineté ou à la virulence du désastre. À la vigueur mise dans ce qui meurtrit.

Strictement « rien », en cela, ne m'est propre.)

*

Dans l'argumentation que développe Nicole dans ses *Traités* — argumentation suivant laquelle on ne peut rien fonder sur la vie —, il avance tout à coup un argument étrange, curieusement «anorexique»:

«Je parle de la nécessité où ils sont de soûtenir tous les jours la défaillance de leurs corps par le boire et par le manger. Qu'y a-t-il de plus capable de leur faire sentir leur foiblesse, que de les convaincre par ce besoin continuel, de la destruction continuelle de leur corps qu'ils tâchent de réparer, et de soûtenir contre l'impétuosité du *torrent du monde* qui les entraîne à la mort? Car la faim et la soif sont proprement des *maladies mortelles*. Les causes en sont incurables, et si l'on en arrête l'effet pour quelque temps, elles l'emportent enfin sur tous les remèdes.

«Qu'on laisse le plus grand esprit du monde deux jours sans manger...»

*

L'état d'une bouche d'enfant.

Je n'ai pas idée du visage. Je ne saurais préciser l'âge, ni le sexe, ni la beauté peut-être. Je vois des lèvres, qui sont jointes, qui s'avancent légèrement.

Sans doute puis-je déduire de cette protrusion des lèvres (qui est une espèce de moue, que suscite l'attention) que corps et âme l'enfant s'est attaché à l'objet qui l'occupe, et sur lequel ses yeux sont « arrêtés ». C'est cette tension du corps, cette contention de l'esprit, cette présence entière au jeu sans que j'en connaisse la nature, qui l'incluent où il n'est pas, qui ploient ce buste et dirigent ces mains vers un avant-pays silencieux, chimérique, dont nul ne garde le souvenir, mais dont beaucoup conservent la nostalgie. C'est cette attention soutenue, profonde, persévérante (il semble qu'aucune angoisse ne peut la traverser, que rien n'est capable de la détendre, ni de la diminuer), c'est cet abandon sans retenue, cette capacité de se donner totalement à ce qu'on fait, de se livrer sans réserve, avec un zèle, un soin que rien ne peut distraire.

Quelque périlleuses, tout à fait vaines, que soient toujours de telles affirmations, j'imagine que c'est ainsi que, mourant, le mourant, s'il aimait mourir, se donnerait à la mort.

*

(Puis le geste rageur qu'une main fait dans l'air. La moue soudain se rompt. C'est un coup de bourrasque tout à coup qui passe dans les yeux, un blanchiment de la peau qui recouvre les joues, une fureur, et une brusquerie immédiates. Avec une sorte de rage destructrice (telle, dans l'ordre de la langue, la nature du sarcasme) il retourne contre le jeu ses mains, jusque-là méticuleuses et si agiles, tout à coup orageuses, ne poursuivant plus d'autre dessein que celui d'en finir, de conclure, sous forme d'un saccage abrupt, impatient, dépossédé, jetant dans tous les sens et brisant en éclats les objets qui l'entourent et dont il avait longuement tiré, auparavant, de la joie.)

Il y a aussi à mes yeux quelque chose qui évoque la mort dans ce geste. Je ne sais pas le décrire.

(De même qu'il se donnait, qu'il se perdait sans mesure dans le jeu qui l'absorbait, un désir sans raison prend le pas sur son corps, et le fait rompre brutalement avec le monde trop fermé, vite étouffant, du jeu, et les conventions, les postures, et les règles auxquelles il soumet celui qui s'y adonne. Cette effervescence furieuse, sans qu'elle suppose aucun ressentiment, aucune indignation, ni animosité, aucun motif qui justifie cette soudaine explosion de la colère, renvoie de façon indifférente à tous moments de hargne vide, ou de pure impatience, ou d'ennui insupportable, ou d'angoisse qui lève sans finir. Il a soudain été déchaîné. Il a été emporté. C'est une plaie ouverte, sans cesse rouverte, au cœur de ce que nous sommes, d'où le sang s'épanche violemment, avec la nécessité de ce qui gicle, ruisselle, qui nous rapatrie hors de nous : qui est notre vrai lieu. Là où nous ne sommes pas. (Où nous n'étions jamais. Où nous ne serons plus.)

*

(Qui ne nous rapatrie pas. Le sang est le dehors, en nous. Petite face : cramoisie. Le sang, qui le met hors de lui, qui a gagné le visage. Ces yeux qui étincellent, ces mains qui tremblent, ces pieds désordonnés qui trépignent dans l'air, et ce corps qui suffoque : c'est un instant, un courroux très prompt et qui, après qu'il s'est produit, ne peut être évoqué par celui dont il a ravagé quelques minutes le corps.

De même l'attention absolue que supposait la moue, de même : il s'est « abandonné » à la colère. Il ne s'est pas « possédé ». Un mouvement qui ne s'échangeait pas à lui, plus grand que lui, soudain l'a débordé : ce mouvement venait de plus loin que le monde qui l'entourait, et il l'a projeté plus loin que le corps qui lui est propre.

Aussi rien (« rien », ni extérieur à lui, ni intérieur à lui, ne le mit-il « hors » de « lui ») ne provoqua sa colère sinon ce seul désir d'être hors (qui fit rompre le jeu, mais où le jeu a introduit). Mais ce n'est pas désir d'être « hors », dans ce cas. Un *état*.)

Mais : rien.

Mais : hors.

*

Ce qui peut détourner de la philosophie est d'emblée le principe de raison. En cela toute la philosophie du monde vaut moins qu'une heure de temps. Un bref instant peut suffire à la rompre. Mais, aussi bien, à la rendre plaisante, et d'une ressource indéfinie. Et séculaire. L'affirmation selon laquelle ce qui est ne saurait se produire sans quelque raison est mot à mot incroyable, imaginaire. C'est une pensée qui a peur. La philosophie est l'opération de pensée qui prend peur de ce qui tourmente et compulse et étreint son opération même. On dit que c'est le propre de la violence que cette capacité à procurer à tout instant de bonnes raisons. L'intensité, l'arbitraire : le puits par excellence de la raison. Sans doute la pensée du hasard ne va-t-elle pas non plus sans épouvante : au moins est-elle un peu plus difficile à penser, et un peu plus irréductible, plus téméraire, tout à fait paradoxale, « tournant en rond », sans grande prise, et au bout du compte inutile. L'opération même de résulter est une prédication qui, à certains yeux, est imperceptible, inattestable. Pour ceux-là, rien, jamais, ne résulte de rien, sauf, dans l'extrême malheur, quand la répétition des souffrances engendre le sentiment de la persécution (qui est la généalogie de l'interprétation) et que l'idée de sort s'impose, sort que ne lance que celui qui en fait «l'objet», pour mettre en œuvre un sacrifice que n'alimente aucune autre fièvre que celle de casser au plus vite l'enchaînement — c'est-à-dire de mettre en poudre la «chimère de sens» qu'a improvisée le malheur.

Aussi, une fois mené à chef, il ne se justifie pas et il n'a plus moyen de mettre en avant d'autre nécessité que celle, toute factuelle, d'avoir eu lieu jusqu'au sang. (À moins de verser derechef au délire prétentieux — prétentieux à l'égard des choses qui sont, qui sont à peine «pour» être ce qu'elles sont, et «comme» elles sont, et autant qu'elles sont, et aussi longtemps qu'elles sont — des sens qui se généraliseraient sous la forme du sens.)

*

Ce qu'on appelle ridiculement le «travail de l'écrivain» est une oisiveté qui confine à la misère. Il n'a pas de bout de couverture, de tricot, à peine d'agitation manuelle. Ce travail n'apaise pas, il ne dirige pas la pensée hors de soi, il ne fournit pas de dérivation à l'animation propre à un corps. Il n'a pas de corps sous la main sur lequel faire passer l'intensité vide qui monte en lui, et qui alors n'a pas d'issue. Le bouc émissaire c'est sa tête même. (Pas d'os à ronger sinon la fiction si abstraite de sa langue. Et qui n'exorcise rien si elle est la matière même du sort qui lui a été lancé, l'étoffe même dont est tissée l'angoisse qu'elle tâche en vain à prévenir.) Rien sous la main que le vide. Sinon le petit morceau de crayon qu'il étreint. Les mots, qui désignent des choses absentes, relaient bien piètrement ce qui lui fait défaut et qui l'a poussé assez malencontreusement à s'adresser à eux : ils préservent au bout du compte le manque quand il cherchait par leur moyen à se protéger contre le vide et les appels à la mort, à se soustraire à l'abandon, et à s'abriter vainement de la longueur des nuits et de l'effroi. Sans doute a-t-il plutôt assez mal choisi sa pelote de ficelle. Pareil expédient, c'est la tunique de Nessos. Chrysostome a affirmé que la parole était une robe d'apparat.

*

Les « pensées », ce sont de soudains feux de paille, de courtes et brusques combustions d'une sorte d'énergie excessive. Petites crises de surproduction. Comment dans le même temps celui dont la tête s'échauffe en pensées pourrait-il songer à accroître ce qu'il s'acharne à consumer ? Aussi la réflexion s'abuse-t-elle quand elle prétend utiliser l'agressivité ou l'énergie particulière qui la porte en direction de l'apaisement, du sens, du monde — et les constituer en trésor, en capital. Les opérations de pensée sont vouées à une différenciation sans objet, et à une surenchère qui ne possède pas de terme propre.

*

Des bouts de haine éconduite.

*

« Comme il pense, il use de l'agressivité ; il sacrifie. Comme il pense, comme il entasse les morts en lui, il ne comble pas la poche de la mort en lui. »

*

Autre hypothèse : que la pensée — quand elle ne serait pas de part en part autodestruction —, supposé qu'elle s'applique à mettre en marche avec quelque conséquence les arguments que son opération suscite, elle boucle alors un cercle où elle est amenée à se détruire. On dit en effet que pour qu'un système soit « décidable » la tautologie qui en sanctionne la validité est sa suppression.

*

Autre : aucune pensée ne tire sa nécessité d'elle-même. Chacune d'entre elles ne vaut que dans la guerre qu'elle livre à d'autres pensées concurrentes. Finalement tirée au sort des armes. Toute différence suppose dans ce sens une rivalité qui la précède, et une tuerie qui la fonde.

*

Autre : comment la pensée pourrait-elle penser « panser » la « plaie ouverte » qu'elle est au moyen d'un « tissu de blessures » (un voile « traumatique ») ? Et songer à « l'unifier » au moyen d'une « tapisserie de différenciations » ?

*

Autre : pourquoi faudrait-il que la pensée ait pour fonction de « retaper » un ordre, plutôt que de « détraquer », dans l'absence d'ordre ?

*

Mais là encore c'est occuper le temps, penser — « égarer » —, tromper l'ennui. D'une main, de quoi penser distrait ? Et console, et tient à distance, et obnubile ? De l'autre : de quoi penser ne distrait pas, ne se détourne pas ? Tout cela que j'ai dit, si juxtaposé que ce soit, n'est pas exactement contradictoire.

Et c'est cela qui est obscur.

*

Obscur est ce qui vient devant pour recouvrir, comme une coquille ou une étoffe. C'est ce qui protège dans la guerre comme une robe ou un bouclier.

*

Le scrupule.
Le « scrupule », en latin, c'est une petite pierre pointue que l'on ressent comme située dans le cerveau. Le souci. En français, c'est le sentiment d'une épine qui ne peut être arrachée de la peau.

*

(Le « désir de réponse », sans doute est-il lié à la peur mais, si l'on peut dire, par « surcroît », il est malencontreux. La hâte qu'on met à lever l'angoisse qui contraint ne retranche rien au désir. L'intolérance à ce qui effraie, à ce qui est sans prises, à ce qui laisse de plus en plus démuni, à ce qui menace de part en part se révèle finalement elle-même intolérable. D'une « fragilité » intolérable. Des systèmes entiers semblent ressasser : horreur du vide. « Une réponse plutôt que rien ! Un cauchemar, une tyrannie, n'importe quoi, une guerre, un amour, une superstition, plutôt que le défaut de sens ! » — Or, ils sont le vide. Ils sont le son que rend le vide. La menace ne vient pas du vide mais de la peur du vide. Le vertige, le sophisme, le rien sont des joies. La dubitation est le plaisir de l'énergie de penser. On peut désirer dire. On ne peut pas désirer répondre.)

*

Contre-argument :
La nomination de tout, le vertige rhétorique exposent moins qu'ils n'exorcisent.
(Mais plus — il est vrai — pour celui qui énonce que pour celui qui lit.)

*

Espèces intentionnelles. Le diaphane est la dimension du visible. La lecture est la dimension de l'absence.
« J'ai une petite *intention d'absence*, dit-il en se levant tout à coup. Je vais quitter un instant le salon. Je crois que j'ai le ventre un peu étreint d'angoisse. Je vais lire. »
Prier, jadis, reliait aux morts.

*

Espèces intentionnelles. Lire.

Rien n'est doté de dimension et tout est incommensurable. Ni infime détail ni système possible — l'échelle faisant défaut autant que la légende et, peut-être même, que l'usage. La lecture en peine de son texte comme la langue de son énonciation (le XVIIe siècle disait de sa « diction »), révélant une sorte d'inhérence absolue — « comme l'ierre à la muraille », « comme de la noirceur au charbon » — qui fait qu'aucune d'entre elles, lecture ni écriture, langue ni voix n'existent par elles-mêmes, mais se manifestant l'une dans l'autre donnent le jour à cette relation, qui n'a d'autre échelle qu'elle-même (« paysage » qu'elle-même, « séjour » qu'elle-même), qui ne les accroît pas séparément, ni ne les diminue séparément et — incommensurable à tout ce qui n'est pas elle-même — cette relation entre la lecture et le surgissement du texte est à chaque fois sa seule dimension, — et incapable de servir de nouveau à « autre » qu'à elle-même, et ni même à elle-même, le temps s'écoulant, l'œil se transformant, le texte ne connaissant pas de position absolue, le vide ou le désir ou l'ennui ou la peur, au fond du corps, renouvelant le désir ou la peur de se « redoubler », de s'occuper, de se protéger, de se dire…, expliquent peut-être qu'on n'ait pas cessé de lire ni d'écrire, mais aussi qu'on n'ait jamais commencé à le faire, — ce qui n'est pas possible n'étant pas susceptible de commencement, d'unité, ni de fin.

J'ai lu dans un quotidien d'après-midi au mois de janvier 1979, un petit fragment de colonne où un journaliste plaisante curieusement sur le mot d'un enfant de Belleville — prénommé Saïd, dont la mère est analphabète —, et qui considère que les « livres, ça sert à apprendre à lire ».

Dans tout l'article, il n'y a pas de remarque qui puisse rivaliser en justesse. Je ne perçois en elle aucun désespoir.

Toute lecture est une préparation à un instant de lecture dénué d'identité. (Rien de lu vraiment — comme prié vraiment.) Celle-ci indéfiniment repoussée.

La lecture « dans » l'attrait et « dans » la peur de « lire entièrement ».

*

Pétrarque, écrire : « Ferrea voluptas », dit-il.
Une volupté ferreuse. Une volupté dure — cruelle, faite de fer. Une joie de « jour de pluie », — « d'âge du fer ».
Exaltation insensible — dénuée de pitié, lourde, âpre, soudaine, brusque, raboteuse.

*

Triple rituel.
Le livre, parce que sa lecture suscite des désirs qu'il met à mal et brise, construit sur de telles « brisées » — à chaque étape de la lecture — un grand désir tort, irréductible, compliqué, autonome afin de l'expulser — au terme de la lecture — avec le plus grand degré de violence et de satisfaction possible. De là le caractère si formel des livres ; ce caractère tient à la nature répétitive, coutumière, des rituels sacrificiels. Il tient au vague de la pensée, à la pauvreté de ces gestes réflexes, et à l'invariabilité de la mort en nous.
Les désirs que le lecteur investit dans le

livre qu'il lit, à l'égal des souhaits qu'il forme quant au cours ultérieur de l'argumentation ou de l'intrigue, ne cessent d'être empêchés ou contraints à la fois par « l'univocité de voix » qu'est tout livre, et par la temporalité imperturbable des pages qu'il tourne et qu'il retourne. Sans doute semblables sacrifices présentent-ils des traits assez proches de ceux dont le lecteur est la victime vive, le long des jours, à l'épreuve de ce qu'un monde, une époque, une langue affabulent, un temps, pour « réel », et qui par effet de retour nous presse ou nous écrase. Mais ce « réel » du livre se sacrifie lui-même au terme de la lecture du livre : carnage d'abstractions, un livre refermé, pour toute fin le mot même de fin, rien, rien.

    Qui écrit écrit pour ce saccage final, pour la mise en scène qui mesure l'intensité du saccage.

    Aussi est-ce plus que le simple « sacrifice de nos désirs », que nous désirons en lisant. Nous désirons en lisant notre renoncement à ces satisfactions brèves et nombreuses dans la joie où nous sommes d'acheter au prix de cette frustration le surgissement et la constitution du livre même et son autorité sur nous, sachant sa péremption brutale et ridicule au terme de ses pages — « divin de papier » dont nous avons la maîtrise jusque dans notre main, monde soumis à la toute-puissance de nos mains, que nous pouvons révoquer à tout instant, mais dont l'assomption finale s'échange toujours à la consommation absolue d'un sacrifice absolu : tout le sens, rien, un bout de papier, un bout de bois, comme un dieu mort.

C'est dans ce sens qu'on affirmait autrefois que tout « prépare la fin », que les « sommets de l'art » sont les « belles catastrophes ».

Plus nous aurons surpris, capté, déçu ou affamé des désirs immédiats, plus nous aurons piqué, irrité le goût qui nous portait vers la violence dernière, le sacrifice ultime, anéantissant dans la dérision d'un volume de papier la hauteur des prétentions et des images. Nous n'avions tant différé que pour accroître ce sac, ce champ de ruines dans les chênes verts. Hâte, rage, impatience, désir appelant de ses vœux le naufrage, massacre, immolation. Nous meurtrissions, nous irritions notre désir, tant notre convoitise s'assurait par un tel détour — et suivant la passivité si « désarmée » de notre corps aux échelonnements de l'intrigue — d'une destruction plus absolue, d'un vide plus profond, d'un sacrifice aux effets plus durables. Exercice d'anéantissement, d'annihilation, telle est la lecture. Le temps de la lecture est la durée de cette violence contenue, de ce plaisir d'une mise à mort à laquelle tout le livre sursoit, qui est lente à échoir, pour abolir et crucifier soudain un monde imaginaire comme nul « réel », s'il était, ne peut être rêvé à ce degré « sevré ».

Petite ivresse ou hébétude un peu inquiète, ou dégoûtée, lasse, angoissée, quand on referme le livre ; et la platitude et le caractère absolument dénué de sens, purifié, du monde ainsi perdu, dans le monde regagné, semblent l'image symétrique de ce que l'on ressent, parfois, lors de la déception où verse la fin brusque de l'amour, le corps nu soudain recouvrant la perception de son état, noyé de nouveau dans l'air qui l'entoure. Dans ces deux cas le mot (la fiction) de « réel » ne signifie qu'une chétive violence confisquée, turbulence perdue.

De même le plus bref des mots, dans son usage le plus simple, sacrifie son objet dans une formulation particulière. Expérience qui a été convertie en signe, en « mort » tel le souvenir qu'on gardait encore, il y a quelques siècles, d'un dieu, sur le tau d'une croix.

Mais sacrifices plus grêles et plus palpables au cours de la lecture, dont la hache sur nous est la langue dont nous faisons l'objet : les rituels personnels et incessants auxquels nous déférons sans cesse, les tours que notre manie ne supporte pas, les images que nous récusons, les mots que nous haïssons, ou les niveaux de langue dont l'emploi nous répugne ou que nous proscrivons. Chaque phrase est le reliquat d'une combustion linguistique dont l'étendue, si nous la comparons au peu qui en résulte, confond par sa disproportion.

Mais nos têtes avant, à l'intérieur de nos têtes avant, à chaque instant lavées du sang d'un sacrifice plus obscur, plus opiniâtre, et plus étendu encore.

*

Les livres. C'est dans une mer immense et véritable (c'est-à-dire *où rien n'est lié à l'écrit*) qu'il faut les noyer sans arrêt.

Alors on peut éprouver de l'intérêt en les lisant, parfois même de la stupeur ou de la joie, — et les lire à peu près pour ce qu'ils sont.

*

(Cf. l'argument du P. Jousse. En effet, pour grand qu'il soit en comparaison de lui-même, un livre (i.e. tout ce qui relève non du langage mais de la transcription d'une langue), il n'est pas une «goutte» en comparaison de cette «troisième vague» brusque et relativement très bouleversante qui a constitué et établi les hommes, et qui les a peut-être définis.)

*

Fanaticus. Qui concerne le temple. (Le fanum : l'enceinte sacrée.)

L'arbre qui est frappé par la foudre est appelé un arbre fanatique. La foudre l'a consacré et un cercle mystérieux s'étend autour de lui. Et consacre la forme consumée. Tel, alentour, l'espace de sa cendre. C'est un temple.

Ceux qui sont frappés par [   ] peuvent être appelés fanatiques à l'instar de ces arbres. Eux qui sont foudroyés, et en eux ce cercle de vide. Rien ne les inspire. Aucune vérité ne s'est révélée à eux. Simplement ils ont fait l'objet de cette destruction, de ce « coup porté ».

*

J'espère être lu en 1640.

*

Les plus beaux livres font douter des intentions qui les ont animés. La beauté ou la solidité de leur matière renvoie à un soin que la beauté ne justifie pas. Elle désigne avec le doigt des trous, des fragilités, des esseulements et des peurs — quelque chose qui a été fui plutôt qu'assouvi.

Tout le temps qui fut dépensé à cela.

(Tout le temps qui fut dépensé à cela n'aurait sans doute pas été mieux employé à autre chose, ou à « rien ». Mais la constance de cet emploi, la quantité de ce temps, pour imperceptibles qu'elles soient lors de la lec-

ture, agissent sur celui qui lit comme une
« sous raison », un vide qui appelle.)
 Une telle assurance dans la forme, une
telle maîtrise dans la composition
dégagent peu à peu si peu d'assurance,
faiblesse
un tel nihilisme, une déficience que
détresse des livres qui sont beaux. Tout
ce qui est beau est terriblement « affecté ».

*

 Les livres, après qu'on leur avait mis le
feu, on les attachait à la queue des chiens. Et
les mains des écrivains, comme elles étaient
tranchées, ils ne pouvaient pas applaudir.

TOME III
TABLE DES TRAITÉS

XVᵉ TRAITÉ
Un lipogramme d'Appius Claudius — 287

XVIᵉ TRAITÉ
Les premiers codex — 297

XVIIᵉ TRAITÉ
Liber — 311

XVIIIᵉ TRAITÉ
Une grenouille d'Ulubres — 447

XVᵉ TRAITÉ

Un lipogramme d'Appius Claudius

Appius forma le vœu qu'on abandonnât la lettre z. Il espérait de la sorte préserver la bouche des hommes de la mort. Il imagina qu'il empêcherait que la vive contagion que recelait cette lettre ne s'étendît à celles qui la précèdent et lui succèdent dans l'alphabet. Que, comme elle imprimait sur le corps de ceux qui l'avaient articulée l'empreinte ineffaçable et dangereuse de la mort, il contraindrait ce pouvoir, ou du moins en suspendrait un temps la communication. Il lui semblait inutile qu'on hâtât sa venue en en imitant les effets. Aussi prétendit-il que l'usage du masque de la mort, et les traits figés à jamais des cadavres, à l'instar d'un poison de Nessus, risquaient de corrompre et de consumer peu à peu la peau assez luisante et vivante qui revêt, autant qu'ils vivent, la tête des vivants.

Son avis ne fut pas suivi des effets qu'il escomptait. Il n'emporta pas la conviction de ses concitoyens. Si Rome prit en considération les arguments qu'il avait mis en avant, elle ne publia pas l'édit qui eût proscrit à l'intérieur des murs de la Ville la prononciation de la lettre incriminée. J'ajoute que le dessein d'Appius Claudius, comme il n'offrait aucune garantie sur l'efficace qui aurait dû en résulter, présentait un caractère assurément paradoxal : comment pouvait-on être certain que le plus sûr moyen de se défendre de la mort consistât à la tenir sous silence ?

*

Il se trouva que la cause que défendait Appius ne fut pas vaine de part en part. Sans doute les Pères conservèrent-ils la lettre dzêta. Mais son emplacement dans l'abécédaire attesta l'épouvante. Il fut décidé que la lettre z serait rejetée au terme de l'alphabet. Car, disaient-ils, « qui aurait pu prêter serment que rien ne venait fonder en vérité les craintes qu'inspirait à Appius l'emploi de cette lettre ? Les hommes, que caractérise l'usage d'une langue, l'appréhension de la mort, aussi bien, ne les caractérisait-elle pas? Avait-on jamais apporté la preuve que le langage n'avait pas partie liée avec elle? Avec l'absence? La querelle? La destruction? L'effroi? »

*

Il est juste de dire qu'il n'est pas facile de se figurer quels pouvaient être, dans la tête d'Appius, les avantages et les protections qu'il attendait de l'abandon de la lettre z. Seuls ceux qui désapprouvaient le caractère à leurs yeux réactionnaire de la proposition d'Appius en ont en effet conservé la mémoire. Et la perfidie des insinuations, les partis pris violemment modernistes, rationalistes, pro-athéniens des positions qu'ils défendaient, et jusqu'à la véhémence toute rhétorique qu'ils mirent dans l'argumentation contraire, ne permettent pas de reconstituer le détail de l'affrontement. Du refus d'Appius d'introduire la lettre z dans l'alphabet de Rome, seul Martianus Capella a donné une interprétation relativement précise.

Le texte de Martianus est le suivant : « z idcirco Appius Claudius detestatur, quod dentes mortui, dum exprimitur, imitatur. » Il dit qu'Appius avait formé le vœu qu'on bannît la lettre z « parce qu'en la prononçant on imite les dents d'un mort ».

Les siècles passant, les hommes tombant dans la mort, les grammairiens, puis les philologues, ont tenu cette leçon pour puérile. Ou bien ils ont estimé qu'elle faisait état d'une superstition à vrai dire risible, et presque invraisemblable. Certains sont allés jusqu'à récuser cette leçon. Ils ont prétendu qu'il fallait lire *mordici* au lieu de *mortui* — eux-mêmes préférant de la sorte se représenter les « dents de quelqu'un qui mord » à l'effrayante, douteuse et très obscure image des « dents de la mort ».

*

De même qu'un village expulse au bout de la route, à la limite de ses champs, le cimetière où il enfouit dans la terre les corps que la vie a désertés, croyant se protéger en agissant ainsi de l'imprévisible et inassignable décomposition que la mort entraîne, et dans l'espoir déraisonnable de maîtriser un désordre que rien d'humain ou d'inhumain en effet ne maîtrise (une violence capable de gagner à vive allure tous les membres de la communauté, en état de tout bouleverser et de tout anéantir), de même les plus petites unités physiques auxquelles les mots se réduisent, qui sont par elles-mêmes totalement insignifiantes, non seulement sont déjà à l'évidence travaillées par la terreur, mais encore sont suspectes d'une dévastation et d'une torture si matérielles sur la face des hommes qu'elles peuvent faire l'objet d'une hantise maniaque dans la tête d'un sénateur romain, et finalement conduire à procéder à un véritable sacrifice graphique. C'est sans doute de cette manière qu'il faut se représenter cette position plusieurs fois millénaire du z déporté, blotti, saillant aussi, comme à l'air libre, à la limite des murs d'enceinte, à la fin de l'alphabet latin, pour noter le dzêta, qui figurait pourtant en sixième position, entre epsilon et êta, au début de l'alphabet des Grecs.

*

Cochon de lait, bouc, katharmos, agneau émissaire deux fois. D'abord par la proposition d'un sacrifice matériel — encore qu'il soit probable que les motifs de cette controverse aient été de part en part mythiques. Ensuite par sa répudiation imaginaire. Expulsion de la mort au terme de l'abécédaire. Position symbolique de la domination d'une «bouche de mort» souveraine dans l'eschatologie des lettres dont on use.

*

Je remarque qu'à Rome on prenait au sérieux les problèmes de grammaire. Fondé à juger toute peur opportune, je montre qu'un excès de crédulité marque la plupart du temps de son fer à la fois l'invraisemblance judicieuse, mais aussi la radicale impossibilité dont toute foi se ressent. Je n'ai pas le moyen de donner tort à ce qui m'épouvante. Un scoliaste rapporte qu'Appius, comme il parlait, était couvert d'une sueur divine. Comme eux je perds toute contenance, comme ils étaient frappés d'étonnement à l'idée de prononcer des lettres qui composaient des noms. Comme eux je redoute, comme ils les redoutaient, les sorts que la mort jette sur ceux qui parlent, c'est-à-dire sur ceux qui tombent de ce fait, avec une évidence qui est excessive, directement sous sa dépendance.

XVIᵉ TRAITÉ

Les premiers codex

Il naquit le 1ᵉʳ mars, l'an 39 ou 40 après Jésus-Christ, dans une petite ville de la Tarraconaise, Bilbilis, sur les bords du Salo. En 64 il partit pour Rome. Il y demeura trente-quatre ans. Il habita longtemps dans un troisième étage du Quirinal. Puis — sur le tard — il acquit près de là (près du temple de Flore) une petite maison. Il posséda aussi, assez tôt, une petite ferme, entourée de champs et de vignes, près de Nomentum, aux tuiles peu sûres, et qui donnait un peu de vin médiocre.

Il voyagea peu. Il n'aima que la ville capitale. Lire des poèmes, prendre des bains chauds, fréquenter les « agroupements » — les cercles, les libraires, les réunions de lettrés et de poètes, les banquets —, parler sous les portiques, déférer à la salutatio, furent l'essentiel de ses occupations. Il ne se maria pas.

L'année où il arriva à Rome, il vit la moitié de la ville en feu. Il assista à la mort de Sénèque, à l'érection de la Maison d'or, à la mort de Néron, aux révolutions qui donnèrent l'empire à Galba, à Othon, à Vitellius, aux empereurs flaviens. Il complimenta de tout.

Le «pire», il le combla d'éloges. Il fut client de tous les protecteurs qui payaient. Loua les délateurs. Il aima ceux des jeux qui étaient les plus sanglants. Ni Silius Italicus, ni Regulus, ni Atedius Melior, ni Arruntius Stella ne le couvrirent d'or. D'eux, il ne reçut pas beaucoup plus que la sportule du matin. Il geignit, pleura le temps d'Auguste, le souvenir du ministre Mécène. Il se tourna vers l'empereur. Il flatta Domitien. Courtisa. Flagorna. Il fut l'ami intime de Juvénal. Il fut un peu l'ami de Pline le Jeune. Il ne fut pas l'ami de Tacite.

Il avait la barbe drue, les cheveux raides, la voix vigoureuse, profonde, et tout son corps trahissait l'Espagne. Il n'écrivit pas comme ceux qui écrivaient alors : passionné au contraire de précision, de laconisme, cherchant l'expression la plus propre et la plus fruste, l'épisode le plus saisissant, le plus sec. Tourna le dos à la poésie de son temps — à la declamatio et aux mythologies. En regard de la littérature du Ier siècle, cette œuvre est la plus singulière qui soit. Elle ne contraste pas seulement par la précision de son lexique, par la haine de l'éloquence et de l'image, mais par la fermeté, la virulence de l'expression. Sorte de classicisme se faisant baroque à force de pureté. Tenait l'écrit pour rien. Art de la *concretio*.

Demetrius — jeune esclave qu'il possédait — recopiait avec soin les épigrammes qu'il avait composées et les transmettait à ceux dont il était le protégé. C'est sous sa plume que le sens du mot épigramme subit sa principale métamorphose. De « poésie brève », il devint synonyme de « raillerie cuisante, mordante ». En en spécialisant le sens il en spécialisa la forme. Scène brusque et vivante agressivement hantée — en français — par le « trait final », la « pointe » ; en latin : aculeus, acumen, mucro.

De même ce fut sous sa plume que la poésie devint une forme — si lettrée, si savante qu'elle fût — de dérision. Œuvre de désœuvré. Dans le livre XIII : « C'est ce papier qui me tient lieu de noix, ce papier qui me tient lieu de cornet : ce jeu ne comporte ni perte ni gain. » Ce qu'il fit il le nomma tour à tour nugae, cornet à poivre, chemise de maquereaux, scrinia pour les marchands de salaison, papier de brouillon pour les enfants, toge pour les alevins des thons, et tunique d'olive.

Quid dentem dente juvabit rodere ? « Quel plaisir la dent trouvera-t-elle à ronger la dent ? » (liber XIII, II). Le caractère si singulier de cet art consista dans la brutalité de la langue, de l'expulsion sonore, du crachement sonore, dans la recherche des mots robustes, crus, contrastants, dans la brusquerie, la minutie et l'éclat des scènes les plus vivantes, dans la création de l'objet le plus ramassé, dans l'expression la plus ramassée — la vie à Rome ramassée dans un livre. Dans le Xe livre : Hominem pagina nostra sapit, « Mon livre a la saveur de ce qui est humain ». Aussi bien les érudits ne cessèrent-ils pas d'y puiser : le spécialiste de l'allumette soufrée, le spécialiste de la vitre à verre, le passionné d'objets archétypiques, des marchands de pois chauds et de saucisses fumantes.

Il publiait ses recueils d'épigrammes sous

forme de « volumen ». Quintus Pollius Valerianus, Secundus, Atrectus, Tryphon éditèrent ses livres. Atrectus possédait près du Forum de César une boutique imposante sur la façade de laquelle s'étalaient les noms de tous les auteurs prestigieux du moment, — vendait des ouvrages luxueux dont la « couverture était soigneusement polie à la pierre ponce et rehaussée de pourpre ». Tryphon vendait deux sesterces les *Xenia* quand Atrectus avait mis en vente quatre deniers un livre d'épigrammes. — Il connut le succès. Il fut lu sur les bords du Danube, sur les rives du Rhin, en Bretagne. Toutes les cités des Gaules le lisaient.

Pour la tradition, il est le premier qui ait tenu entre ses mains un livre sous son apparence moderne. Il avait nom Marcus Valerius Martialis.

*

C'est dans les « volumen » de Martial qu'on trouve pour la première fois mentionné un livre sous forme de « codex ». (Du moins le hasard, les conditions de conservation des manuscrits antiques, les jeux des transferts d'empire, les destructions dues aux armées romaines — le mépris judicieux dans lequel sont généralement tenues les choses qui sont écrites —, la malignité et la volonté d'anéantissement des Chrétiens, ont fait que les premiers témoignages antiques du livre moderne — du « codex » — ont été conservés dans un livre de Marcus Valerius Martialis.)

En décembre 83 Martial publia les *Apophoreta*. Il s'agissait d'une suite de 223 distiques — telles des étiquettes de loterie disposées sur les dons offerts lors des Saturnales.

Or, il y fut offert des livres étranges : des livres faits de « nombreuses feuilles de parchemin pliées ». Cette fabrication nouvelle permettait — à la stupéfaction de Martial et de ses contemporains — de réunir en un seul et bref livre tous les écrits de Virgile (XIV, CLXXXVI : *Vergilius in membranis*). Tout Homère, écrit-il encore (XIV, CLXXXIV) « in pugillaribus membraneis », sur « tablettes de peau » :

« Ilias et Priami regnis inimicus Ulixes
Multiplici pariter condita pelle latent. »
(« L'Iliade et l'Odyssée ont été également mises en sûreté dans les nombreux replis de

cette peau » ; elles sont « cachées dans ce labyrinthe de parchemin ».) L'épigramme CXCII décrit de même les quinze livres des *Métamorphoses* d'Ovide contenus dans un seul codex :

« ... multiplici quae structa est massa tabella » (i.e. gros livre qui est « construit » de « tablettes » aux nombreux plis). Plus précisément encore l'épigramme CXC — portant sur Tite-Live — révèle l'étroitesse du format employé lors de la confection des premiers codex :

« Pellibus exiguis artatur Livius ingens,
Quem mea non totum bibliotheca capit. »

(L'immense Tite-Live, que ma bibliothèque ne peut contenir en entier, le voici serré étroitement dans ces peaux exiguës.) Aussi bien le peu de propriété et d'adéquation des termes qu'utilise Martial témoigne de la nouveauté de l'objet, et du désarroi dans lequel l'apparition du codex plongea la technique et le marché du livre romain.

*

Martial écrivait des « volumen ». Pour tenter d'éprouver à la fois l'ahurissement et l'enthousiasme qu'entraîne en lui — sans réserve, et pourtant ce sont des choses « neuves » — la forme du nouveau codex, il faut sans doute renvoyer aux fréquentes descriptions que Martial donne de ses propres livres : le volumen était fait d'une vingtaine de hautes feuilles de papyrus associées et encollées. Divisé en colonnes verticales, le volume se déroulait horizontalement. Il n'était écrit que sur une seule face.

Le titre se trouvait à la fin ou était porté sur une étiquette pendant au cylindre enrouleur. Il était écrit sur le parchemin à l'encre écarlate ou au vermillon. (L'usage du rouge sur fond blanc-jaune pour les titres était traditionnel.) On plaçait enfin le volumen dans une enveloppe de parchemin coloriée en pourpre ou en jaune d'or.

La colonne d'écriture se nommait pagina ou schida, les tablettes pugillares, l'étui à stylets graphiarum, le pupitre manuale, la boîte à volumen scrinium.

Le copiste se nommait librarius, l'écritoire theca libraria, le fait de publier editio ; il y avait un marché des livres autographes, ou « collationnés », ou « émendés » ; autographe, « original » se disait archetypus.

Enfin le volumen exigeait le déroulement latéral du texte; celui-ci mobilisait les deux mains; Martial note à plusieurs reprises cette mobilisation des mains et l'usure du rouleau venant frotter la barbe du lecteur lors du réenroulement du livre afin de revenir à la première « page », et avant de le ranger dans la boîte à rouleaux. Il appelle livre neuf (liber X, XCIII) un livre que « nul menton n'a sali ». Le volumen interdisait la prise de notes durant le temps de la lecture; il interdisait le report aisé au texte antérieur ou au texte ultérieur; il ne rendait pas possible l'autonomie des quatre marges pour chaque colonne. Lire jusqu'au bout un livre, c'était le dérouler « usque ad umbilicos » (liber IV, LXXXIX), c'est-à-dire : jusqu'au cylindre, avant de le réenrouler avec les deux mains et avec le secours du menton.

*

À Nomentum, il regardait l'allée des buis, les grenadiers du jardin, la petite muraille. L'amertume ne cédait pas. La dépendance, l'esclavage des patrons romains, de soi, des lectures faites, de l'envie d'écrire, l'assiégement des bruits, des heures, des dépits, des souvenirs, des amis pesaient jusqu'au dégoût. L'esseulement de soi, le sentiment de la pauvreté, la vanité de tout en étaient soulignés.

En 88 il songea à quitter Rome. Il pensa vivre à Ravenne, à Aquilée, à Altimum. Se retirer. À l'arrivée de Nerva, à l'adoption de Trajan, il fallut partir. Il regagna l'Espagne.

Pline le Jeune lui paya le voyage. Il retrouva Bilbilis avec bonheur. Il éprouva d'abord beaucoup de plaisir à ne se lever qu'à neuf heures, à ne plus revêtir la toge, à se chauffer au bois de chêne. La veuve Marcella lui fit don d'une propriété plus considérable et d'un revenu plus avantageux que celui qu'il retirait de Nomentum. Elle lui donna un petit bois, une roseraie, un étang fermé, un pigeonnier blanc.

En 98 il était à Bilbilis et il regrettait Rome. En 98 il écrivait à Terentius Priscus : « S'il se trouve quelque chose d'agréable dans mes livres, c'est le lecteur qui me l'a dicté (dictavit auditor). Les oreilles de la capitale me manquent. Me manquent ces réunions dans lesquelles on prend tant de plaisir qu'on ne s'aperçoit pas de l'utilité qu'on en tire... » Dans le dernier livre qu'il écrivit, il recensa avec minutie les compensations qu'offrait Rome à l'écrivain — par-delà le mépris dans lequel elle le tenait et la vie difficilement supportable qu'elle le contraignait de mener. Elle offrait l'auditoire, les amis, les louanges, les bons livres, les ennemis, les discussions, les mauvais livres, l'âpreté de la langue, le goût du jour, les œuvres étrangères, le raffinement et la promptitude de la pensée — et plus encore les plaisirs qui sont propres aux grandes cités : la solitude, l'anonymat, les cercles de lecture, la mortification, les bibliothèques, les théâtres. « Tous ces précieux avantages, dont j'ai eu tort — écrivait-il à Terentius Priscus — de me dégoûter quand j'en pouvais jouir, je ne puis plus m'en passer depuis que je les ai perdus. »

Il souhaita mourir à Rome. Sa fortune, son âge, ni le temps ne le permirent. Il demeura dans la ville qui — pour reprendre une image qui peut étonner — l'avait « vu naître ». Passa le siècle (du moins s'il avait été possible qu'il passât ce qu'il ne pouvait pas connaître comme le IIe siècle après Jésus-Christ). Il y vieillit encore, passa soixante ans. Une lettre de Pline à un ami, par-delà les siècles, continue de nous annoncer sa mort.

XVIIᵉ TRAITÉ

Liber

Le terme de livre ne peut être défini. Objet sans essence. Petit bâtiment qui n'est pas universel.

*

La « réunion de feuilles servant de support à un texte imprimé, cousues ensemble, et placées sous une couverture commune » ne le définit pas. Ce que les Grecs et les Romains déroulaient sous leurs yeux, les tablettes d'argile que consignait Sumer, les bandes de papyrus encollées de l'Égypte, les carreaux de soie de la Chine, ce que les médiévaux enchaînaient à des pupitres et qu'ils étaient impuissants à porter sur leurs genoux, ou à tenir entre les mains, les microfilms qu'entassent les universités américaines, des feuilles de palmier séchées et frottées d'huile, des lamelles de bambou, des briques, un bout de papier, une pierre usée, un petit carré de peau, une plaque d'ivoire, un socle de bronze, une pelure d'écorce, des tessons, — rien de ce que l'usage de ces matières requiert ne s'éloigne sans doute à proprement parler de la lecture, mais rien ne vient s'assembler tout à coup sous la forme plus générale ou plus essentielle du « livre ». Même, l'addition de tous les traits hétérogènes que ces objets présentent — cette addition ne le constituerait pas.

*

Les critères qui le définissent ne définissent rien.

*

Le livre est ce qui supporte l'écriture. Mais le petit papier manuscrit (la petite feuille volante) ne constitue pas un livre.

Le livre renvoie à une métamorphose qui supplée son écriture manuelle. Mais tout ce que les éditeurs font imprimer, mettent dans d'immenses silos, diffusent et vendent sous ce nom, est loin de définir un livre.

Le livre est une certaine « maniabilité ». Pour peu que les livres aient un sens, ce sens est l'usage de « lecture » qui les voue comme « livres » — cela non seulement des mains de ceux qui les lisent, mais des mains de ceux qui les font, et tout autant des mains de ceux qui les écrivent. Or, ce qui fut gravé sur la pierre, certains vieux tessons de céramique, des parois de murs ou de statues, la mosaïque longtemps translucide, peu à peu transparente d'un vitrail, de vieilles tapisseries aussi, certains volumes même — si peu maniables qu'ils fussent — ne furent-ils pas parfois exactement des « livres » ?

*

Albert Labarre fait remarquer que, quelque écrit qu'il soit, l'obélisque de la place de la Concorde n'est pas un livre.

*

Personne n'a jamais vu en même temps les six faces qui font un cube.

Les enfants croient en leur existence. Même, ils édifient par leur moyen de véritables châteaux.

*

Il n'y a pas « le livre ». Il y eut des livres. Objets fabriqués, parfois sujets à commerce. Mais le commerce ne les définit pas. Tous les livres qui furent ne furent pas mis en vente. Leur fabrication ne les définit pas davantage. Un livre n'est pas une « reliure », un « papier ». Pas plus un « nom » ainsi que le désignent les éditeurs d'art ou les libraires spécialisés dans la commercialisation des « exemplaires de tête ». Leur écriture ne suffit pas à les définir. Une écriture privée, et solitaire, secrète, et manuscrite, ne saurait être un livre. Le texte littéraire dans ce sens se définit comme ce qui se suppose, dans son écriture, une « forme de livre », une « matière à lecture ». Un acte notarié, une correspondance d'hommes célèbres — une fois publiés sous forme de livres — ne sont pas des livres. Il y eut tout à coup des écritures appelées par des supports particuliers, et vouées à des fabrications particulières. *L'Odyssée* d'Homère n'était pas exactement un livre. La *Délie* de Scève est un livre. Et je préfère la lecture de *L'Odyssée* à celle de la *Délie*. Montaigne, La Fontaine, La Bruyère, voilà des « livresques ».

*

Nous sommes telles des grenouilles échouées sur la terre ferme, et qui n'arrivent pas à remettre la main sur des souvenirs inutilisables, des souvenirs d'eau, de sons ténus et anciens, de formes glauques, traditions sans usage — des souvenirs de têtards.

*

Une cité jadis s'appelait « Livre ». C'était l'antique Byblos, sur la côte libanaise. Ce port de Phénicie importait d'Égypte le papyrus et il l'exportait vers l'Occident.

(À vrai dire cette cité ne s'appelait pas « Livre ». Les Grecs nommèrent du nom de la cité le papyrus qu'ils y trouvèrent et sur lequel ils notèrent leur langue avec des lettres qu'ils empruntèrent d'une même façon à la population de ce port phénicien.

Dans Homère βύβλινον se dit de cordes et de vins provenant alors de ce port, non d'écrits. En égyptien le port de Byblos se nommait Keben et, de même que Byblos devint en grec le nom des livres, Keben en égyptien avait donné son nom aux bateaux de haute mer qui y menaient et qui y étaient fabriqués. Nous dîmes « cachemire », « astrakan ». Ainsi, plus loin dans le passé, nous dîmes « livre ».)

*

Isis erre à travers le monde à la recherche du coffre contenant le cadavre du roi de l'éternité : il se trouve à Byblos.

Tous les livres sont des « séjours d'Osiris ».

*

De nos jours ce qui est nommé livre est le « codex typographique ». Parmi les temps, les matières, les langues, les écritures, les procédés de fabrication, les perceptions des espaces, les vœux étranges que nourrissent les différentes espèces de « lectures » que les sociétés connurent — du moins pour le si

petit nombre d'entre elles qui écrivirent —,
que suppose la forme d'un livre de cette
nature ? Que suppose un « codex typographique » ?

*

(Conditions de possibilité.

Non pas histoire du livre. Non pas genèse
du codex. Mais ce que la forme du livre
moderne (sous le coup de laquelle tous
manuscrits que nous écrivons tombent — à
la merci de laquelle ils s'asservissent déjà
alors même que nous les pensons, à l'état de
« projet », à la merci de quoi ils « supplient »
passionnément alors même que nous les écrivons, à l'état de « manuscrit ») suppose. Suppose d'elle-même physiquement. Traditions
que le livre, l'écriture épousent aussitôt, et
épousent matériellement. Sédimentation —
plutôt qu'histoire — à laquelle ils s'échangent sur-le-champ.)

*

J'évoque une tradition qui est dénuée
d'universalité, toute particulière, brève dans

le temps, plus courte et arbitraire encore dans l'espace de son support. Et je ne cherche pas un sens, je ne lie pas entre elles des causes prétendues : je juxtapose, de façon tout hétérogène, des compossibilités. Le livre sous forme de codex suppose : une écriture alphabétique (Pi Cheng, en 1041, recourut à des poinçons gravés sur des bois de bambou portés sur des moules de sable dans lesquels il coulait de l'argile qu'il faisait cuire ensuite. Il put imprimer de la sorte des livres en papier. Paul Pelliot a décrit avec beaucoup de minutie les procédés auxquels recoururent les premiers imprimeurs en Chine. En Corée, à partir de la première partie du XIIIe siècle, et plus décisivement à partir de 1403, sous l'impulsion du roi Htaitjong, l'impression des textes à l'aide de caractères mobiles et leur diffusion connurent un essor extraordinaire. Mais des langues non alphabétiques comportant des milliers de signes complexes ne purent pas profiter si miraculeusement — aussi conséquemment — de l'intérêt que présentait l'usage des caractères mobiles à l'instar de langues qui ne comportaient qu'une trentaine de signes d'un dessin au demeurant très simple). — C'est-à-dire le livre sous l'espèce du codex suppose : l'adoption par les Grecs de l'alphabet linéaire phénicien à la fin du Xe siècle avant Jésus-Christ, la mention physique des voyelles, la mise en ordre de l'écriture et de la lecture de la gauche vers la droite (acquis au cours du VIe siècle avant Jésus-Christ, la verticalisation des lettres — i.e. la fonction linéaire d'un «socle» de la «ligne», d'une sorte de sol de l'écriture, et de direction univoque ; de plus l'alphabétisation typographique de l'écriture a extirpé peu à peu tout caractère expressif, ludique, esthétique de l'acte d'écrire, et a abouti à une véritable démanualisation de la lettre : appauvrissement, simplification, abstraction supplémentaire), la tradition de multiplication qui repose sur le trafic essentiellement funéraire du livre en papyrus égyptien, l'extension de l'usage de l'alphabétisation en Grèce, à Rome, l'emprunt du rouleau de papyrus, du cylindre enrouleur, du développement horizontal et de la division du texte en colonnes verticales, la création et la prolifération des bibliothèques, la lente substitution du codex au volumen, les longues transformations de l'écriture manuelle, la métamorphose romane de la tradition mérovingienne, l'invention de l'espace du scriptorium (armorius et pupitres, position oblique de la plume d'oie, division des tâches), le transfert du livre des abbayes aux cités, l'apparition du système universitaire, l'apparition du papier, l'invention du système de la pecia et de la notion d'exemplar, la lecture muette, silencieuse, fervente, immobile, pieuse du volumen monastique puis du codex chrétien, les substitutions des moines aux esclaves « literati », puis des « écoliers » aux moines, puis des imprimeurs-libraires aux « écoliers », l'invention du livre xylographique au cours du XVe siècle, l'invention des caractères de métal mobiles, l'invention de la presse, la petite fièvre gagnant entre 1430 et 1460 Mayence, Strasbourg, Bamberg et Etville, l'apparition des compositeurs, des pressiers, des compagnons, des correcteurs, la quadripartition entre bailleurs de fonds, imprimeurs, libraires et lecteurs-acheteurs, la disparition des ligatures et des abréviations (de coutume manuelle), la systématisation des signes conventionnels, l'unification de la graphie, les dictionnaires, etc.

*

« Euhoe. Parce, Liber,
Parce, gravi metuende thyrso ! » Q. Horatius Flaccus, *Odes* II, 19. (Épargne-moi. Épargne-moi, Liber, qui me fais craindre les coups de ton thyrse !)

*

Les Mésopotamiens et nous-mêmes, les Égyptiens, les Grecs et l'invention de la philosophie, les Chinois, les Indiens et l'invention de la grammaire, les Chrétiens devant les mots de leurs péchés, deux ou trois Viennois devant leurs souvenirs de minuscules apprentis de langue et manipulateurs de patronymes. Les premiers noms sur le dos des esclaves de la vieille Égypte, les noms sur les chaussettes d'enfant, les caleçons d'enfant, les serviettes d'enfant avant le départ pour le collège. Quelque mot qu'on écrive, aussitôt une incroyable déchirure du flux sonore a lieu, aussitôt une incalculable « décontextualisation », dissidence, abstraction a lieu. Sorte de cyclone, sorte d'avalanche, sorte de vertigineuse précipitation dans l'espace de la tête des hommes. Quoi que nous fassions, nous sommes tous écrits. Sceau de propriété ou numéro de salaire des sociétés agricoles les plus anciennes porté à même la peau des hommes asservis et sur les signes de maîtrise et les parois des tombeaux de leurs maîtres précaires.

*

L'écriture tout à la fois matérialise et rompt en morceaux la langue jusque-là continue, magique, venteuse, invisible, aérienne. L'écriture précipite la langue.

Le livre est le seul *précipitat de langue*. « Liber » est le nom de cette cristallisation et de ce démembrement des parties de la phrase parlée. Des sortes de concrétions à partir de la mise en visibilia et de la mise en silence des langues. Les livres sont des « solides de langue », dont l'échelle va de la main à l'œil, et qui demeurent quelques siècles, avant que le temps, ou les hommes, ou la disparition des hommes, en anéantissent l'usage, ou qu'ils ne retombent en poussière. Et pour quelque part d'eux-mêmes s'échangent de nouveau à l'air qu'ils avaient démenti, chassé au loin et extirpé d'eux-mêmes, de leur petite masse silencieuse.

*

L'écrit est une petite plante parasite qui pousse parfois dans les langues. Plante dont la fleur n'est pas la fleur propre à la langue. Coquelicot en sang dans le champ de céréales jaunes.

Des livres (qui tirent aux deux bouts de la chaîne d'or leur vitalité d'autrui), des orchidées, du gui. Arbres peu à peu crevés sur lesquels ils se développent. Langues décrépites. Lecteurs mourants. (Mais ils mourraient sans les livres.)

*

L'écriture sumérienne précunéiforme attestée à Uruk vers 3300 avant Jésus-Christ n'est toujours pas déchiffrée.

*

(Quel est ce texte le plus ancien qu'un homme a noté ? Le fragment d'un poème comparable à celui de Dante ? Le décompte d'un troupeau de vaches ? Une formule-talisman pour se défendre de la mort ? Liste des noms des rois ?, d'astres ?, de soldats morts ?, de céréales ?, des dieux ?, des parties d'un corps malade ?

(Je penche pour le troupeau de vaches ; i.e. les bêtes du sacrifice ; i.e. la peau des livres faits de peaux.)

*

La littérature lettrée, dite de sagesse, est attestée en Égypte à la fin du IIIe millénaire avant Jésus-Christ.

*

Les grandes œuvres littéraires sumériennes datent de l'époque de Fara-Shuruppak, vers — 2600. Les scribes en sumérien se disaient les « dub-sar ». Leur formation était donnée dans l'« e-dubba » (sc. la « maison des tablettes »). Ils écrivaient avec le « gi-dubba ». Les lettrés — les « hommes de la maison des tablettes » — résidèrent près de la bibliothèque de Nippur, près de la bibliothèque d'Isin, puis près de la bibliothèque de Babylone, près de la bibliothèque de Nimrud, enfin près de la bibliothèque de Ninive.

*

Béatrice André-Leicknam.
« Les scribes recherchaient, par un goût de l'antique, des textes du IIIe millénaire. Le roi Nabonide collectionna à Babylone statues et textes anciens, mais le plus célèbre érudit de l'époque fut Assourbanipal qui constitua à Ninive, sa capitale, une bibliothèque immense dont il nous reste aujourd'hui vingt-cinq mille fragments, soit environ mille cinq cents ouvrages. La mauvaise conservation des œuvres est compensée par les nombreux duplicata de chaque œuvre. Ce roi lettré, qui se vantait de connaître le sumérien, fit rassembler et copier tous les textes littéraires et d'érudition qu'il put découvrir sur le territoire mésopotamien : mythes et épopées, dictionnaires, textes de présages, de médecine, d'astronomie et d'astrologie. Les scribes classèrent les tablettes par sujets, leur donnèrent des titres, en indiquèrent la succession par des chiffres et rédigèrent des catalogues. »

*

L'écriture n'a que cinq mille ans d'usage. Qu'est-ce qu'une expérience de cinq mille ans ?

1. La surface d'une feuille de trèfle dans la jungle.

2. Le jet d'urine d'une mouette dans l'océan.

3. Un bonbon dans la main d'un petit enfant qui commence à peine de parler.

*

Il y a trente-deux millénaires on mettait des couleurs et des formes sur des murs de grotte.

*

Lascaux, il y a à peine dix-sept millénaires.

*

La découverte en 1861 de l'archéoptéryx. L'archéoptéryx n'a que 123 ans.

*

L'idéographie chinoise, l'écriture syllabique indienne, l'écriture alphabétique dite phénicienne semblent ne rien avoir en commun. Le plus souvent on lit que les écritures des différentes civilisations dériveraient d'un prototype unique, mésopotamien, dans les derniers siècles du IVe millénaire, entre Bagdad et Bassora. L'Égypte au début du IIIe millénaire, l'écriture archaïque toujours indéchiffrée de l'Inde, au milieu du IIIe millénaire, la Chine dans la première moitié du IIe millénaire, les hiéroglyphes appelés hittites vers le milieu du IIe millénaire auraient puisé à cette source unique. Des sources simultanées. Des origines qui chevaucheraient.

*

Dans le *Roman de la Rose* de Jean de Meung à la fin du XIIIe siècle après Jésus-Christ :
« Lettres grailes, très loing escrites, Et poudres de sablon menues… »

*

Les trente lettres de l'alphabet cunéiforme d'Ugarit étaient d'usage courant en Syrie au XIVe siècle avant Jésus-Christ. Il servit à noter les langues ugaritique, akkadienne et hurrite. Les vingt-deux lettres de l'alphabet linéaire phénicien étaient d'usage courant au Liban au terme du XIIe siècle, dessinées au pinceau ou à la plume sur du papyrus ou des ostracons. Il servit à noter les langues araméenne, hébraïque, moabite, punique, etc. À la fin du Xe siècle les Grecs s'en inspirèrent pour noter leur langue. L'alpha et le bêta d'alphabet (qui est une expression romaine) sont des lettres purement phéniciennes.

*

À Rome, César confia à Varron le soin de mettre en place dans l'empire des bibliothèques publiques. Marcus Terentius Varro concéda que jamais un peuple n'était maître de son écriture comme il l'était de sa langue.

*

Les images égyptiennes hiéroglyphiques baignaient dans la puissance. Dans les textes des pyramides les phonèmes écrits au moyen d'un serpent ou d'un crocodile étaient mutilés intentionnellement, ou percés de flèches, ou lardés de couteaux, pour empêcher que ces images ne dévorent.

*

Akhenaton lui-même n'est qu'un vestige. Vestige des religions hénothéistes, monolâtres, aniconiques des civilisations plus anciennes tels les anciens Assyriens (auxquelles les Hébreux plus récemment puisèrent). Les Chinois avant la pénétration du bouddhisme, les Aryas anciens de l'Inde n'avaient pas de représentation figurée de leur dieu suprême.

Un petit portrait d'Akhenaton ici. Akhenaton cassant les lettres. L'empereur des Qin se joignant à lui. Montrant Simonide améliorant l'alphabet phénicien (les Grecs soutinrent que Simonide était le premier poète parmi les Grecs à s'être fait payer ses poèmes). Faisant appel à Appius Claudius.

Ou encore à Julien. Les habitants d'Antioche ne réprouvaient pas seulement que l'empereur portât la barbe : ils répandirent le bruit que Julien ne supportait pas les lettres x et κ et qu'il allait bientôt les proscrire de l'alphabet (ces lettres étaient initiales de ΧΡΙΣΤΟΣ et de ΚΟΝΣΤΑΝΤΙΟΣ). Julien rédigeant l'admirable *Misopogon*. Je songe à la reine Frédégonde. Elle aimait les cris et les voix les plus rauques. Elle suggéra à Hilpérik l'introduction de quatre lettres neuves pour noter les noms des êtres de race franque qui les entouraient afin de se souvenir graphiquement de ceux qu'elle avait haïs et vis-à-vis desquels il lui faudrait se revancher.

*

Ceux qui écrivent font parfois ce qu'on nomme des «psychanalyses» pour être débarrassés de l'écriture et de la création. Ils parlent comme des brahmanes. «C'est sale, disent-ils. Il est caractéristique que l'écrivain pour écrire ressente la nécessité de se soustraire à la vue d'autrui et à l'univers social. On se soustrait de la sorte pour écrire, pour déféquer, pour uriner, pour aimer. Toute création ajoute à la vie et collabore avec l'univers. C'est impur. Un livre, la « rubrique » rappellent ce qui témoigne de la fécondité des femmes et de la perpétuation de l'espèce. Un sang secret s'écoule. »

*

La première chose qui frappe à la lecture des vestiges littéraires les plus anciens, dans les littératures les plus anciennes, écrites dans les langues les plus anciennes, c'est la mélancolie la plus noire, le total désabusement.

(Devant les textes mésopotamiens : l'origine sans aucune fraîcheur. Ce sont les textes « jeunots » — j'entends par là toutes les religions révélées sans exception, les propagandes, les idéologies conçues comme telles — qui se veulent innocents, fondateurs, prophétiques, qui s'entretiennent d'aurore ou d'espoir, d'universalité ou d'empire, d'amour ou d'humanité, d'avenir, de pureté ou de renouveau, et qui ont les mains tachées avec le sang inavoué.)

*

Détresse, lucidité, réalisme terribles des anciens textes littéraires. « L'homme est né du sang d'un dieu mort », écrivaient les vieux lettrés mésopotamiens. (Ne pas compter sur l'homme : issu du sang versé, répétaient-ils. Issu du sacrifice.) Tache indélébile dont le monument est le sang lunaire. Le corps des femmes est le calendrier physique des naissances et de l'injonction à la mort.

*

Où est le sang retenu ?
Cela s'appelle un enfant. Et non le sang à l'extrémité du couteau, et au terme du pinceau pour commencer la page.

*

Le mot de *papier* vient de *papyrus*; *papyrus* vient de l'égyptien *paperaâ*. Vers 70 après Jésus-Christ Pline l'Ancien prétendit que l'histoire de l'humanité reposait sur le papyrus. Toutefois l'humanité, ce furent aussitôt des milliers de langues qui ne s'écrivirent pas, des milliers de sociétés sans livres. Ni livre ni écriture ne sont des caractéristiques humaines. Pendant plus de quatre mille ans on écrivit sur papyrus. Les derniers papyrus connus — une bulle pontificale et un manuscrit arabe — datent du XIe siècle de notre ère.

(Il en va de *papier* comme de *byblos*. Si le mot de « papier » vient de papyrus, ce qu'il désigne est une invention chinoise qui n'a rien à voir avec ce que désignait *paperaâ*. « Paperaâ » signifie mot à mot « celui-du-roi ». Ainsi les termes de « papier » et de « pharaon » dérivent-ils d'une même racine — la fabrication du papyrus constituant à l'époque ptolémaïque un monopole royal.)

*

En ancien égyptien on disait proverbialement « battre comme papyrus ». Il semble que les papyrus furent blancs dès l'origine. De même on dit : « Il a une tête de papier mâché. »

*

L'invention du papier ne date pas de 105 et n'est pas due à Cai Lun. On utilisait le papier en Chine deux siècles plus tôt. Le papier gagna la Corée, le Viêt-nam, le Japon, l'Inde et la Perse avant qu'il touchât Bagdad puis l'Espagne musulmane, les faubourgs de Valence. Enfin la Sicile, Gênes, Fabriano.

*

Les livres sacrés de l'Inde ancienne étaient faits de feuilles de palmier longues et étroites reliées entre elles par une ficelle.

*

Dans les années - 80, à Ceylan, sous le règne du roi Vattayâmani, furent rédigés les textes sacrés des Theravâdin, composés en trois sections. Ou trois grands groupes. On les nomme les *pitaka*, c'est-à-dire les « corbeilles ». Ce nom définit proprement le livre selon la tradition bouddhique cinghalaise et même indienne. On lit des « corbeilles ». C'était aussi le sens du mot de « logos ». Les longues feuilles de palmier couvertes de caractères écrits et assemblées entre elles étaient déposées dans des paniers-corbeilles. Trois corbeilles, c'est-à-dire trois livres : le

Vinaya, les *Sutta,* et l'*Abhidhamma.* Les *pitaka* fondent la doctrine du Petit Véhicule.

*

Dans les sables du Turkestan oriental Aurel Stein mit au jour les plus anciens livres chinois conservés : c'étaient des tablettes de bois ou de bambou sur lesquelles des hommes de la fin du Ier siècle avaient écrit verticalement à l'aide de bâtonnets pointus trempés dans un vernis. Ces fiches de bois étaient reliées et maintenues en ordre par des lanières de cuir ou des cordes de soie.

Confucius jadis avait lu des livres semblables. Il avait lu si souvent son «exemplaire» du Yi-king que les lanières, trois fois usées, s'étaient rompues trois fois.

À la même époque les Chinois écrivaient au pinceau à l'encre sur la soie. La soie était tissée en bande sur une largeur d'une trentaine de centimètres. Alors ils la roulaient sur un bâton de bois aux extrémités parfois ornées. Édouard Chavannes a noté que le nom chinois qui désigna cette sorte de volumen veut dire — comme le verbe latin d'où ce mot est tiré — «rouler».

À la même époque, semblablement, les Chinois usaient du papier. Dans une tour de garde en ruine de la Grande Muraille Aurel Stein découvrit sept lettres écrites en sogdien sur des feuilles de papier de chanvre pliées avec beaucoup de soin et portant adresse du destinataire. Marie-Roberte Guignard a décrit la métamorphose qu'a connue le livre en papier chinois. Les feuillets d'abord percés d'un trou et retenus par une cordelette furent collés par leur tranche aboutissant au livre oblong s'ouvrant en accordéon. Les Chinois — comme ils cherchaient à donner une image du mouvement fluctuant et impatient avec lequel les pages défilaient sous les yeux et la main d'un lecteur rapide — le nommèrent «livre-tourbillon». En 989 Mohammed Ibn Ishaq use d'une autre image : il note que les livres faits de feuilles de papier sur lesquels les Chinois écrivent s'ouvrent «comme des paravents». Puis ils plièrent en deux chaque feuille par le milieu et collèrent l'ensemble des feuilles par cette pliure : celles-ci demeurant libres et battant comme des ailes, ils nommèrent cette espèce de livre «livre-papillon». L'impression du texte ou de la gravure aboutit à un résultat singulier dont on a usé assez peu en Europe : les feuilles de papier pliées en deux furent cousues ensemble non par le pli mais par le bord (c'est-à-dire recto du premier feuillet imprimé, verso enfoui, recto du feuillet suivant enfoui, verso du second feuillet imprimé ; toute page chinoise, coréenne, japonaise imprimée de la sorte est donc double, suppose de ce fait une extrême minceur et une extrême souplesse du papier, et supprime tout problème de pression, de relief, de transparence et de registre). Une couverture faite de papier ou faite de soie protège chaque fascicule. Chaque fascicule correspond souvent à un chapitre. Ces fascicules sont groupés par six ou par huit ; ils sont maintenus entre des planches de bois précieux ou dans des étuis recouverts d'étoffes luxueuses. « Les livres sont couchés horizontalement sur les rayons et, comme chaque fascicule porte sur sa tranche l'indication du texte qui y est contenu, le lecteur a sous les yeux une table détaillée du plan de l'ouvrage. » L'agrément des bibliothèques est souvent loué dans les romans chinois. Cao Xueqin, au XVIIIe siècle, classe la valeur des maisons et des familles selon qu'elles sentent plus ou moins « l'odeur des bons livres ».

*

La première épître.
La première lettre littéraire (lettre fictive) est sumérienne et date de la fin du IIIe millénaire avant Jésus-Christ. Joute littéraire entre deux érudits.

*

Permettez-moi d'enfiler mes souliers carrés et de replacer mon bonnet rond sur la tête. Quand je ne puis résister à l'inépuisable enchevêtrement des notions et des souvenirs, et que leur obsession se condense en une fièvre tenace qui émeut mon torse et gagne ou tarabuste mon esprit, je me fais apporter une lampe et, sans prendre le temps de songer aux obligations qui pèsent sur la vie quotidienne mais tout en déférant à la déesse des Manies et des Rites, pénétré de révérence à l'égard de la sagacité et du souci de la beauté dont faisaient preuve les auteurs anciens, je m'installe devant la table à écrire, je délaye l'encre, j'en humecte le pinceau et sur de vieux carreaux de soie, ou des mouchoirs rongés par l'usure, j'improvise des petits bouts de prose alors que ma face se couvre tout entière de rougeur. Absorbé par le maniement du pinceau et la formation des caractères je voyage ; et je connais la capacité infirme que le ciel m'a allouée.

*

L'hiéroglyphe égyptien qui désigne le scribe figure les principaux instruments dont il est entouré : un étui à calames relié au godet à eau et à la palette à encres rouge et noire. Le calame était une simple tige de jonc dont le scribe mâchonnait le bout pour en faire un pinceau. À l'extrême fin du IIIe millénaire le scribe Neferty, « grand lecteur » sous Amenemhat Ier, après l'invocation rituelle au dieu Thot, commence par ces mots son ouvrage :

« Alors Neferty étendit ses mains en direction de sa palette. Il prit son matériel de scribe. Il prit son rouleau de papyrus neuf. Il prit ses encres rouge et noire. Il s'empara de son calame. Il écrivit : Ceci est écrit par le grand lecteur, le sage Neferty... »

*

Le sens de « publication » en 59 avant Jésus-Christ.

César consul, en l'an de Rome 695 (59 avant Jésus-Christ), désira nuire au parti aristocratique et au prestige du sénat. Il établit que les procès-verbaux tant des assemblées du sénat que des assemblées du peuple, seraient tous les jours rédigés et « publiés » : « Instituit ut tam senatus quam populi diurna confierent et *publicarentur.* »

Dans la bouche de César — ou du moins dans cette page de Suétone qui l'évoque — *publicare* (sc. « mettre à la disposition du public ») les *Acta senatus et populi* ne semble pas avoir le sens restrictif d'une consultation éventuelle des notes sténographiées ou mises en forme, mais bien, pour la première fois, le sens juridique d'afficher les procès-verbaux. Peut-être sur une planche blanchie. Tel « l'album » du mur de la Regia.

*

L'art d'imprimerie.

Il apparut dès 1539 à Mexico, en 1584 à Lima, en 1590 au Japon. N'apparut qu'en 1563 à Moscou, en 1638 en Amérique du Nord, en 1727 à Constantinople, en 1821 en Grèce — d'où il avait tiré pourtant ses premières possibilités 2 700 ans plus tôt dans la différenciation alphabétique et la colonne d'écriture verticale par lignes horizontales et successives allant de gauche à droite.

*

Le plus ancien livre imprimé du monde est un long rouleau chinois. Le British Museum le conserve. Il date de 868. C'est un texte bouddhique imprimé xylographiquement. Cet artisanat des livres imprimés se développa dans les haute et basse vallées du Fleuve Bleu.

*

La page en papier du codex typographique du XVIᵉ au XIXᵉ siècle.

Temps où les chiffonniers frappaient aux

portes et ramassaient la chiffe — vieux chiffons, vieux « drapeaux », vieilles toiles, vieille corde — et l'échangeaient contre des épingles ou de la vaisselle en faïence. Ils l'entassaient dans des chariots. Comme le vin, comme l'escargot, le meilleur chiffon provenait de Bourgogne. La chiffe de Bourgogne était entassée dans des barques sur la Saône, et gagnait Lyon.

Vieux linge qui avait touché et revêtu le corps : une page. Vieux linge du corps des hommes se substituant à la page de parchemin, c'est-à-dire aux peaux des anciennes bêtes sacrificielles écorchées.

*

Une écriture qui subit le contrecoup de sa métamorphose éventuelle. Une fabrication qui reçoit la détermination dans son écriture d'une lecture — lecture qui dans le même temps est dépendante et de cette écriture et de cette fabrication. Et écriture, support, fabrication, lecture — assujettis à une sorte d'usage. Ce qui cherche à être lu, c'est ce qui cherche à être écrit, c'est-à-dire ce qui cherche à être bâti sous la forme de livre : cela — nœud comme indénouable et sans cesse tissu de son propre et énigmatique « usage ». L'usure d'une chemise ou la peau de la bête divine.

Cela — « hoc » et « quod » faits de traditions nombreuses, d'incessants effets de retour techniques, historiques, physiques, linguistiques, biographiques — « cela » définit ce qui cherche à être livre.

*

Comme le parfum des fleurs jadis, telle la fumée des bêtes sacrifiées, rôties, s'envolait vers la voûte céleste pour exciter et afin de repaître les narines des divins qui résidaient dans les étoiles. Les livres de même adressés à des sortes d'idoles faites de leurs propres matières. Le nom de l'auteur de ce cantique du XVIe siècle n'a pas été retenu :

« Tu as produit des fleurs dans l'esglise de Dieu,

Dont l'odeur doux-flairant devers la voûte astrée

S'envole sainctement. »

*

Du temps où Reine Berthe filait. Du temps où on nommait scieurs les moissonneurs, où Amyot parlait de l'ouvrier Phidias et Du Bellay de l'ouvrier Budé, du temps où on disait relier le vin quand on assemblait les douves des tonneaux, — du temps où le carcan était un collier de parure, où le cri propre aux hommes était braire. — Du temps où nous récitions Alphonse de Lamartine. Nous avions les genoux nus. Nous tenions les mains croisées dans le dos. Nous levions le menton :

« Le livre de la vie est le livre suprême

Qu'on ne peut ni fermer ni rouvrir à son choix ;

Le passage attachant ne s'y lit pas deux fois... »

*

Supposé que l'espoir nous prenne de compenser le peu de nécessité que nous trouvons dans les choses du monde et dans l'ordre désordonné de la nature en écrivant des livres, l'ordre que nous imposons à ce que nous écrivons n'aboutit jamais à élever le livre au niveau du réel, au statut d'une région où le phantasme, le symbole, le sens soient enfin arrachés. Au contraire. Tout l'artifice que nous introduisons à cette fin s'accroît au fur et à mesure que nous lisons, fait hyperboliquement retour, et l'existence d'un livre nous apparaît à chaque fois davantage particulière, disproportionnée, chétive, risible, infiniment touchante. Tout l'ordre et l'intention et la maîtrise et la beauté s'effondrent infiniment à tout instant dans l'absence de nécessité de tout livre. Nul n'est jamais contraint de faire un livre. Même les dieux des religions révélées. Et infiniment ils nous semblent vains.

*

Les enfants lisent de grands livres et leur doigt suit les mots un à un.

*

« Un livre est pour moi une manière spéciale de vivre », écrivit G. Flaubert (Correspondance, IVe série, p. 359).

*

« Et l'homme fort sera l'étoupe, et ses œuvres l'étincelle ; ils brûleront tous deux ensemble, et personne n'éteindra », dit Isaïe.

*

Écrivain classique.

La première mention de *classicus scriptor* — d'écrivain classique — date du IIe siècle après Jésus-Christ. Dans les *Nuits Attiques* Aulu-Gelle note : « classicus adsiduusque scriptor, non proletarius. » Classicus conserve ici son sens lui-même classique ; il renvoie au citoyen soumis à l'impôt (au citoyen de la première classe, au citoyen « classique »), en opposition au prolétaire, pas assez fortuné, ni alphabétisé, ni oisif, pour savoir et pour pouvoir écrire.

En 1776, le traducteur Letourneur ne parvenant pas à rendre « romantic » par « romanesque » ni par « pittoresque » laissa le mot tel quel.

En français, l'expression « écrivain classique » date des années 1820. En 1823, dans

Racine et Shakespeare, Stendhal opposa deux néologismes — classicisme et romantisme —, le premier d'entre eux n'étant qu'une notion négative, et n'ayant d'autre rôle que de faire valoir le second. L'opposition fut alors celle de l'ennuyeux et du vivant. Je note qu'il y a des vivants ennuyeux.

*

Le terme de « colonne d'écriture » est renforcé dans les codex médiévaux par un calembour visuel. Celui-ci est propre à la plupart des tables de concordance des quatre Évangiles : une structure en arcade centrée sur la page et surmontée des portraits ou des emblèmes des évangélistes. Les tables des canons sont alors de véritables colonnes d'écriture séparées par de maigres colonnettes aboutissant sous forme de chapiteaux à la naissance des arcs.

*

En 586, en Mésopotamie, dans le monastère de Saint-Jean de Zagba, Rabbula transcrivit un évangéliaire en syriaque. Au verso du folio 9 le lecteur assiste à une scène traditionnelle mais difficilement compréhensible. Tandis que sur la droite Matthieu semble commenter un codex posé sur ses genoux, sur la gauche, Jean, comme il se penche lui-même sur sa gauche vers une petite lampe allumée posée sur un mince trépied, est en train de lire ou d'écrire sur un rouleau rédigé de bas en haut à l'instar d'une page de codex renversée (et non pas à l'image de la colonne propre au volumen). À Jean la place la plus haute, volumen et vautour.

Depuis 1497, cet évangile dû à Rabbula est conservé à Florence.

*

L'un des premiers livres alphabétiques grecs.

Les lois de Solon étaient exposées au Prytanée sous la forme d'essieux. C'étaient des poutres de bois rectangulaires gravées sur leurs quatre faces. Montées sur des cadres verticaux, elles devaient être mues autour de leur axe pour être lues.

*

Au Vᵉ siècle les caractères chinois se répandirent au Japon en même temps que les épées et les miroirs.

*

Le livre de papyrus présentait la forme d'un rouleau fait d'une vingtaine de feuilles collées les unes aux autres de quinze à dix-sept centimètres de haut, de six à dix mètres de long. Le livre dans l'ancienne Égypte se déroulait horizontalement mais était divisé en colonnes verticales. Le titre se trouvait à la fin, ou pendait à partir du cylindre enrouleur. Les Byzantins mentionnent l'existence de papyrus longs de cent mètres. On nomme ce « liber » un « volumen ».

En décembre 83, à Rome, Martial est le premier à décrire de petits livres étranges, épais et rectangulaires, à « nombreuses feuilles de parchemin pliées ». Il dit avoir tenu entre ses mains un Virgile fabriqué de la sorte, un Homère entier sur « tablettes de peaux », un Ovide, un Tite-Live. On nomme ce « liber » un « codex ».

En dépit de la préparation plus complexe

que cette sorte de livre exigeait, et du prix plus élevé qui en résultait, le livre en parchemin « chassa » le livre en papyrus. Cette lente substitution eut lieu au cours du IVe et du Ve siècle après Jésus-Christ.

Cette substitution des supports fut une métamorphose du livre, du texte, et de la lecture. Cette substitution fut hasardeuse, et ce privilège d'un support sur l'autre ne présenta pas de nécessité proprement matérielle. Il exista des *codices* faits de papyrus. Il exista des *volumina* faits de peaux.

*

On écorche un mouton, une chèvre ou un veau morts. On prépare la peau pour en faire des livres. Si le veau tète encore, ou que par chance il naît mort-né, on nomme le parchemin vélin. On lavait la peau. On la séchait. On nettoyait le cuir de ses poils à l'aide de la chaux. On tendait la peau fortement sur un cadre de bois. On ôtait à la lame les impuretés. On la laissait sécher sur le cadre de bois jusqu'à ce que la tension en oriente les fibres. On la passait à la pierre ponce puis à la poudre de craie. Parfois on enduisait le parchemin d'huile de lin ou d'eau de lait ou d'eau mélangée à de l'œuf. Il était alors soudain difficile de distinguer du regard ou du doigt sur la page le côté chair du côté poil de la peau de l'animal mort. Vieux sacrifices refoulés et surnageant. La Bible rapporte que Salomon le Magnifique, lors de la fête de dédicace du Temple de Jérusalem, sacrifia de sa main vingt-deux mille bœufs et cent vingt mille moutons durant sept jours. Une Bible au XIIIe siècle représentait soixante à deux cents bêtes abattues.

*

Les faux amis.

Au IVe siècle, pergamena, ou membrana, ou codex, ou Bible, sont quasi synonymes. L'emploi du parchemin pour la reproduction de la Bible présenta alors un caractère exclusif dont le prestige, le monopole ou la mode entraînèrent ou du moins précipitèrent la désaffection puis le déclin du volumen de papyrus.

« Notarius » traduit ταχυγράφος, celui qui note le texte de l'épître ou bien du commentaire directement sous la dictée, à vive allure, au moyen de signes arbitraires sur des tablettes de cire. Librarius, scriptor, scriba, antiquarius sont ceux qui transcrivent sur peau ou sur papyrus le texte noté sur les tablettes par le notarius, ou encore qui collationnent la copie sur l'exemplar et qui émendent le texte recopié. Aussi arrive-t-il que le notarius fasse fonction de librarius — dans la mesure où, à l'évidence, le copiste doit bien connaître les abréviations du tachygraphe. Saint Jérôme (*P.L.*, XXII, 1086) souligne que le librarius n'est pas un lector, dans la mesure où la copie est une pratique silencieuse.

Bibliopolae. Les commerçants du livre (bibliopolae) s'opposent aux librarii et aux notarii comme le commerçant à l'artisan. Capitulum traduit κεφαλίς et peut être entendu comme commencement (exordium). Il présente dans le même temps le sens de division (de trancher). Les différents sujets que le livre traite se présentent sous forme de capitula (petites têtes coupées).

Emendatio. Emendare dit ce même mouvement de correction des fautes et d'effacement des taches. La collation de la copie sur l'exemplar se dit *conferre*. Apposer les signes critiques se dit *distinguere* (un manuscrit distingué est un manuscrit ponctué). Ce que nous nommons manuscrit, ils le nommaient exemplar. Et ce que nous nommons autographe, ils le nommaient manuscrit. L'exemplar est parfois le prototype autographe, plus souvent la « copie-modèle », sur lesquels ont été recopiées et collationnées les copies manuscrites.

*

Quand Jérôme hallucine en rêve des livres, ce sont des codex qu'il voit dans son rêve (« codices saeculares », *Ep. ad Eust.*, XXII, 30) mais les érudits ont tort de s'appuyer sur ce texte pour conclure que la littérature traditionnelle romaine avait été transcrite à la fin du IVe siècle sous forme de codex. Les visions muettes et brusques des songes doivent une part de la fascination qu'elles exercent aux contractions étranges, rapides, déroutantes qu'elles opèrent. Un « codex séculier » — pour reprendre l'expression de Jérôme — est peut-être une sorte de « lapsus » syntaxique, de « krasis » d'attributs contradictoires. Saint Jérôme laisse peut-être entendre qu'il voit des livres païens sous l'apparence des livres sacrés. L'œuvre de Cicéron lui apparaît sous la forme d'un codex, c'est-à-dire d'une Bible — tel un corps antique obscène et obsédant que surmonte un jeune visage sévère, innocent, pieux, nimbé.

*

Le volumen était une surface sans revers. Un recto incessant se terminant avec le livre. Déroulement latéral d'un espace unique tombant sous les yeux du lecteur. Le seul fait de lire occupait les deux mains de celui-ci. (Qui lisait ne pouvait noter durant le temps de la lecture. Ni annoter, dans l'absence où il se trouvait de marges propres à chaque colonne d'écriture. Qui lisait ne pouvait pas aisément se reporter à une colonne antérieure, ni ultérieure.)

Le codex était un espace double et une surface asymétrique. Indéroulabilité de la surface. Injuxtaposition des colonnes. (La «peau» permettait l'utilisation des deux côtés de la «feuille»; l'écriture s'étendait à la face « perdue », permettait le dédoublement avers/revers, recto/verso, i.e. l'asymétrie, la temporalité, l'injuxtaposition du lisible, l'impossible mise à plat des feuillets reliés.) Une des mains du lecteur était libre, et les marges propres à la colonne étaient autonomes. (Non plus la mise en page de la colonne sans marges attribuées — sinon le pied et la tête —, mais la mise en page du texte entouré de quatre espaces marginaux : petit fond, tête, grand fond, pied.) C'est-à-dire l'autonomie de la page et son architecture, mais aussi l'autonomie de la lecture, de l'annotation, des scolies, et le développement des commentaires dans l'espace des marges.

*

Le bibliothécaire de Titus Pomponius Atticus était Tyrannion. C'est Tyrannion qui peignit et qui catalogua la bibliothèque de Cicéron. C'est Tyrannion qui étiqueta les rouleaux. C'est Tyrannion qui les consolida à l'aide de feuilles de papyrus détachées, dans l'étouffante chaleur du mois d'août.

*

La tablette de bois — tabula, buxus — s'oppose à la tablette remplie de cire comme ce qui se grave à ce qui se trace. Les tablettes s'opposent au volumen et au codex comme le stylet à la plume, le stilus au calamus (bois, cire, pierre contre papyrus et peau). Augustin (*Ep. ad Roman.*, XV, I) dit qu'il préfère rédiger une lettre sur papyrus (charta). Faute de papyrus, sur une tablette (tabella). Que c'est seulement à défaut de tablettes qu'on peut se résoudre à employer le parchemin (membrana) pour écrire à des amis. Les raisons que le saint donne : cela fait pauvre et c'est manquer à la tradition.

*

Les arbres, les feuilles que le printemps écrit, et les livres.

Liber : pellicule fraîche sous l'écorce, et lisse, sur laquelle on écrit.

Livres, librairie : du bois. Du bois de l'arbre du *liber*, du bois comme papier, du bois comme bibliothèque.

Les « livresques », les hommes des bois. Des « feuilles » qu'on tient entre le pouce et l'index.

Des feuilles qu'on tient sur le sexe.

*

Antigone de Caryste rapporte que Pyrrhon avait fait son refrain d'un vers de *L'Iliade* (VI, 146) selon lequel la race des hommes est semblable à la race des feuilles qui pendent aux branches des arbres. La saison de l'automne, qui affaiblit la part de la lumière qui les éclaire, les dépouille et les soumet au vent. Elle les corrompt dans la terre, et elle les y enfouit. Tout à coup une journée de printemps les suscite, les colore, et les fait briller dans la lumière.

*

Une des rares phrases conservées de Pyrrhon dit ceci (on sait seulement sa haine totale, inapaisable, de tout anthropomorphisme) :
 « Il faut écorcer l'homme de lui-même. »
 (Le verbe grec est ἐκδύνω : il faut ôter la

peau de l'homme, la page de l'homme, le dévêtir de l'humanité. Il aboutit à l'aphasia.)

*

Le livre comme codex.

Le papier plié, cousu, couvert en est la cause matérielle. L'unité en est la double page.

L'écriture en est la cause efficiente. L'unité en est la proposition.

L'impression typographique en est la cause formelle. L'unité en est la colonne d'écriture.

La lecture en est la cause finale. L'unité en est un corps — et un corps désœuvré, silencieux, immobile, et solitaire.

*

(Pour reprendre l'image de la voix : l'air en est la matière, l'animal la cause efficiente, le son la cause formelle, la signification ou l'expression la cause finale.

En ce sens : le livre sans signification. La cause finale n'est pas signification, expression, communication : elle est « lecture ».)

*

(La cause matérielle n'est pas la cause formelle — comme dans la voix l'air n'est pas le son. Il peut paraître surprenant que l'unité du support soit la double page alors que l'unité formelle, conçue comme colonne d'écriture — et remontant dans ce sens du codex au volumen —, se résume à la notion de page.

C'est qu'à vrai dire la matière du livre est plus temporelle que sa forme. Dire que l'impression typographique est cause formelle et que l'unité en est la page, ce n'est pas une proposition très différente de celle qui consisterait à affirmer que l'unité typographique est le « point typographique ».

L'unité typographique suppose le gabarit de page : elle en fait l'échelle pour la page dans la dépendance de la colonne (c'est-à-dire élection de la justification, élection du caractère, élection du corps, élection de l'interlignage et élection du nombre de lignes justifiées suivant le choix du corps), tel le corps vis-à-vis de la ligne, telle la colonne vis-à-vis du petit fond (surface blanche inférieure à celle de la tête), de la tête (surface blanche inférieure à celle du grand fond), du grand fond (surface blanche inférieure à celle du pied de page), et du pied de page. En d'autres termes tous les définissants de la page sont fonction de la relation qu'ils disposent. C'est en ce sens qu'on peut dire unité de page — mais ce n'est pas l'unité que rencontre la lecture. (Ou encore : unité de page dont l'unité est le corps choisi de la lettre. De même, quand je dis : l'unité de l'écriture est la proposition, l'unité physique en est le mot dans le sens où il est disjoint des autres mots par le blanc typographique — qui pourrait lui-même dans ce cas jouer le rôle d'unité : le « blanc typographique » ayant valeur d'un caractère absent.)

En revanche soutenir que la double page est l'unité de la matière du livre n'est pas contradictoire : aussi bien cela signifie que le support est un ensemble de doubles pages (non pas recto/verso mais verso de celle qui précède et recto de celle qui lui succède, marquant aussitôt une direction et un temps) qui forme « volume » quant à la matière du livre, et qui forme « temps de lecture » (ou « histoire ») dans la durée de la « lecture au cours de laquelle des pages sont tournées » (injuxtaposition des pages du codex et solfège de cette main et pour ce temps). Dans ce sens, à vrai dire, l'unité devrait être plutôt nommée le « cahier » par lequel on impose les pages, mais on peut indifféremment imposer par 2, 4, 8, 16, 32 pages, etc., et cette unité est donc incertaine (on impose aussi par « rouleau »). J'entends donc par unité ce monstre d'unité comme reduplication (et non le déroulement du volumen), paradoxe de succession dans la simultanéité formelle (i.e. l'unité « typographique » de la page) et dans l'injuxtaposition. (L'unité dans ce cas consiste en un dédoublement symétrique. Mais à vrai dire le livre s'étaie moins d'une apparence symétrique que de l'avancée incessante d'une fausse symétrie qui est à « l'égal » de celle du corps humain et qui, au regard du volumen, plonge le codex plus résolument dans le temps, ou du moins dans la péremption terrible du temps, et non plus dans son écoulement. Surface qui ne peut se dérouler. Peaux qui ne peuvent être mises à plat. Aussi une insistante tradition — d'autant plus insistante que difficilement argumentée — donne-t-elle le pas à la page de droite (la « belle » page, la page « impaire », la page d'introduction, la page d'illustration) sur celle de gauche. La double page se lit à partir de la gauche : curieusement elle s'appuie sur la droite. Pour l'unité de page, l'œil circule du petit fond à la tête, au grand fond, et s'appuie en revanche sur le pied de la page.)

De façon paradoxale ce prodigieux « bilatéralisme » du codex par rapport au « monolatéralisme » du volumen peut être interprété comme une régression, comme un mime presque « oral », au moins « gestuel », lors du saisissement d'un morceau de langage.)

*

Le mystère dit de « métamérie » chez les vertébrés.

L'étonnante disposition répétitive des organes, la parité autour d'une ligne ou d'une corde dorsale, la segmentation régulière d'avant en arrière et la soudaine polarisation du corps qui en résulte ainsi que son élévation peu à peu, suscitant les dimensions du haut et du bas, enfin l'extraordinaire symétrie bilatérale de ces courts volumes dans l'espace caractérisent la plupart des vertébrés. Ils ont rendu possible que ces corps se meuvent.

Au contraire du livre en tant que volumen, le livre en tant que codex possède un dos, une face, etc. — un caractère sinon anthropomorphe, au moins une apparence de squelette de vertébré. Ou encore, le codex une fois ouvert : l'arête d'un poisson mise à nu.

*

Jamais avant l'ère chrétienne un Romain, un philosophe grec, un brahmane, un Hébreu, un Chinois n'ont « feuilleté » un livre. Ils n'ont même jamais « ouvert » un livre.

*

Entre le volumen et le codex : durant des siècles les Romains usèrent de tablettes de bois recouvertes de cire (carnet de notes, support des comptes, ardoises d'écolier). Jointes par deux, ils les nommaient diptychon. (Dans ce sens la double page ne renvoie pas à la peau des codices, mais au bois des tablettes d'écolier romain et aux livres de raison des citoyens et des commerçants.)

*

Les pages sont des nageoires qui sont symétriquement poussées. Elles sont des images de membres. La différenciation cellulaire : le duel au cœur de la pensée. C'est symétriquement que nous ne cessons de pousser. Nous ne cessons de compléter, de multiplier, d'enter des membres symétriques, des bras fantômes.

Le caractère duel, dialectique, couplé de la pensée a trouvé, durant quelques siècles, un gîte particulièrement approprié dans la nature bifide du codex.

*

L'origine de la justification.
Le codex typographique tâcha tout d'abord d'imiter le codex manuscrit. Le codex manuscrit ne connaissait que l'aplomb du commencement des lignes, c'est-à-dire la pureté de la colonne verticale de l'espace marginal gauche. Tout à coup, dans les années 1480, la

justification, c'est-à-dire l'aplomb des fins de ligne, c'est-à-dire la pureté de la colonne verticale de l'espace marginal droit, naît, fascine, s'étend et conquiert définitivement l'apparence de tous les livres d'Europe. Extraordinaire symétrie maniaque entre l'espace droit et l'espace gauche. D'une certaine manière : face-à-face d'épouvante, de fascination, de pétrification imprévisible.

Ligne de droite, ligne de gauche : le texte tranché à coups de hache, à coups de couteau.

Les colonnes d'écriture des textes manuscrits du volumen et du codex étaient nettement verticales mais ondulaient sous le poids du texte qu'elles notaient et suivant les divers déhanchements des mots en fin de course ou leur rupture la plus logique. À partir des années 1480 le texte typographique est définitivement contraint à se blottir, à se serrer, à se distendre ou à s'écraser sans exception à l'intérieur de deux verticales strictement parallèles.

*

Solitude du point sur l'*i*.

Le point sur l'*i* est ancien. Il est attesté au

xɪᵉ siècle. Longtemps il ne fut pas employé : *y* lui était substitué parce que le point sur *i* contraignait à lever la plume. L'imprimerie « leva » cette contrainte d'une main qui s'élève et elle étendit l'usage de l'*i*.

*

xvɪᵉ siècle.

La colonne perdit de sa compacité. Les alinéas se dégagèrent. Les gloses se transformèrent en manchettes, annotations placées dans les marges en regard du texte auquel elles renvoyaient. Elles étaient parfois accompagnées d'une petite main qui sortait d'une petite manche, montrant du doigt le passage concerné.

L'annotation en manchette est propre au codex : elle permet au lecteur, dans l'espace de la page, d'embrasser le texte et son annotation d'un seul coup d'œil. À la vérité, le rejet des notes en bas de page (dont la généralisation date du xvɪɪɪᵉ siècle), au pis le rejet de l'annotation en fin de chapitre (qui date du xxᵉ siècle) peuvent passer pour contraires à la circulation de l'œil sur la page. La recherche des notes, l'interruption de lecture, la fastidieuse exploration au terme des chapitres ou à la fin du volume posent une difficulté qui a été résolue finalement par l'extermination. Le codex typographique n'ayant su tirer profit du quadruple espace marginal qu'avait libéré l'espace de lecture du codex — n'ayant su répondre de façon assurée dans l'espace de la page à la multiplication des gloses et des notes qu'avait suscitées le codex manuscrit — celles-ci disparurent (le texte lui-même les censura ; du moins c'est la si curieuse lisibilité-du-livre-qui-devance-sa-composition qui les censura), de même que l'impression contraignit la lecture à les négliger. Influence matérielle qui touche les genres d'origine universitaire, c'est-à-dire ceux sur lesquels la tradition glossatrice (qu'encourageait la forme du codex manuscrit) pesait encore de tout son poids malgré cinq siècles de « livre imprimé ». Les genres qui succédèrent à la naissance du codex imprimé furent des genres très paradoxalement « inannotés » (le théâtre classique, le roman, la poésie moderne).

*

Dans un roman de l'ancienne Égypte — dans le roman de Seton-Khâmoïs — le héros est à la recherche d'un livre.

*

« Liber manet, homines praeterierunt », dit Jérôme (*Ep. ad Demetriad.*, CXXX, 19). Le révérend père Evaristo Paulo Arns traduit curieusement : « Le livre reste quand les hommes sont déjà passés. »

Dans une admonition aux moines, Jérôme écrivait : « Nunquam de manu et oculis tuis recedat liber... », « Que le livre ne s'éloigne jamais de ta main et de tes yeux ! »

*

Il était le Docteur Séraphique. Il s'appelait Bonaventure. Il écrivit dans le *Breviloquium* : « Le monde créé est *quasi quidam liber* — quelque chose comme un livre » (où la lumière divine rebondit et est lue à l'aide d'elle-même).

*

Au début du XVIIe siècle Thommaso Campanella opposa encore, à de nombreuses reprises, le livre « vivant » (codicem vivum) du monde aux livres « morts » des hommes. Je note que pour Thommaso Campanella le livre vivant du monde est un codex. Pour Francis Bacon, quelques années plus tard, le livre de la nature est encore un volumen que l'homme déroule. Le 8 juillet 1607 Campanella opposa à la nature une bibliothèque érudite. Puis il opposa « l'original » ananthropoïde et bruissant aux « copies » humaines, erronées, linguistiques. Enfin il mit aux deux pôles de l'espace le livre (codex) où Dieu ne cesse d'écrire le monde, et l'écorce d'arbre (liber) sur laquelle une main promise peut-être au tremblotement de la vieillesse mais vouée certainement à la corruption de la mort trace des lettres arbitraires transcrivant une langue nationale.

*

En 1614 le père Pierre Coton, prédicateur du roi, fait paraître chez Eustache Foucault ses *Méditations sur la Vie de Nostre-Seigneur Jésus-Christ* :

« Ce qui m'a souvent mis les regrets en l'âme, les souspirs en la poictrine, la larme à l'œil, la prière sur les lèvres, et la parole en la bouche, et qui maintenant me met cette plume en main, pour essayer si les conceptions imprimées n'auront point plus d'énergie en cest endroit que la vive voix. Que quand toute la terre serviroit de table d'attente ; toute l'eau de la mer seroit changée en encre, ou en couleurs ; tous les arbres, en plumes ; et tous les animaux, en escrivains... »

*

Une sorte de « précompréhension du monde » a cessé de passer par le livre. Il faut comme « moissonner » ce retrait qui extrait le livre de lui-même, qui l'émancipe des différents rôles qui l'avaient assujetti. Le « livre » selon G.W.F. Hegel, selon S. Mallarmé, selon J. Joyce, constituait le « résidu » d'une coutume remontant sans doute au XVIIIe siècle par son caractère « dictionnarial », « dictatorial » mais s'inscrivant dans une quête beaucoup plus religieuse et ancienne. Pour un Grec classique, pour connaître les côtes, les pays, les mœurs, le ciel, il fallait passer par le livre ; pour le judéo-chrétien, pour le musulman, pour découvrir l'Amérique, pour l'Aufklärung, pour faire la guerre, pour le positivisme, pour l'idéalisme allemand, pour le progressisme, etc., il en allait de même. Alors, il fallait ouvrir le « tout » du livre pour déplier le « monde ». Pour comprendre, maîtriser, connaître, on a cessé (assez judicieusement) d'ouvrir des livres et de subordonner tout usage et toute expérience à une médiation par ailleurs aussi inconsidérée.

Quel savoir a besoin du livre ? Le livre n'est même plus à même d'inventorier et de totaliser les savoirs. Même, le livre n'est plus capable de totaliser la totalité des livres. D'autres médiations l'ont définitivement supplanté. Non seulement : mais les langues, à l'égal du livre. Des médiations non linguistiques débauchent déjà l'appréhension traditionnelle du monde par le biais des langues dites nationales. En ce sens il faut dire que le monde a cessé d'« attendre » les langues, les livres, pour se diviser, se dédoubler en eux. Vieux luxes du reflet, du sens, du différend ; vieilles ontologies qui sont en train de devenir caduques.

Au sein de cette transgression, sous le coup de cette métamorphose singulière qui traîne plus ou moins après elle une sorte de grand filet devenu incompréhensible où se mêlent, s'accumulent et se déforment des blocs de passé complexes, hétérogènes, extrêmement anciens, se situe une possibilité qui advient au livre. Ce sont une inutilité et une indépendance qui peuvent le détruire ou le radicaliser ; ce sont une autonomisation, une spécialisation supplémentaires.

*

Publier en ancien français.

« Publié » en ancien français avait le sens de « connu du public ». Publier n'avait pas le sens d'éditer, emittere in lucem, in publicum. Dans le latin de Cicéron edere traduisait ἐκδίδωμι. Peu à peu scribere se spécialisa et edere signifia « diffuser ».

Le tirage à des centaines d'exemplaires imposa des repères pour guider le travail des relieurs.

Le « registre » consistait dans le relevé des premiers mots du premier feuillet de la première moitié de chaque cahier.

La « signature » consistait dans la désignation de chaque cahier par une lettre de l'alphabet (imprimée dans le coin inférieur droit du recto des feuillets de la première moitié des cahiers) et suivie d'un chiffre indiquant la succession des feuillets. (La « signature » persiste encore sous la forme d'un chiffre accompagné du titre abrégé de l'ouvrage placés à la première page de chaque cahier.)

Les « réclames » consistaient dans la mention du premier mot appartenant au cahier suivant au terme du cahier qui le précédait. Mots d'appel qui « réclament » le cahier qui les suit. Ou qui hèlent de page en page le texte, portant de la sorte secours au regard dans sa recherche sur la page.

La « foliotation » consista dans l'impression du numéro de chaque feuillet dans la tête de son recto.

La « pagination » consista dans l'impression du numéro de chaque page sur le recto et le verso de chaque feuillet. C'est Alde, en 1499, qui le premier pagina un livre. Ce sont les *Cornucopiae* de Nicolo Perotti. La foliotation céda au cours du XVIe siècle. La pagination la supplanta tout à fait au cours du XVIIe siècle.

Le « titre courant » consista, dès le xvᵉ siècle, dans l'impression dans la tête de chaque page du titre de l'ouvrage, ou du chapitre en cours, abrégé ou non.

*

L'invention de la page de titre.

Les premiers codex typographiques, à l'instar des codex manuscrits, étaient désignés par les premiers mots du texte (l'incipit). Le colophon, au terme du livre, présentait le livre dans son achèvement. Aussi le texte commençait-il dès le recto du premier feuillet. Cette position, la matière du support, l'encre et l'impression exposées au toucher rendirent cette première page fragile. L'imprimeur chercha à la protéger en commençant le texte sur le verso du premier feuillet. Le recto demeurant de la sorte blanc, l'imprimeur fut amené à porter mention sur cet espace du titre de l'ouvrage — ou de son abréviation — sur une ou deux lignes. L'espace demeurant vide sous le titre fut rempli par une illustration reproduisant l'enseigne de la boutique, jouant par calembour des noms ou se chargeant de divers sens allégoriques (ancre des Alde, licorne de Kerver, olivier d'Estienne, galée de Galiot du Pré, initiales surmontées d'une croix de Jean Dupré, cœur surmonté d'une croix de Georges Mittelhus, soleil d'or d'Ulrich Gering, maillet de Jacques Maillet, tête de nègre de Michel Le Noir, tête de maure de Martin Morin, la porte brisée de Hugues de La Porte, la salamandre des Senneton, le coq de Pierre Ricouart, les deux licornes de Thielman Kerver, les trois brochets de Jean Gemet, la queue de renard de Pierre Haultin, le pélican des frères de Marnef, le loup du Poncet, l'éléphant de Madeleine Boursette, l'aigle et le serpent de Guillaume Rouillé, l'homme sauvage de Guillaume Godard) et devenant la marque de l'imprimeur. Sous cette marque ou sous ce calembour graphique furent imprimés le lieu de l'édition, l'adresse du libraire et la date de la publication.

Cette métamorphose essentiellement commerciale de l'incipit en page de titre se généralisa en un peu plus d'un siècle. Elle aboutit à la suppression du colophon. Elle amena rapidement l'autonomie systématique des titres (incessants petits surgeons parasites, pustules, boutons de fièvre sur cette peau ancienne, ou marguerites de la mort à l'instar des bandes rouges, des quatrièmes pages, des photographies, des enregistrements sonores qui sans cesse s'emploient à en éloigner la face étrange, la face purement écrite) ainsi que la mention systématique du nom de leur auteur (faiblesse plus pernicieuse, mais sans doute plus destinale).

*

La première marque de l'imprimeur en France date du 10 décembre 1483. C'est un *Ars moriendi* (paru à Paris, chez Guy Marchant).

*

À la fin de l'empire le titre se disait index ou titulus. Les tituli à proprement parler, c'étaient les inscriptions tombales. L'arrivée du titre à la première page est beaucoup plus ancienne qu'on ne l'écrit souvent. Quand saint Augustin (*Ep. ad Hier.*, LXVII) reçoit un exemplaire du *De viris illustribus*, il en cherche le titre « in liminari pagina ».

*

Sîn-liqe-unninnî a composé le *Gilgamesh*. Ur-nanna a composé la *Fable du peuplier*. Celui qui a composé la *Théodicée* dans les années 1060 avant Jésus-Christ, Saqgil-kînam-ubbib, était scribe de Babylone et prêtre « incantateur ». Il a noté son nom par vers acrostiches.

Ces auteurs « personnels » mésopotamiens sont plus anciens qu'Homère, et ils sont plus certains que lui.

*

Une tablette lexicale provenant d'Uruk et datant du Ier millénaire avant Jésus-Christ porte en bas de la surface d'argile un colophon mentionnant le nom du scribe, le titre de l'œuvre (c'est-à-dire les premiers mots de l'œuvre), le numéro de la tablette, le nombre de lignes qu'elle contient et les premières lignes de la tablette suivante (leur « réclame »), enfin la place où elle doit être rangée dans la bibliothèque de l'Eanna (i.e. le grand temple d'Uruk).

*

En France le premier colophon date du 16 janvier 1476. Il conclut le premier livre imprimé en langue française, les deux volumes des *Chroniques de France* faites à Paris en « l'ostel de Pasquier Bonhomme ».

*

Les livres des Égyptiens portaient mention du nom de leur auteur. Les anciens Égyptiens connaissaient la gloire personnelle. De nombreux romans, de nombreux poèmes, de nombreuses biographies, de nombreux recueils de réflexions ne sont anonymes que par suite du hasard qui les a conservés, de la mutilation de l'âge et de l'interruption de la tradition.

*

Dans la colonne du codex antique et paléochrétien, quand l'illustration avait tendance à occuper la page, elle occupait le bas de la page (le pied) et demeurait justifiée sur la colonne.

*

À quoi tient le fait que la lumière dans la peinture romaine, italienne, française a une si insistante tendance à arriver au haut de l'œuvre et par la gauche ?

À ce que la page d'écriture — dans ces pays — s'inscrit de gauche à droite, par des lignes horizontales qui se succèdent de haut en bas.

Dans ces pays, même les corps des personnes aimées étaient lus de la sorte. Désirés par leur droite — à partir du visage. Et dans les rêves se dévêtaient comme les lignes des livres dépouillés.

Comme ils étaient barbares alors !

*

La colonne de gauche, dans la page du livre, est légèrement déportée vers la droite et elle se hisse vers le haut. En hauteur le blanc principal est celui du « pied ».

*

Page.

Le pied, la tête. C'est ainsi qu'est décrit le corps. (Mais aussi, traditionnellement, les plantes.)

Corps, dieux, plantes, pages.

*

Au XIe siècle le calame traditionnel fut remplacé progressivement par la plume d'oiseau. Le roseau taillé au fût retenait remarquablement l'encre mais il présentait une dureté dans sa matière et une rigidité dans son maniement. La plume d'oie taillée non plus en pointe égale des deux côtés mais en biseau permit l'accentuation des traits. Elle aiguisa ou allongea les formes. Elle les arrondit et les épaissit aussi bien. Enfin la plume donnant à la main plus d'aisance lui donna plus de promptitude. Elle lui donna une sorte d'indépendance, une sorte de rapidité, une sorte de liberté. Comme elle élevait la main jusque-là fortement appliquée ou posée, elle lui offrit ou bien de remonter sur la peau ou bien de se déporter vers la gauche. Peu à peu cette association du bras un peu dans l'air, d'une main plus mouvante, d'une pagina verticale hallucinée par tout le torse sur la peau d'un jeune veau écorché, et enfin de la plume d'un oiseau de ferme, prépara la cursive.

*

À Silos, à la fin du XIe siècle, un copiste hypocondriaque, au terme de son travail — au folio 278 du *Commentaire de Beatus sur l'Apocalypse* —, a rédigé cette note en latin : « L'acte d'écrire obscurcit la vue. Il courbe le dos. Il brise les côtes. Il contracte le ventre et il endolorit les reins. Le dégoût envahit le corps tout entier. »

*

L'émancipation du codex typographique à l'égard de l'imitation des manuscrits dans la première moitié du XVIe siècle se marqua par l'abandon des « capitales rouges » et leur remplacement par les « lettres fleuries » en tête des chapitres, la relégation des notes marginales en bas de page et leur distinction à l'aide de renvois, l'apparition de la gravure en relief, l'abandon des caractères gothiques et leur remplacement par les romains, l'exaltation des livres sur les rayons des bibliothèques entraînant l'impression du titre sur le dos des livres, la généralisation du cuir et l'abandon des ornements en bosse sur l'à-plat.

*

Des caractères romains.

L'écriture dite romaine (à vrai dire on l'appelait la « littera antiqua ») fut mise à la mode par Pétrarque, par Niccolo de Niccoli, par les pétrarquistes. En 1450, elle était employée par de petits groupes d'humanistes (on l'appelle parfois « lettre humanistique ») et des grands seigneurs bibliophiles (Mathias Corvin roi de Hongrie, les rois de Naples, les ducs de Ferrare, le duc de Gloucester) qui croyaient présenter de la sorte des textes antiques recopiés sous une apparence plus originaire, plus *antiqua* (du moins plus proche de l'aspect qu'ils supposaient aux écritures antiques). En moins d'un siècle de livres imprimés, des caractères romains fictifs inventés par un groupe de lettrés envahirent l'Europe, c'est-à-dire l'Italie, la France, l'Espagne et l'Angleterre.

*

Dans ses deux *Lettres aux bibliophiles* de 1896 Édouard Pelletan définit quatre principes.

Un livre est un texte. La typographie est l'élément fondamental du livre. Une illustration est une page de livre. Le livre est du noir sur du blanc.

*

Dans les vêtements des anciens Chinois les manches étaient très larges et comportaient des petites poches intérieures. Ils y rangeaient de menus objets, un éventail, un peu d'argent, un jade, et des livres de petit format appelés « joyaux de manche ».

Livres de poche et joyaux de manche.

Préférant ceux du *bureau* et du *chevet*.

*

Ponctuation et codex.

Le point : le seul signe de ponctuation antique. Graduation de sa valeur suivant sa position (point en bas, au milieu, et en haut).

La virgule apparut au VIIIe siècle.

Le point d'interrogation apparaît sous Charlemagne à la fin du VIIIe siècle et dans les premières années du IXe siècle.

L'usage de la ponctuation se développa du IXe au XVIe siècle. Le point d'exclamation et les parenthèses datent de 1400 et sont dus aux humanistes italiens. Gasparino Barzizza à Florence fit tout pour imposer les parenthèses. L'usage de la ponctuation s'est systématisé puis fixé avec le livre typographique.

*

Les guillemets dérivent de lambda renversés horizontalement, qui isolaient parfois dans les manuscrits les citations. Guillemet est le nom d'un imprimeur-libraire du XVIe siècle.

Au XVIIe siècle s'affirmèrent l'alinéa, le point-virgule (au sens d'un point-virgule) et le point d'exclamation. On date les points de suspension de la fin du XVIIIe siècle. Crochets et traits datent du XIXe siècle. Du moins on fait remonter à Marmontel, en 1760, l'emprunt du tiret aux romanciers anglais.

La Restauration systématisa l'usage du tiret pour marquer le changement d'interlocuteur.

*

Geofroy Tory — Godofredus Torinus — naquit vers 1480, près de Bourges, à Saint-Privé, « de petitz et humbles parents ». C'est ce qu'il écrivit lui-même. Il partit pour l'Italie dans les premières années du XVIe siècle. Il fréquenta à Rome le collège de la Sapience. À Bologne il suivit les cours de Béroal. Avant 1505 il s'installa à Paris. Il prit pour devise CIVIS. Son premier livre — une édition de Pomponius Mela — s'ouvre sur une épître datée VI des nones de décembre 1507 ; il acheva de l'imprimer le 10 janvier 1508. Il enseignait au collège du Plessis. En 1511 il passa au collège Coqueret. Il aima Perrette Le Hullin. Sa fille Agnès naquit le 26 août 1512. Il entra au collège de Bourgogne comme professeur de philosophie et dans le même temps apprit le dessin et s'exerça à la gravure. Dans les années 1516-1517 il était de nouveau à Rome. De retour à Paris il se fit miniaturiste, graveur sur bois, et libraire. Il travailla pour Simon de Colines (qui était devenu imprimeur en épousant, en 1520, la veuve de Henri Estienne). Il se lia avec René Massé. Il étudia les anciens manuscrits et, sans qu'il reniât sa passion pour les lettres latines et grecques, se consacra à la glorification du français. Une manie.

Le 25 août 1522 Agnès Tory mourut, âgée de neuf ans (de dix ans moins un jour). Tory ne se remit jamais de cette mort. Il consacra un petit livre à sa mémoire. En 1524 il substitua à sa devise, CIVIS, NON PLUS noté désormais aux flancs du célèbre « pot cassé » qu'il adopta pour enseigne de sa boutique de libraire. Le pot cassé, le « toret » de Tory qui y figure — Tory renvoie lui-même le motif de cette enseigne à sa vie brisée. Le livre fermé à cadenas — sur lequel le pot brisé est posé — évoque cet apprentissage définitivement interrompu, ce savoir soudain refermé. La petite figure ailée au haut à droite évoque cette âme envolée, et la devise notée aux deux flancs du pot rappelle le chagrin irréparable, le néant affectant tout, et le défaut soudain du goût qui pousse certains à vivre.

*

Les trois accents grecs furent introduits par le grammairien Aristophane de Byzance au IIIe siècle avant Jésus-Christ pour noter la mélodie parlée. Leur sens exact n'est plus connu. Bodius, en 1513, compte dix accents et note le *h* comme l'union de l'esprit rude et de l'esprit doux. En 1520 et en 1525 Geofroy Tory commence à accentuer. En 1529, au folio 52 du *Champfleuy,* Tory écrit : « En nostre langage françois navons point daccent figure en escripture... Ie vouldrois quelle y fust ainsi que on le porroit bien faire. » En 1530 Robert Estienne utilise l'accent aigu pour distinguer les participes passés de la première conjugaison, de la première personne de l'indicatif présent. En 1531 Geofroy Tory introduit la cédille en français pour distinguer « *c* solide » de « *c* exile » (il était arrivé déjà toutefois que dans ce dessein on fît suivre *c* de *e* ou qu'on doublât *c* de *z*). Curieusement, alors que le livre de Bochetel, *Le sacre et le coronnement de la Royne,* daté 16 mars 1530 (sc. 1531), est composé en caractères romains, les *c* cédillés sont composés en caractère gothique d'un corps nettement inférieur. Les érudits affirment que les premières cédilles françaises furent empruntées à des casses espagnoles qui utilisaient ce signe depuis plus de cinquante ans. C'est le succès incroyable de l'*Amadis*, de 1540 à 1615, qui imposa l'habitude de la cédille. En 1548 Thomas Sébillet l'utilise et en prône l'usage : « Le studieus d'orthographe signe le *c* de ceste queue troussée pour indice de sa mollesse. » On nommait la cédille « *c* à queue », « *c* hespaignol », « *c* crochu », puis « cerille ».

Geofroy Tory souffrait. La transcription de la langue française fut aussi le souvenir de sa fille. Une manie s'endurcit, devient kyste, perle, cancer, ou une petite intonation — la queue d'une cédille.

En 1532 (i.e. janvier 1531) Sylvius propose son système graphique. Sylvius est le premier à employer l'apostrophe : « Apostrophon enim Graecorum more ultimae consonanti saepissime appingimus, quo literae a, e, i ablationem significamus, et apud Hannonios etiam u : ut m'amiè pro ma amiè ; tu n'es qu'un badin pro tu nè es què un badin... » (« À l'imitation des Grecs nous faisons suivre très souvent la dernière consonne d'une apostrophe qui indique la suppression de l'*a*, de l'*e* ou de l'*i*, et même, dans le Hainaut, de l'*u* comme dans m'amie et tu n'es qu'un badin. ») Sylvius fit aussitôt adopter le tréma et son procédé d'exponctuation des consonnes ineffables. En juin 1533 Geofroy Tory proposa de noter à l'aide d'un signe unique différemment placé l'accent aigu, l'apostrophe et la cédille. Il se servit de ce signe à triple fonction dans sa traduction de *La Mouche* de Lucien puis mourut (Geofroy Tory mourut avant le 14 octobre 1533). La *Briefve doctrine* de Montflory parut en 1533. Dans l'édition lyonnaise de 1538 apparaît le trait d'union, nommé alors virgule (plus tard, dans les « cahiers » de l'Académie française, le trait d'union est nommé curieusement « division », puis « petit tiret »), pour remplacer l'accent enclitique : « Une virgule appelée macaph, de laquelle souvent usent les Hebrieux, qui se figure en ceste sorte — et se met la dicte virgule entre le verbe et la diction enclitique suivante. Exemple, iray-je, le diray-je... » Dolet recopie Montflory en 1540. Le traité de Dolet, *De la punctation de la langue françoyse plus les accents d'icelle*, devint une manière de code pour les imprimeurs jusque sous Louis XIII. En 1549 Sébillet transforme l'*e* à crochet en accent aigu. Ronsard suit Sébillet, supprime l'*s* amui et lui substitue l'accent intérieur, proscrit l'*y*, condamne les quiescentes, note l'accent aigu et le circonflexe, use de l'apostrophe et abuse du tréma. Les poètes suivent alors Ronsard, c'est-à-dire une doctrine résolument phonétique (sauf Joachim du Bellay) ; les prosateurs une doctrine résolument luxueuse et ineffable. Cette guerre ne s'est pas amoindrie. Étienne Pasquier évoque cette première querelle, sous Henri II, entre Anciens et Modernes, entre prosateurs et poètes, entre écrivants et disants — ces derniers prétendant qu'il fallait restituer totalement « l'escriture au parler ». Le succès de Ronsard, la pullulation des ronsardiens puis l'impression des livres aux Pays-Bas assurèrent pour un temps la victoire au système ronsardien oral (avec le concours des Elzévirs). En 1650, à Anvers, Christophe Plantin distingue *i/j*, *u/v*. Corneille impose l'accent grave. Les cercles des Précieuses prennent le relais des ronsardiens (désormais des anti-malherbiens) et prétendent phonétiser l'inscription graphique de la langue. En

1660 Somaize cite téter pour tester, parét pour paroist, ou entousiâme. Richelet, à Genève, en 1680, prolonge ce mouvement et déclare en avant-propos à son dictionnaire que la langue est «défigurée» par l'orthographe coutumière. En 1694 le premier dictionnaire de l'Académie prend parti pour Robert Estienne et rejette le système phonétique lancé par Ronsard et suivi par les Hollandais, les Précieuses, Corneille et Richelet.

*

La langue française fut d'abord spontanément plus ou moins octosyllabique. Son expressivité était directement poétique, orale. À partir du XIIIe siècle le public se lassa de cette efficace sonore et délaissa les vieux romans versifiés. Les clercs entreprirent de mettre en prose ces vieux récits et, pour flatter ce public qui les abandonnait peu à peu, ils assurèrent qu'ils allaient retrancher les mots inutiles, les images avilies et faciles, les rythmes lancinants, les adresses à l'auditeur, les descriptions, les mensonges, les palabres, les pauses démesurées dans l'organisation du récit. Mouvement progressif de désoralisation (l'écrit s'ajoutant à ce mouvement, par condensation, et par précision).

*

Lucilius introduisait des mots grecs dans ses poésies romaines. Jean Scot Érigène truffait ses dialogues métaphysiques et ses poèmes de termes grecs. Guy Le Fèvre de La Boderie faisait comme l'Érigène qui faisait comme Martin Heidegger qui faisait comme Assourbanipal.

*

Sur la tablette au nom du roi Den, datée – 3000, conservée au musée du Louvre, une ligne verticale sépare le texte proprement dit (colonne de gauche) de la datation des produits (registres horizontaux de droite). Dans l'écriture cunéiforme la séparation se fait par colonnes et phrases-cases. Dans l'écriture hiéroglyphique aucun signe ne marque la phrase ni ne distingue les mots. Mais dans les textes littéraires rédigés en hiératique, à partir du Nouvel Empire, de gros points rouges apparaissent. Le méroïtique figure un « séparateur » à l'aide de deux points superposés insérés entre les mots (le méroïtique demeure indéchiffré). J'ai noté à l'exposition de Béatrice André-Leicknam au Grand Palais de Paris, au printemps 1982, et au début de l'été — la Seine au matin fumait un peu —, que sur la stèle de Mesha, roi de Moab, haut monument de basalte noir rédigé en phénicien ancien, les mots sont séparés par d'énormes points (ils font penser aux 10 sumériens) et les phrases par des barres.

*

Les livres reçoivent une détermination aveuglante mais totalement indescriptible de leur langue, de leur temps, de leur monde, de celui qui les écrit, de celui qui les imprime, de celui qui les lit, etc.

Trois métamorphoses à la fois linguistiques et époquales :

1. Les livres reçoivent une détermination technique-matérielle (support, écriture, reproduction, mise en pages, multiplication, etc.). On peut noter ceci : transformation technique, matérielle.

2. Les livres reçoivent une détermination physique-individuelle (leur lecture, l'interdépendance du livre à son auteur et à ses lecteurs). On peut noter ceci : métamorphose de lectures, de sensations, de réflexions, de remémorations bio-bibliographiques.

3. Les livres reçoivent une détermination linguistique-formelle (l'interdépendance des livres avec les livres, des formats avec les formats, des formes avec les formes, des genres avec les genres, des états de langue où les seules « synchronies » sont la guerre et l'extermination — les systèmes morts, l'asystasie vivante —, les livres se lisant entre eux, se défiant entre eux, et les livres étant toujours des lectures des livres qui les ont précédés). On peut noter ceci : transferts d'empires, de traditions, de procédés, de formes de textes, de tours rhétoriques.

Bref trois nœuds s'enchevêtrant sans aucun dénouement. Et d'une disposition et d'une étreinte à chaque fois insubstituables.

Un champ de bataille où les trêves ne sont pas jusqu'à maintenant connues. Où les conflits sont adorés pour eux-mêmes. Site transi d'histoire. D'un bruit violent et franc qui ne cesse pas. Qui produit dans l'espace de la tête une sorte de sang et une sorte de clarté.

*

Dédicaces.

Il s'agit d'une page d'Assourbanipal : « Au dieu Nabû, fils de Marduk, grand dieu de Babylone, protecteur de la tablette, du stylet à écrire et de ceux qui en usent. » (« Ô Dieu fait de roseau et d'argile ! »)

On peut inventer un texte égyptien qui lui soit parallèle :

« Au dieu Thot, dieu lune à tête d'ibis, dieu à la forme du singe babouin, dieu protecteur du rouleau de papyrus, du pinceau et de ceux qui en usent, dieu des paroles divines, des calculs et des magiciens. »

On peut inventer un texte indien qui lui soit parallèle :

« À la déesse Sarasvatî, divine épouse de Brahmâ, protectrice des lettres, des arts et de la musique, déesse qui es une fleur, déesse qui es une jeune femme aux seins gonflés et nus, qui tiens dans la main gauche un livre et dans la main droite le luth dit vînâ, à la déesse toujours accompagnée de l'oie, à celle qui a inventé la langue sanskrite et la notation de l'alphabet devanâgarî, à l'âme du Gange ! » (« Ô déesse qui est une palme ! »)

*

Je vois un autre univers. Un copiste, au Moyen Âge, en Occident, dans sa robe de bure, devant des pages de veaux écorchés, entouré de son rasoir, de sa craie, de sa pierre ponce, de ses cornes de bœuf — encriers rouge et noir —, de ses besicles-loupes, de son couteau pour tailler les plumes d'oiseau, de sa règle pour assurer la ligne.

*

On découvrit un papyrus dans les ruines du village de Deir el-Médineh, en Haute-Égypte. Le texte remontait à la XIXe dynastie ramesside. Un lettré égyptien qui n'a pas consigné son nom avait écrit :

« Mieux vaut un livre qu'un mur solide, qu'un temple dans l'Occident, qu'un château fort. Ils ont confié à leurs œuvres la mission d'être leurs prêtres funéraires. Et leurs tablettes à écrire sont devenues leurs idoles.

Leurs ouvrages sont leurs pyramides. Leur calame est leur rejeton et la pierre gravée est leur épouse » (Papyrus Chester Beatty, IV, verso).

*

Postumiamus, à la fin des années 390, après avoir séjourné quelque temps chez Jérôme, à Bethléem, conclut : « Totus in libris est. »

*

Ceux qui affirment que l'invention de l'imprimerie eut pour premiers effets une reviviscence de la mort (l'ébriété « trilinguis » : Grecs, Romains, Hébreux), un enracinement et une prorogation des anciens préjugés et des anciennes piétés en vulgarisant les livres de médecine antique, en multipliant les histoires légendaires, en couvrant les marchés de livres chrétiens et de codes coutumiers et juridiques, une effervescence provoquant la propagation virulente des guerres de religion (on peut dire en effet sans mot d'esprit que la mise en place de ces guerres fut une mise en page, commençant par un placard affiché sur la porte de la chapelle des Augustins à Wittenberg le 31 octobre 1517 et se nourrissant des livres imprimés — Luther connut de son vivant 3 700 éditions de ses livres, non comptées leurs traductions — et se consumant dans des bûchers de livres) font une analyse qui n'est pas incorrecte.

*

L'invention du livre moderne et de la technique de l'imprimerie a ajouté une haleine illusoire aux langues qui étaient mortes. Laurent Janszoon, de Harlem, dit Coster, Jean Gensfleisch, mayençais, monnayeur, orfèvre, dit Gutenberg, Hans Riffe, André Dritzehn, André Heilmann, Jean Fust, Peter Schöffer, — ou encore Procope Waldfoghel, pragois, orfèvre, inventeur d'un *ars scribendi artificialiter* — : tels des anciens Égyptiens devant les stèles écrites, les appels aux vivants. Durant tout le XVe siècle les textes en langue vulgaire — qui d'ailleurs n'étaient pas des textes contemporains — n'ont pas atteint le quart de la production.

Il est vrai que la forme du livre imprimé — si différent qu'il fût du volumen — était plus appropriée à la forme des textes que requérait le volumen qu'à celle qu'avait instituée le codex manuscrit. En d'autres termes le livre imprimé n'était pas « appelé » par une forme littéraire qui lui eût préexisté et qu'il aurait requise. Il fallut écrire des textes qui correspondissent à sa forme « vide ».

Forme « vide » due à l'exaltation technique de quelques forgerons rhénans.

*

En hittite l'hiéroglyphe signifiant « moi, je » est un visage de profil dont la main montre la bouche.

En égyptien le déterminatif de la parole est une silhouette d'homme assis portant la main à sa bouche.

*

Enfant assis suçant son pouce.

*

Apparences des scribes.

Les scribes assyriens qui sont sculptés sur les bas-reliefs des palais de Khorsabad et de Ninive sont des colosses immenses. Ils sont de profil et debout ; ils lèvent la main droite, qui porte le calame triangulaire. Ils nous dominent. La main gauche tendue en avant, perpendiculaire au corps, soutient la motte d'argile.

Les scribes égyptiens qui sont représentés à des époques comparables, et qui sont comme des idoles des morts, sont assis en tailleur. Je ne saisis pas pour quelle raison on les dit accroupis. Ils tiennent un rouleau de papyrus un peu développé sur leurs genoux, silencieux et sereins. Le scribe dit accroupi, dit encore le « scribe rouge », qui est assis en tailleur et dont le regard est d'une clarté incroyable, retient de la main gauche un rouleau de papyrus développé sur les genoux tandis que les doigts de la main droite sont repliés sur un pinceau. Il écrivait de droite à gauche en colonnes ou en lignes. Quand il écrivait de la sorte il répartissait son texte en pages ; il les numérotait. Elles se succédaient de droite à gauche. Imhotep — le lettré plus ou moins légendaire du début du IIIe millénaire, architecte de la première pyramide de Saqqarah — est représenté assis à l'européenne dans un fauteuil (s'il est possible de parler de la sorte), le papyrus développé sur les genoux.

*

Dans le *Vergilius Romanus* qui date de la fin du Ve siècle après Jésus-Christ le portrait de Virgile assis est pris dans une bande large et basse et détourée de quatre filets à l'intérieur de la colonne d'écriture (la bande est justifiée à gauche comme à droite sur la colonne). L'espace vide à la droite de Virgile est occupé par un lutrin, à sa gauche par une capsa (sc. une boîte à rouleaux).

Dans les rouleaux le portrait de l'auteur figurait en médaillon. Dans le codex le thème de l'auteur assis et justifié est constant. Cependant la solution extrême consista dans le portrait en pleine page. Dans le Dioscoride de Vienne on assiste à une scène remarquable encadrée et occupant le centre de la page. Dioscoride écrit avec soin sur un codex posé sur ses genoux surélevés, tandis qu'à gauche un peintre assis devant son chevalet dessine une mandragore sur une feuille carrée de codex, fixée à l'aide de huit petites pointes. Il exécute son dessin d'après nature grâce au concours que lui apporte une splendide Épinoia revêtue d'une tunique d'or.

*

La première forme d'illustration dans les miniatures fut le portrait d'auteur. Dans les volumen l'auteur était le plus souvent figuré sous forme de médaillon. Le codex permet l'agrandissement du médaillon et le souvenir de la fresque ; la représentation la plus constante dans le codex est celle du « portrait de l'auteur assis ».

Dans le Commentaire de Beatus achevé en 970 à Tàbara la page de frontispice met en scène le scribe Emeterius, élève de Magius, et deux assistants à l'intérieur du scriptorium. L'un, non nommé, taille une peau de mouton ou de veau au format de la page. La salle où ils travaillent est située au deuxième étage d'une tour.

*

Dans le Codex aureus de Cantorbéry, au-dessus du portrait de Matthieu (assis dans un large fauteuil), soutenue par deux piliers, l'imago hominis retient à l'aide de son genou un épais codex représenté avec un réalisme inaccoutumé (au contraire du saint Jean où le codex est traité en double page dans un style qui fait songer à celui de V. Florentius).

*

Les lettres typographiques sont des « dessins en relief ». Or les dessins en relief se résument à une « disposition du vide ».

*

Alphonse Costadau, *Traité historique et critique des principaux signes,* 1717 : « L'on ne saurait écrire la voix. »

*

Nina Catach.

L'équivalent graphique n'est l'équivalent de rien. L'équivalent sonore n'est l'équivalent de rien. Non pas une intersection essentielle (logique, causale, expressive), mais un « rien » plus distant que commun autour duquel l'un et l'autre « tournent ». Au sens typographique : la voix n'est pas « registrée » à l'écrit. Et les systèmes respectifs, s'ils concourent à une même langue, ne s'épousent pas. S'ils s'accordent parfois, ils ne concordent pas : ce n'est pas une même note transcrite là en clé de sol, là en clé d'ut, là en clé de fa. Mais deux notations différentes de notes elles-mêmes différentes, faisant entre elles au mieux « harmonie » ; jamais l'unisson. (Même dans le cas d'une transcription phonétique dite « internationale ».)

Non pas une écorce autour d'un fruit, une peau écrite sur une chair orale : la graphie d'un mot est un corps. Sa prononciation en subit des effets de retour. (Toutefois, si la voix n'est pas une « âme », elle n'est pas cependant tout à fait un « corps ». Parler est à la fois moins historique et plus systématique qu'écrire.)

De l'émission sonore à l'inscription manuelle : autant d'un texte à un livre. Métamorphose des matières et des systèmes différents. Changer de tissu, c'est ici aussi changer le tisserand. C'est aussi changer la machine servant à tisser. « Transcrire » n'est pas un terme particulièrement inadéquat pour peu qu'on rappelle le transport qu'il suppose, l'interprétation, la traduction, la transmutation : les comparables et les incomparables qui résultent du troc d'espèces, et qui en font l'attrait, et le péril, et le jeu plus ou moins humain.

(L'excès graphique. Le luxe non sonore obéissant en français à peu près à cinq principes (étymologique, sémantique, historique, morphologique, différenciateur). Le mot *doigt* ne fait pas appel au mot *doi,* mais au latin *digitum.* L'adjectif *grand* ne fait pas appel à *gran,* mais au féminin *grande.* La graphie du mot *reine* ne fait pas appel à *rèn,* mais à l'ancienne prononciation. La forme *faisons* ne fait pas appel à *fezon,* mais à la forme *faire.* La forme *crû* ne fait pas appel à *kru,* mais distingue les « cru » de croire, de croître, de crudité — de même que le mot de *dessein* ne transcrit pas *décin,* mais oppose *dessein* à *dessin.*)

À vrai dire il n'y a pas de « phonographie ». C'est la transcription qui est le transcripteur et non le système de départ imposant ses lois aux systèmes d'arrivée. Tension. Brusques assauts. Défi : c'est un système phonophonique contre un système graphographique.

Il y a de même une biblio-graphie qui est autonome. Un art d'écrire des livres qui est indépendant du système phonétique et des autres systèmes graphiques.

Une langue, étant dénuée de « convention systématique », ne définit jamais une orthographe (l'invariabilité supposant au passé une fondation impossible, et supposant au futur la chimère d'un corps « fini ») ; une langue écrite produit aussitôt au jour une immense métamorphose de séries variantes et de séries invariantes comme autant d'énonciations qui entrent en conflit.

(Le XVIe siècle s'enfiévra pour une différenciation alphabétique « antilatine », excédentaire (différenciation plus luxueuse que fonctionnelle), distinguant *i/j*, *u/v*, *k/c*, *i/y*, *v/w*, etc.

Contre-exemple : le mot « roi », de Philippe le Bel à nos jours, n'a pas varié graphiquement (mais a tellement varié phoniquement que sa prononciation actuelle est devenue totalement étrangère à celle du mot primitif).

Toute « orthographe » est une technique d'écriture. Étreintes, réciprocations entre la transformation de l'orthographe manuscrite en orthographe typographique, la transformation de l'ancien français en français académique, l'unification due à la technique de l'imprimerie et à la possibilité technique de la confection des dictionnaires. L'orthographe que nous utilisons fut liée à l'imprimerie. La disparition de cette technique équivaut à la disparition de cette orthographe. Système livresque. Les conditions de possibilité de ce nœud historial renvoient à l'évidence à ce qui aujourd'hui le dénoue.

Le dénouement. (Par chance : nous n'écrivons plus pour ceux qui nous succéderont.)

*

Lors de la transformation des langues qu'ils mettaient à contribution, les différents genres (oraux, puis graphiques, puis typographiques) ont joué des rôles dont la correspondance avec des doctrines grammaticales et orthographiques distinctes n'est peut-être pas nécessaire, mais souvent surprenante. Comme l'épique, le tragique, l'historique et le philosophique en Grèce ancienne : la poésie chantée au XIIe siècle, le théâtre bazochien-renaissant puis classique (lié directement à la plaidoirie), le roman, la poésie livresque (de nos jours : du moins à « voix quiescente »). Chaque état présentant une doctrine orthographique et syntaxique relativement autonome et singulière. Dans le dernier état : une doctrine livresque.

*

Charles Corm écrivit de façon audacieuse que le Liban, ou la Phénicie, ou plutôt la Phoenicia libanesia, quand il avait donné à l'humanité l'écriture alphabétique, lui avait donné « l'ubiquité et l'omniprésence de la lumière elle-même ».

De façon semblable mais plus monstrueuse — capable de provoquer le dégoût, capable d'ôter le plaisir de lire — Melanchthon soutenait que les lettres étaient plus nécessaires à l'homme que le soleil (*In lau-*

dem novae scholae). (Les Évangiles sont écrits. Pour les Chrétiens le livre qu'un dieu a écrit est plus que le soleil qui permet de le lire.)

Dieux qui sont méprisables, dépendants et chétifs. On croirait plus volontiers à un buisson qui brûle silencieusement, à la pierre qui crie, aux trois gouttes de sang dans la neige, au vol d'un oiseau au jour levant et à main droite, qu'à un dieu qui respire, mendiant son et souffle, assujetti à une langue nationale quand il s'exprime, et ayant souci de faire commerce de sa vérité sous la forme d'un livre.

*

Charles Beaulieux.
L'alphabet latin n'était pas fait pour noter la langue latine. Il était encore moins fait pour noter la langue romane.

Un alphabet qui ne représentait pas exactement les sons du latin classique était censé représenter les sons d'une langue issue d'un latin si longtemps parlé, et si longuement transformé, qu'il n'avait plus de liens immédiats avec la langue de Rome.

Graphie d'entrée de jeu écartelée entre

l'ancien et le moderne, entre la tradition devenue ignorante et l'oubli compulsivement aveugle. Charles Beaulieux prit l'exemple du mot *ciel.* Ce qui s'était prononcé *caelum* se prononçait *tsélôn*, néanmoins s'écrivait *caelum*. Ainsi *tsiel* dut-il s'écrire *ciel* même si le *c* de *corpus* devenait *corps*. *C* dur, *ts*, la graphie serait identique. *Q, k, c, ch*... Langue neuve déjà aveugle à force de conserver ce qui lui avait permis de voir. Si l'on peut dire qu'une langue permet de voir. Effervescence des points aveugles, des taies.

Ainsi prononça-t-on durant plusieurs siècles oscur, amirer, sustance, Égite, sautier et saumes. À partir de la Renaissance le pouvoir consenti à l'écriture joint à la mode relatinisante, elle-même conséquence de l'extension de l'art d'imprimerie, imposa une prononciation toute livresque, littéraire : obscur, admirer, substance, Égypte, psautier et psaumes. Dès le début du XIVe siècle, *c* apparut dans Jacques, dans doncques, *g* dans recognurent, *c* dans clercs, dans octroyer, *d* dans admonester, etc. Envahissement du « script », des « quiescentes », des « consonnes ineffables ». Déphonétisation d'une écriture qui ne fut jamais phonétique.

*

Tory nomme z « zita » ou « esd ». Meigret le nomme « zed ».

*

C'est Dolet, à Paris, en 1545, dans *La Manière de bien traduire*, qui réserva z à la deuxième personne du pluriel des temps des verbes. (Cet usage ne devint régulier que deux siècles plus tard.)

*

Pouvoir du codex typographique.
La réforme de la transcription graphique du latin par les libraires humanistes eut pour contrecoup la transformation du système phonographique du français. De même que le premier dictionnaire français (l'Estienne) ne fut qu'un dictionnaire latin-français inversé, de même (au contact de l'Italie) la transformation de la prononciation du latin transforma la prononciation du français (ainsi la prononciation des

consonnes graphiques, l'articulation des doubles, la fin de l'amuïssement des finales, et même la sonnerie soudaine de quelques quiescentes calligraphiques). Ainsi le système graphique du français s'est-il inventé au sein du livre typographique.

*

Les arguments qu'avance Bèze dans le dialogue de Peletier sont les plus enfantins et les plus luxueux qui soient :

« On laisse les lettres, ancores qu'elles ne se prononcent point, pour la reverance de la langue dont les moz sont tirez. »

Il ajoute, comme par incidence :

« Une autre raison qui me samble bien à propos est que l'ecriture doit toujours avoir je ne sais quoi de plus elabouré et plus acoutré que non pas la prolacion, qui se perd incontinent. »

*

On écrit dans l'espérance de toucher autrui et on fait tout pour empêcher cet éventuel contact. On dresse des barrières qui sont infranchissables. On accroît la solitude. La fabrication d'un livre est une voie aussi tortue que celle qu'emprunte le héros dans les vieux romans grecs de pirates pour retrouver la femme qu'il aime, où les relais sont en nombre particulièrement élevé, et pleins de surprises dramatiques. Là où on lit, là on écrit. Là on dactylographie. Là on envoie. Là on reçoit. Là on lit et juge. Là on attend. Là on signe. Là on prépare. Là on façonne des maquettes. Là on compose et on imprime. Là on corrige. Là on met au point. Là on presse et on tire. Là on grave. Là on coud. Là on colle et relie. Là on tranche ou « massicote ». Là on dépose. Là on adresse. Là on vend. Là on lit.

L'écrivain, le lecteur sont des solitaires. Le rêve d'un contact par solitude.

Art de la solitude. Art d'une communication dans la solitude. Art d'une communication qui ne rompe pour rien au monde la solitude et l'épouvante du monde borné de mort ; une communication toujours hébergée dans la solitude. Rêve curieusement inspiré.

*

Il se trouve que la plus ancienne représentation d'un atelier typographique est placée à l'extrême fin de la *Danse macabre* publiée par Mathieu Husz en 1499.

Sur la gauche, la planche montre le compositeur assis devant une casse très basse, à peine inclinée, et montée sur des tréteaux. La casse s'élève peu à peu (si j'ai l'audace de dire) et devient indépendante de son support.

Le compositeur de même se dresse dans le même temps et, dans les dernières années du XVIe siècle, il est debout.

*

La « grant danse macabre » de 1499 est composée de la sorte : à gauche le compositeur assis que la Mort saisit par le bras droit. Au centre la presse, la Mort et les pressiers. À droite, disjointe de la scène précédente par une colonnette, une Mort moins décharnée et le ventre crevé saisit au bras l'imprimeur libraire debout à son comptoir devant un codex imprimé grand ouvert. Derrière lui, sur des rayonnages, les livres sont rangés horizontalement. Les différentes Morts fixent le lecteur de la scène. Les différents membres de l'atelier fixent les Morts.

*

La multiplication des livres due au tirage et la vulgarisation de leur usage modifièrent leur rangement. Les livres — autrefois couchés dans les trous des murs, posés sur les pupitres, couchés sur l'étagère — se dressèrent peu à peu à la fin du XVIᵉ siècle. Cette verticalité aboutit à la frappe horizontale des titres au dos des reliures.

Le livre, né reptile, connut la position debout.

Petit reptilien d'une ère secondaire.

*

Dans le codex Amiatinus — qui date de la fin du VIIᵉ siècle — au recto du folio 5 figure le portrait d'Esdras. Esdras assis, après la captivité de Babylone, récrit les livres saints. Il est vêtu d'une tunique verte et d'un manteau rouge. Il porte le teleth sur la tête, un plateau sur la poitrine, a la barbe effilée ; il a presque l'apparence d'un évangéliste byzantin ; il écrit avec beaucoup d'application sur la page de droite d'un grand codex posé sur ses genoux ; il est entouré du nécessaire à écrire, de plumes, du compas, de l'encrier, du poudrier, de codex ouverts. Or Esdras est placé devant une armoire qui tout à coup me fascine : une ancienne armoire à rouleaux, à «volumes», les deux battants de porte grands ouverts, à cinq étagères dorées, contenant chacune deux codex reliés en cuir posés à plat n'était l'étagère la plus basse, contenant trois à quatre codex toujours posés plus ou moins horizontalement, mais qui commencent, dès la fin du VIIe siècle, du fait de l'accumulation, à se dresser un peu.

*

À l'opposé Seyssel dit curieusement, dans le *Proheme* à sa traduction de Diodore, « revolver » un livre, une histoire. Sans doute son corps éprouva-t-il encore que ce qui se lit se déroule sous les yeux tel un manuscrit antique. Ne se replie pas comme des pages.

*

Nous avons hérité de formes de hasard que nous avons perpétuées sous forme de traditions. Mais ces traditions sont des hasards, comme ces formes l'étaient. Civilisation âgée : nous sommes modelés de modèles qui modelaient le vide. Mais en ce sens nous demeurons modelés par le vide. Le vide est sans profondeur, inacculturable, ananthropoïde. Et le miroir que nos lettres et nos livres tendent, si loin qu'ils soient de leurs origines hasardeuses, restitue encore au hasard en croyant l'organiser, et par la recherche de leur « ordre » met en relief le chaos. Χάος, chaos, ce mot grec signifie l'ouverture des lèvres. C'est l'abîme. Ce miroir reflète une même terreur ancienne figeant dans le silence, une même guerre sombre — une sorte de curée —, l'absence aussi, outre cela le temps, mais d'abord la mort.

*

On demeure astreint aux vieux paradoxes (du fait de la naissance, plus que de la mort) : découvrir ce qu'on voit, acquérir ce qu'on possède. Ce dont tu hérites, cherche à mettre la main dessus. Ne pas ignorer ce dont on regorge, à quelque fin qu'on l'utilise. Accueillir comme on peut ce qui nous a été donné avec nous-mêmes, de la naissance à la mort, à la mastication, à l'ouïe, au temps, à la vue, au sexe, à la marche sur deux pieds. Et les antiques recommandations si justes, si rassotées et si générales qui sont de cette eau. On croit lire du Wolfgang Goethe.

*

Plus de la moitié du papier fabriqué de nos jours en Europe n'a d'autre matière première que le vieux papier lui-même.

*

La totalité de ce qui est pensé n'a d'autre matière première que ce qui est pensé. La pensée est un exercice très limité. Dès Lascaux, nous avons radoté. Dès Uruk, nous avons radoté. Dès Troie, nous avons radoté.

*

L'origine des étoiles.

Les étoiles des guides Baedeker ou Michelin proviennent des points d'exclamation que Mariana Starke, dans ses récits de voyages, multipliait dans le dessein de signaler les œuvres qui l'avaient émue.

Les *Voyages en Italie* parurent en 1800. Auteur dramatique à succès, Mariana Starke était, si l'on peut dire, professionnellement portée à utiliser les points d'exclamation en signe d'enthousiasme, leur quantité étant censée marquer l'intensité de son émotion. Elle reprit ce livre lors de nombreuses éditions et systématisa cet usage proprement « alogos » pour un auteur de la fin du XVIIIe siècle, faisant l'économie de la médiation linguistique dans une sorte d'ellipse ineffable qui est très moderne plus encore que préromantique (haine de la liaison et de la justification qui s'expose aux jugements ; arbitraire péremptoire, affectif, fasciné, mutique ; violence et lâcheté). Par exemple, en 1815, seules cinq peintures du Louvre avaient droit à deux points d'exclamation, dont un Gérard Dou.

Témoignage de la substitution du silence au verbe, d'une espèce de paresse pudique ou barbare, ou d'une impuissance plus historiale devant l'effort de verbalisation, de l'extension de la subjectivité jusqu'à quiescence et anéantissement des conditions de l'identité, symptôme enfin de l'hégémonie des signaux du marché qui s'est étendu à la terre.

*

Tradition « occidentale » suivant laquelle la poésie se déterminerait comme « dire ». À l'opposé de la Chine. Aèdes de la Grèce tapant du pied. Poètes pantomimes de Rome et leurs incessantes lectures publiques, la fondation de l'Athenaeum, l'aménagement des auditoriums privés. À l'opposé, les poètes français écrivirent, lurent et se turent. Le chant puis la voix n'ont pas disparu des livres : ils s'y sont enfouis. Langues maîtrisées et mortes. Passion du codex. Passion engrenée sur une tradition qui n'est pas plus récente que celle du dire. Mésopotamiens. Tout ce qui touche au caractère intransposable de l'écrit (le livre se définissant dans ce cas, non comme transposition de l'oral, mais comme la recherche, au cœur de la langue, de ce que le dire « sacrifie » pour parler — de ce qui est intransposable à la voix, propre au silence de la lecture du livre, à son espace. Ainsi Scève :

« J'ouvris la bouche, et sur le poinct du dire
Mer, un serain de son nayf soubrire
M'entreclouit le poursuyvre du cy. »

« Mer-cy », « grâce » qui atteste matériellement ce déchirement de l'oral dans ce qui est écrit. Cf. *La Tragédie*).

Dispositions typographiques, blancs, parenthèses, vestiges de langue, vestiges orthographiques, locutions, traductions, vieux français, etc. Œuvres que la voix peut proférer bien sûr, mais qu'elle n'énonce pas, qu'elle ne restitue pas.

Dans ce sens les trois poètes qui comptent pour la langue française : Scève, La Fontaine, Mallarmé. Jean de La Fontaine, incapable d'articuler ses *Fables,* poussait cette gêne ou ce dégoût devant la profération des poèmes qu'il avait composés jusqu'à se faire accompagner dans les salons par le comédien Gaches (patronyme qui est comme un avertissement du rôle désormais dévolu à l'oral, ou peut-être un destin). Mais dans le sens précédent, il ne faudrait pas au sens strict les nommer poètes.

*

Les livres ne sont pas les objets les mieux faits pour remplir la bouche des parleurs.

*

Conditions du livre.

Des pages écrites. Le dessin des caractères. La répartition de la ligne et sa formation en colonne. L'architecture de la page, blanc et texte. La pression, la précision et la sécheresse de l'encre et la préservation du papier. La netteté du registre. Critères : la simplicité, l'équilibre, la clarté. I.e. la lisibilité de la page et non son spectacle.

(Assurer le registre des pages, i.e. que les pages repèrent exactement l'une sur l'autre. Ligne du recto sur ligne du verso. Invisibilité de l'injuxtaposition.)

On appelle « forme » la page inversée et métallique.

Que le papier soit éloigné du blanc mais le semble (la crudité du blanc serait d'une lecture à la longue difficilement supportable).

Que l'encre soit éloignée du noir mais le semble (la violence du noir et son contraste avec la blancheur du papier rendraient la perception de ces lettres brûlante et presque douloureuse).

La présentation de la page caractérise directement « l'époque » d'écriture et de lecture. Sa forme, sa lisibilité, l'intelligence de sa lecture par le biais de ses divisions, la répartition des blancs et l'équilibre matériel et visuel qui en assurent l'approche, sont une fabrication, une lecture du texte.

*

Un livre : au premier chef une relation entre des livres. Au second chef seulement, et sans qu'ils cessent d'être seuls — isolés dans l'invisible et dans l'improférable —, entre ceux des hommes qui lisent des livres.

*

Il y a une sorte d'affût vide, de temps modifié, d'ex-spectation dans la relation qui va du regard du lecteur au livre non spectaculaire, non visible — mais lisible. La lecture est une attention sans regard, une attention vide, une anticipation de la métamorphose de soi à l'instar des mots équivoques et des expressions doubles qu'Œdipe emploie avant la scène de la reconnaissance : un « pré-sentiment » vide.

Cette « ex-spectative » de la lecture s'inscrit à l'intérieur même de la notion de livre, et imprime sa propre structure matériellement sur sa configuration — distinguant de la sorte le livre de la généralité de l'expression écrite qui peut être pure expression privée, lettre, texte, témoignage, et qui même présentée sous la forme de livre ne définit pas un livre. Aussi peut-on parler d'un schématisme matériel de l'expérience livresque. Une espèce de conformation générique, typographique, temporelle à laquelle l'affût vide, « l'expectative » s'emboîtent et sur laquelle cette attention particulière s'éprouve (et elle-même schématise, fait hypothèse, s'essaie).

Ainsi le terme grec désignant la lecture : ἡ ἀνάγνωσις, sc. l'action de « connaître de nouveau », la « reconnaissance ».

*

En 1532, en Avignon, Jean de Chaney substitua aux notes de musique losangées des notes arrondies gravées par Étienne Briard.

*

Bernadette Letellier précise que le scribe Kenherkhepchef, qui vivait dans la région thébaine dans la deuxième moitié de la XIXe dynastie, est célèbre pour son écriture très personnelle et désordonnée. Des millénaires ont passé et l'on reconnaît du premier coup d'œil un document écrit de sa main.

*

La métaphore grecque dite des « trois cuissons ».

Les plantes céréalières (qui sont des plantes domestiquées à l'égal du petit feu dompté, apprivoisé au centre de la demeure, surveillé sans trêve, entretenu anxieusement dans le foyer) s'opposent aux plantes sauvages comme le cuit au cru : telle est bien leur première cuisson. La deuxième cuisson est celle que subit la graine enfouie dans la terre retournée. Elle demande beaucoup de temps et de soin et définit le domaine de l'agriculture. La troisième est celle qui consiste dans la transformation de la farine en pain. Elle définit l'art culinaire. Et elle achève le destin propre aux céréales en aboutissant à la « comestibilité ».

La première métamorphose de l'*experior* en *loquor* à l'égard du livre — après le balbutiement et après le silence prolongé et dubitatif — est celle du manuscrit privé qui oppose la médiation linguistique sociale à l'expression irréférente et sauvage (la « coction » linguistique redoublée dans l'expression écrite — l'expression écrite étant à l'égard du cri oral en position comparable à celle du cuit de la langue au cru de la langue). La deuxième métamorphose est celle du texte portant l'expression privée à une communication plus générale soit par la mise en forme manuelle, soit sous l'apparence du manuscrit dactylographié. Elle exige beaucoup de temps et de soin et définit l'espace du texte. Mais de même que la farine est un être encore hybride, « mitigé », de même le texte manuscrit ou dactylographié ne se sépare pas encore tout à fait de la main qui l'a mis en place, et l'attente de sa moisson, ou son problématique « mûrissement » sont sujets à des incertitudes comparables, ou à des désastres voisins (gel, inondation, insolation, avortements sans nombre, épidémies de tous ordres). La troisième métamorphose transforme le *texte* (manuscrit ou dactylographié — la dactylographie présentant l'avantage d'une déprivatisation plus marquée, d'une distanciation et d'une abstraction plus saisissantes, i.e. l'avantage du tamis, ou du crible, voire du fléau, selon le tempérament du « biblioculteur ») en *livre*. Elle définit l'activité de l'imprimerie. Et elle achève le destin propre aux textes en aboutissant à la « lisibilité ».

J'ajoute que le ridicule que s'attirent des métaphores aussi démesurément filées est peu capable de confondre. Je demande qu'on ouvre les yeux.

Ainsi l'expression écrite se distingue-t-elle de la mise en forme du texte, tout comme cette dernière est distincte de la mise en forme du livre. Il n'y a pas ici connaturalité.

Le romantisme n'a pas saisi cela. Il y a des expressions écrites qui ne sont pas des textes. De même qu'il y a des textes dont la forme exclut celle du livre. Pour la forme des textes, la pratique de l'assolement présentait des vertus qui sont peu contestables. On peut émettre le vœu d'assolement pluriséculaire affectant certaines formes linguistiques.

De l'avis de beaucoup il semble que l'agriculture n'est plus exactement ce qu'elle était. Mais de l'avis de tous — et c'est comme une seule voix — il n'y a presque plus de vrais boulangers. Un érudit ici fait défaut. Il semble que cette plainte remonte à l'invention du pain.

Seule la cuisson culinaire passait pour rendre les céréales pleinement comestibles. Seule l'impression typographique a rendu pleinement possible l'expérience de la *lecture* (du moins au sens que l'on prête aujourd'hui à ce terme, i.e. lecture muette, solitaire, immobile, assise). De même que la cuisson culinaire coupait les derniers liens qui unissaient au domaine de la nature et de la crudité, de même la métamorphose typographique coupe le dernier lien qui peut unir le texte au monde personnel, expressif, oral.

« Sorti du four, le pain est devenu *autre chose...* », écrit judicieusement un commentateur. Non sans éloquence il ajoute : « Il est désormais nourriture humaine. »

Sorti de la presse, le texte est devenu « autre chose ». Il est désormais — si l'on veut — « lecture humaine ». Sans doute l'impression typographique, la régularité impavide due au registre affecté aux colonnes de l'écriture, la couture des cahiers successifs et la reliure qui les assemble en volume apportent-elles au texte la forme « tout à fait autre » du livre : mais par une miraculeuse « datio » supplémentaire, par « surcroît », elles donnent au texte — en plus de la transmutation et de l'autonomisation de la forme du livre — l'expérience autonome et fantomatique de la *lecture*.

« Pièce de viande crue et sanglante transformée en mets civilisé », ainsi que conclut avec exaltation le même commentateur. Durant toute cette page un dieu, à n'en pas douter, est à son oreille et l'inspire.

*

Poggio Bracciolini, secrétaire du pape, sortant de la bibliothèque de Saint-Gall, avait mis trois livres dans ses manches. Poggio Bracciolini, secrétaire du pape, à Fulda, vola six livres pour son maître. Poggio Bracciolini, secrétaire du pape, sortant de la bibliothèque de Reichenau, avait glissé quatre livres sous sa soutane. Le Pogge, secrétaire du pape, quittant Langres à cheval, emportait dans ses bagages deux exemplaires qu'il avait dérobés.

C'était Lucrèce.

*

Les choses nées de l'artifice, comme les choses qui sont écrites, n'ont aucune attache avec la vie, aucune avec la mort. En sorte que ce qui est vécu n'a pas le « pas » sur ce qui est artificiel, ou littéraire. Ces interprétations sont ressassées, ces valeurs métaphoriques. Autant qu'on les pense elles s'effacent : 1. parce qu'elles sont morales, 2. parce que les exhortations qui les portent sont vaines. Comme leur attirance l'une vers l'autre est à peu près aussi vive que celle qui préside aux rencontres de l'eau et de l'huile. Aussi bien ce n'est que quand on use de contrainte et qu'on les approche l'une de l'autre qu'elles paraissent se refuser. Loin qu'elles se mêlent, alors elles se détournent. Aussi toute la « littérature » n'est-elle pas une prune en regard d'une goutte de sang qui est chaude. Toute la « vie » à peine une paille qui est demeurée dans l'œuvre — reste organique qui peu à peu se dissout et ne subsiste que sous forme de vide, sous forme de l'empreinte d'un vide — et qui au demeurant, dans le meilleur des cas, n'apparaît pas à la lumière, mais qui lui ôte, sinon de son attrait, beaucoup de sa résistance.

Ce qui est écrit, c'est-à-dire ordonné, mis à mort, inutile, silencieux, ponctué, intransposable, beau. — Lisible.

*

La préférence de Stéphane Mallarmé pour le caractère Didot.

Le caractère Didot (malgré la difficile différenciation u/n lors de la correction des épreuves) emporte souvent la préférence par son apparence plus abstraite (empattements filiformes et symétries). C'est un caractère (en regard du Plantin ou du Garamond) qui n'est pas né de l'écriture (de la tradition manuelle, c'est-à-dire asymétrique) mais de la gravure (de la brève tradition imprimée et du travail des poinçons).

(La main travaillait en effet les premiers poinçons typographiques, et leur lecture, comme la voix anime l'audition. En ce sens l'autonomie du livre typographique — du « genre » typographique — se différencie tour à tour à l'égard de la voix et à l'égard de la main, c'est-à-dire dans l'écriture démanualisée et dans la lecture « bouche cousue ».)

Ne pas être remarquée, « sembler paraître inapparente », tel est le vœu de la page typographique : une lecture allant de soi. Le contraire d'un spectacle. Non pas une *vision* de la double page soumise au regard : une *lection* immédiate.

L'invisibilité est la marque de la lecture. Telle l'absence d'accent contrasté dans l'élocution. Le choix d'un caractère doit s'attarder à sa capacité de lecture vis-à-vis du texte (non-fatigue, netteté, etc.). « Lisibilité » est le nom que porte sa « beauté » : il s'agit d'une ressemblance que le texte cherche à atteindre et dont l'attrait est le contraire d'une apparence manuelle.

*

Quelque prétexte que nous donnions à l'angoisse qui nous étreint (quelque image que nous suscitions devant nos yeux pour subjuguer ridiculement le pire), quelques fins que nous prêtions en vain à nos désirs, ou pour déprécier, disqualifier les dégoûts qui nous soulèvent le cœur, phobies qui nous enserrent la nuque, trémulations de nos lèvres, émotions qui étranglent le filet de nos voix, quelque nécessité que nous croyions procurer au peu de phrases que la combustion-de-langue-dans-nos-bouches de temps en temps dispose sur le rivage-après-naufrage où nous nous feuilletons, ce n'est souvent que la fatigue (une petite ombre que le néant porte tout à coup sur nos visages, ou encore l'un de ces actes réflexes qui croient se protéger de l'épouvante en ajoutant à son empire — en resserrant un nœud maniaque —, ou bien une incroyable négligence, lassitude proche du désintérêt à l'état nu) qui les conserve, et que la vanité qui les maintient.

Le hasard n'en est pas modifié. L'insignifiance à peine précisée d'une arête plus irrémédiable. La disproportion à tout instant n'allège pas.

L'annihilation trop grêle encore. Timide.

De quels sacrifices nos têtes — de quels « sommets » de nos corps — font-elles quel objet ? De quels sacrifices les langues-dans-nos-bouches font-elles quel objet pour aboutir à quels lambeaux-de-victime mis en pièces-de-phrases totalement immolées, tronquées, rebutées, immobilisées sous quelle hache-de-langue, quel est l'autel ?

Rien n'est si contagieux que l'exemple, et rien si délétère que le souvenir insistant de l'exemple. L'acquisition même de notre langue nous est venue progressivement de l'imitation des voix qui nous entouraient dans l'enfance.

Chacun d'entre nous imita d'assez bonnes phrases par humeur ou hasard, et les mauvaises moins par la malignité des circonstances, ou par la défectuosité de notre propre nature, que par la médiocrité de ce qui nous était donné en exemple, et que nous ne cessons pas de lire.

Tel n'est pas exactement le cas de la phrase que cette phrase imite.

*

Le moyen, en produisant des œuvres, de « renaître dans le calme pur et l'extinction », pour reprendre une expression de Zhang Chao ?

*

Ne me cherche pas dans la lumière qui baigne le monde. Ne me cherche pas dans la lyre. Ne me cherche pas dans l'arc. Ne me cherche pas sous les robes d'une femme. Ne me cherche pas dans le lion. Ne me cherche pas dans les livres. Ne me cherche pas dans les outils aratoires. Ne me cherche pas dans la tête des hommes ni entre les deux cuisses des hommes. Ne me cherche pas dans le caïl-cédra ni dans le singe qui est dans le caïl-cédra. Ne me cherche pas dans le tamarinier ni dans l'herbe qui pousse sous le tamarinier. Ne me cherche pas dans le baobab ni dans le sable stérile qui médite au pied du baobab, dans l'ombre du baobab. Ne me cherche pas dans les dieux. Ne me cherche pas dans le timbre du gong. Ne me cherche pas dans la fumée du sacrifice. Ne me cherche pas dans les rêves, ne me cherche pas dans le silence, ne me cherche pas au cœur de la jungle, ne me cherche pas au fond des mers, ne me cherche pas et tu me trouves. Là où tu ne me cherches pas je me trouve. Là où tu ne me cherches pas je me trouve comme la panthère sur sa proie, comme la bouche de l'enfant sur le bout de poitrine qu'il tète, comme l'ombre que porte la mort sur le visage luisant et nu des hommes, comme la mouche sur l'ordure et comme l'araignée sur la mouche.

*

Je suppose un disciple de Tchouang-tseu. Le soleil est au zénith. Il est assis en tailleur sur l'herbe brûlée, dans le craquètement des cigales. Il établit une échelle des êtres. Le trait distinctif — le trait de pureté — discrimine à raison du peu de trace que les êtres laissent après eux dans l'univers. Celui qui, dès ce monde, rayonne de vide anticipe sur l'état de ce qui est totalement pur et apaisé et anéanti et déchargé du poids des formes.

Au bas de l'échelle les loutres, les coraux et les dieux. Les éléphants sont condamnés pour l'ivoire qu'ils laissent. Les gouttes d'eau qui tombent dans les cavernes sont abominables, et les fourmis.

Les oiseaux, les écrivains, toutes sortes de crustacés sont assez bas dans l'échelle des êtres — plus bas que les femmes mêmes qui comme les plantes ne font que se reproduire et n'ajoutent rien de bien consolant à ce qui est, ni de bien distinct en regard de la forme qu'elles sont.

*

Blason d'un corps.
La plus ancienne inscription lapidaire grecque connue est gravée sur la gigantesque jambe du premier colosse sud d'Abou-Simbel.

*

Pour protéger la ferme de la foudre, ouvrir tout grand le Livre sur la table qui est au centre de la cuisine.

*

Les chevaux, les cauchemars et les livres reculent quand on les regarde en face.

*

Supposé qu'on perçoive comme généalogie, sédimentation historique, ces sortes de filières, de coutumes, de traditions dont je pourvois çà et là la notion de livre, celui qui me lit aura aussitôt à l'esprit que ces notions, si elles sont à l'instant « effectives », ne l'ont pas été pour autant. Ce sont des chimères. De vagues compossibilités. Non des causes — et l'expression de « conséquences hasardeuses » serait contradictoire. Ceux qui sont jettent les mains çà et là dans le jour, qui est noir et, comme les enfants, jouent à la ficelle. Ils cherchent à « établir un lien entre le passé et le présent », pour reprendre les mots si idéalistes et si naïfs prononcés par Schiller lors de la célèbre leçon à l'université d'Iéna le 26 mai 1789. Mais il y a peu de lien. Non par défaut mais parce que rien n'est lié. Et rien non lié. Mettre debout des conditions de possibilité, c'est échafauder un ordre pour un monde, c'est rêver. Ce n'est pas se référer à un ordre, à un monde, ce n'est pas décrire une genèse, ce n'est pas supposer une histoire. Si ce que j'échafaude peut prétendre être « effectif », ce n'est qu'au regard d'un usage des plus discutables et personnel, et d'une efficience toute particulière, matérielle, bornée à la matière de l'échafaud lui-même. Ces « conditions » de possibilité, ce sont des « implications » chimériques et des monstres (supposé que le hasard soit le plus simple, et toute dotation de nécessité d'une nature précisément monstrueuse). De même qui emploie une langue invente la fiction de quelque chose comme cela : une langue. Or, cette fiction n'est pas tout à fait le présupposé de cet emploi, encore qu'elle le nourrisse. Seul cet emploi est. Ces filiations, ces traditions que je multiplie sont efficientes, assurément, mais irréelles.

*

(Nous sommes une sorte de linge. Sous l'auvent rongé du lavoir. Sorte de voile de Véronique sur la pierre gluante, froide, moussue et bleue. Faces vivement plongées dans l'eau d'asystasie. Nous ne renierions pas ce plaisir semblable à celui qu'éprouvaient les dieux de l'ancienne Harappa, de nous distraire en produisant des systèmes et en les anéantissant.

Parce que, comme nous saurions tout à fait les construire, nous saurions parfaitement les ruiner. Jean-Jacques Rousseau, la tête en sang, la lèvre supérieure fendue, notait de sombres réflexions sur des cartes à jouer. Il en appelait à la mort sur un huit de carreau. Sur un trois de trèfle il méditait sur l'univers.)

*

Ce sont des rebutations — des rebuts —, des points de tricot, de ridicules devis, des « synthèses » c'est-à-dire des ratatouilles, des séparations ou des évaluations, c'est-à-dire des hiérarchies, des définitions, c'est-à-dire des épluchages ou des rognures, des illusions, des arrangements, des sarclages, ou sciences, ou rêveries, persistances mythiques, des châteaux forts faits de cubes de bois de buis dont l'assemblage est de plus en plus fragile autant qu'ils s'élèvent et pour peu que nos mains se tendent en avant.

*

Reste la singularité de ce qui est là. Et tel livre, tel livre.

*

(Or, cela aussi est une « indescriptible » illusion. Méconnaissance des médiations où nous baignons sans un instant de cesse. Abstractions, médiations qui sont comme l'air pour qui respire. Comme l'absentation pour qui naît, parle, et meurt.)

*

Le dernier texte cunéiforme date de 75. Il provient d'Uruk où, près de 3 400 ans auparavant, l'écriture était née.

Le système hiéroglyphique égyptien dura plusieurs millénaires. Les dernières inscriptions connues, dans l'île de Philae, datent du 24 août 394 après Jésus-Christ. Le français et ses premières notations approchent du millénaire.

*

Léonard de Marandé.

La nature de la veille et du sommeil, comme celle du jour et de la nuit, et le constant passage de l'une à l'autre, paraissent résulter de cette imaginaire et inexorable usure qui gagnerait les choses si elles étaient exposées sans trêve à l'éclat du soleil — comme celle qui romprait et lasserait les êtres à supposer une activité incessante. Et à la fin du jour elle les étouffe, comme une veille que rien ne suspend affole.

En sorte que la nuit vient laver et secourir le monde qui sans elle perdrait jusqu'à l'apparence et se jetterait vite dans la mort. Jusqu'à ce que le soleil — ce repos, cette invisibilité rituelle, cette disparition quotidienne les accoutumant à leur néant propre, et les ayant comme requinquées par le moyen de l'obscurité, de l'humidité, de la torpeur, et de l'oubli — par son retour rende à toutes choses la couleur qu'elles avaient perdue, et les restitue dans la douceur de l'aube à la possession de leur premier état.

Ainsi disait-il de la nuit, du sommeil à

l'endroit de la veille, et du jour. Il étendit cette comparaison aux relations qu'entretiennent une langue orale et une langue écrite. Les livres rendant ce son que la voix perd, et réappropriant les corps à la disparition, à la langue plus large, plus vaine, moins rapide, plus articulée, plus reposée ou plus constante, plus proche de la mémoire, comme sortant de la nuit, c'est-à-dire plus abstraite. Ainsi les livres — à l'endroit des voix usées et éprises de vitesse qu'émettent les corps de ceux qui vivent, ivres de cette usure, de bruit, de veille, de monde, de jour —, qui sont des sortes de hiboux.

Hiboux qui ont prêté le serment d'être muets, et qui sont sans fonction.

(Mais l'écrit n'est pas une rosée qui se déposerait sur les mots et qui en décrasserait la teneur, ou qui en revigorerait l'apparence. L'écrit ne sait pas, hélas, suffisamment faire « dégorger ».)

Des hiboux qui n'ont plus de cri, plus le moindre son, et qui ont cédé le moyen de veiller sur la nuit.

XVIIIᵉ TRAITÉ

Une grenouille d'Ulubres

Cicéron comptait Caius Trebatius Testa au nombre de ses amis. Ils s'écrivirent des lettres nombreuses, douloureuses, et aussi drôles. Le temps, le hasard, la gloire ont conservé quelques-unes d'entre elles. Il avait peur des armes, du froid, de la province, et de la mer. Il était né dans la petite ville d'Ulubres, dans les marais Pontins. Les Romains appelaient les habitants de cette petite ville les « grenouilles d'Ulubres ».

En Gaule, par le moyen de Cicéron, C. Trebatius devint l'ami de César. César mourut. Cicéron mourut. Sous Auguste il passait pour un jurisconsulte érudit et il était célèbre. Il avait écrit deux traités : *De jure civili, De religionibus*. Vieillissant, il devint l'ami d'Horace. Horace le mit en scène dans une de ses plus belles satires, au second livre des *Satires*, où il évoque l'incapacité où le poète est de faire autre chose que de tripoter des mots — comme Milon danse, comme César tue, comme Nomentanus suce le sexe des femmes, comme Castor aime les chevaux, comme Cervius menace de procédure, comme Canidia empoisonne. Il écrit, dit-il, « comme le loup attaque de la dent, comme le taureau de la corne ». Il dit encore : « comme les enfants jouent en attendant que les légumes du souper soient cuits ». Il avait connu Lucrèce. Il avait connu Catulle. À Virgile, Trebatius parlait de Lucrèce. À Properce, Trebatius parlait de Catulle. Il radotait. À Tite-Live, Caius Trebatius parlait de Cicéron. Il n'avait pas conscience qu'il avait touché avec ses mains, avec son nez, avec ses yeux, avec ses lèvres l'air et la lumière des deux époques les plus illustres de la littérature qui fut écrite dans la Rome latine. Il aimait l'or et le rire. Il voyait l'ombre de la mort sur ses traits. À l'abri d'une colonne de marbre, à l'angle d'une rue, il sortait furtivement un petit miroir de cuivre qu'il avait glissé dans un pli de sa toge. Il examinait à la hâte les progrès de cette ombre sur les lignes de son visage.

TOME IV
TABLE DES TRAITÉS

XIXe TRAITÉ
Les reliques des grains 453
XXe TRAITÉ
Langue 461
XXIe TRAITÉ
Jésus baissé pour écrire 513
XXIIe TRAITÉ
Traité du rouge-gorge 529
XXIIIe TRAITÉ
La gorge égorgée 533
XXIVe TRAITÉ
Du vin piquette 601

XIXᵉ TRAITÉ

Les reliques des grains

Ramage d'abord nomma les arbres. Nomma la multitude des branches. Désigna les êtres qui vivent dans les branches des arbres. Nomma les oiseaux qui vivent dans les branches des arbres. Qualifia le chant des oiseaux qui vivent dans les branches des arbres. Tout à coup l'adjectif se fit substantif. La voix se baisse : *Et homo factus est.* L'arbre se fit oiseau et l'oiseau se fit chant. C'est ainsi que ramage en vint à désigner le chant des oiseaux quels qu'ils fussent, où qu'ils fussent, même s'ils n'étaient pas dans les arbres, même si ces arbres ne comptaient pas de nombreuses branches. Ce fut comme si les arbres avaient été brusquement engloutis. La langue ne parla plus d'arbre ramage. Sans doute les oiseaux avaient-ils perdu le souvenir de leurs jeux et de leurs chants dans les branches. Peut-être les oiseaux avaient-ils changé de divinité. Leur temple n'était plus le feuillage touffu et sombre et bourdonnant d'un arbre. Peut-être lui avaient-ils tout à coup substitué l'étendue sans limites, lumineuse et bleue, silencieuse du ciel.

C'est ainsi que dans les premières années du XVIe siècle de notre ère, en France, les oiseaux se séparèrent des arbres.

*

Les langues — sur les terres où le soleil meurt — eurent tendance à réduire le nombre des mots qui étaient communs à l'animal et à l'homme. Alors nous ne supportions pas tout à fait l'état de bête dans lequel nous naissions. Nous nommâmes sociétés les troupeaux que nous formions, et civilisation notre bave sur le sol. Nous vantions beaucoup nos petits cris sous le nom de langues. L'épopée de Gilgamesh, le roman de Sinouhé, l'Iliade — à chaque fois c'est un gémissement, et une petite briquette d'argile qui a séché sous le soleil. Ce fut aussi un bout de peau d'une bête domestique qu'on avait écorchée. Ce fut parfois un morceau d'écorce qu'on avait détachée d'un arbre. On faisait des petits flûtiaux, notamment des livres. Je suppose cette tendance à séparer l'homme de la classe animale à laquelle il appartient plus ancienne encore, quelque irréaliste, et même saugrenue, et si vivement hypocrite qu'elle soit. Au XVIe siècle après Jésus-Christ, en France, Ronsard, Tahureau, Baïf, Belleau parlaient encore du crin des femmes et des nymphes — du crin de Daphné, du crin d'Apollon. On réserva crin aux chevaux. Jean Lemaire de Belges, traitant de la beauté du «teint du visage des femmes», parla du «cuir de leur face». D'Aubigné évoqua le «fin cuir transparent» du visage bouleversant de la femme qu'il aimait («Cette fresle beauté qu'un vermillon desguise...»). Au XVIIe siècle on nia que les hommes et les femmes eussent un cuir. De nos jours cependant — à l'instar d'une pierre fossile que le soc d'une charrue lève tout à coup dans un champ — l'expression «cuir chevelu» fait sonner le vieil emploi. Braire, dans Marot, dans Lasphrise, se disait du cri des hommes dans l'effort ou dans la douleur. Le mot se spécialisa jusqu'à ne plus convenir qu'à l'âne. Les chevaux, les hommes et les bœufs avaient des naseaux. Amyot et Belleau les évoquent. On vit des hommes qui échangeaient peu à peu, sur les places des marchés et des foires, leurs naseaux contre des narines. Repairier, c'était revenir chez soi et se retrouver soi. Le repaire, c'était le chez-soi. Il se restreignit aux gîtes des bêtes qui sont plus sauvages que nous. À supposer qu'il existe des mammifères plus sauvages que nous. Et même des êtres sans mamelles plus sauvages que nous.

*

Nous n'avons plus de cuir, nous n'avons plus de naseaux, nous n'avons plus de repaire où nous réfugier, où nous accroupir, hisser nos têtes entre nos genoux, voiler notre face et nos yeux humides de nos crins, ni braire sourdement, soustraits par un chaume à l'angoisse du ciel.

*

Soustraits par rien à l'angoisse de la mort. Ils y baignent et ils s'y noient sans exception.

Nous sommes les guêpes dans la grande carafe de vinaigre.

Dehors, sur la table de fonte peinte en blanc, près du tilleul, au soleil. Elle a une teinte violette où le soleil se joue.

*

Nous sommes les petits hommes qui figurent au premier plan des toiles du Lorrain. Olivier de Serres parle du bétail des mouches. Alors on nommait mouches les guêpes, mouches à miel les abeilles, mouches à merde les êtres pieux et au visage plein de componction. Calvin parle du bétail des vers et de celui des hannetons. Ce n'était pas un temps remarquable. Il paraît qu'il n'y eut jamais, depuis les millénaires que pullulent des hommes, une époque, une société, une langue, une face, une seconde, une femme, une larme, une mort, une saison, une heure plus enviable qu'une autre. On a remarqué que ceux qui croient en quelque chose que ce soit présentent des mains qui sont toujours rougies. En ce temps-là on nommait scieurs les moissonneurs. Un poème de Du Bartas montre glaneurs et glaneuses. Ils sont hâves. Ils sont courbés. La peau du visage et les cuisses sont brunes. Le peu d'étoffe qui les vêt sur les fesses, sur le sexe et sur la poitrine est bleue. Il fait chaud. La lumière épaisse et tremblante coule sur eux — alors on nommait influence un liquide qui s'écoulait des astres sur les hommes, et les baignait dans leur naissance —, ils vont lentement, anxieux, et amassant

« Les reliques des grains par les scieurs laissées. »

XXᵉ TRAITÉ

Langue

Dans notre langue la forme « langue », pour noter le romain « lingua », apparut pour la première fois dans la transcription que fit Guiot des manuscrits laissés par Chrétien de Troyes.

La forme latine, au XVIᵉ siècle, était toujours prononcée « linga ».

*

Toute considération qui porte sur le langage est faite de lui. Cette imposture ne peut être réduite. Elle est remarquable et elle est illimitée. Celui qui cherche à se dégager des formes de sa langue et de sa conscience s'aide d'elles et s'attache plus étroitement à leurs sorcelleries à l'instant même où il a le sentiment qu'il s'en déprend pour les décrire. Il n'y a pas de métalangage parce que le langage possède par lui-même cette propriété de convertir en lui-même tout ce qu'il approche. Quand il enjamberait son ombre, son corps en l'enjambant projetterait encore une ombre de son corps.

*

Quelque divers que soient les hommes, les civilisations, les époques, les langues, les œuvres, il semble parfois jusqu'à l'hallucination qu'il monte d'eux une apparence de plainte terrifiée, générale, qui paraît toujours dépouillée et neuve, comme un fond sonore qui rend fou. Langue au-dessous des langues, qui est le son d'un fragment de peur commune, que chacun émet sans doute à sa façon, et plus ou moins, mais qui erre de lèvres en lèvres, sur la protrusion presque sexuelle et toujours dénudée des visages, au cours des millénaires. Terreur peut-être élémentaire que durant des ères entières des hommes tenant des morceaux de cailloux ont grommelée, qui est aussi l'enfance même où elle se renouvelle, et qui nous assemble. Ce son qui geint, rythmique, puis arythmique, puis rythmique, ce plaisir de plainte est la vraie clochette des « troupeaux qui parlent une langue ». Les langues ne peuvent pas se tourner en arrière d'elles-mêmes, se retourner pour montrer la vérité des langues. Il semble que ce son empreint d'épouvante qui nous agroupe, qui lamente un père mort, qui nous associe sans finir sous forme de familles et de sociétés, nous unit sans qu'il enjoigne autre chose que sa force. Lamentations des musiciens baroques dans le chœur, dans l'obscurité du dieu mort. Son de meurtre. C.M. Bowra s'étonnait que parmi les chants primitifs que les ethnologues avaient transcrits on ne comptât que des chants de chasse, peu de guerre, jamais d'amour. À vrai dire il faudrait que nous nous aimions un peu nous-mêmes pour que nous portions quelque estime que ce soit à des êtres qui nous ressemblent. Nous ne ressemblons qu'à nos proies. Et notre ressemblance ne s'est faite que sur leurs images. Il est arrivé peu souvent que sur la haute et vertigineuse échelle des êtres que dressent volontiers les mythes, nous nous préférions. Il ne paraît pas qu'il y ait eu beaucoup d'êtres que les dieux aient créés sur un autre patron que leurs images. Certaines pierres plus symétriques et plus impassibles que d'autres — si nous y associons les virus. À qui ressemblons-nous ?

Il y a un grand rouleau — sous l'écume blanche — de similitudes qui à chaque fois que nous en prenons conscience nous effare. Nous désirons tous être si singuliers alors que nous formons des collections jusqu'au dégoût.

*

Il y a un horizon sonore derrière le fond des lieux. Morceaux de sons d'une peur qui a éclaté jadis comme l'univers et que hèle la dépression, qui s'entrave dans le plaisir, qui s'échappe dans la souffrance. Sons dont la reconnaissance est plus exactement une découverte qui ne s'achève jamais, qui est souvent tardive, et qui ne nous délivre pas d'elle-même. Dans ce savoir nous nous interrompons soudain de nous croire originaux. Cette découverte, si elle nous abandonne au désert, ne nous ôte pas toute inquiétude. Faute qu'on puisse trouver l'original de rien, elle ne nous pousse pas à proprement parler en direction d'autrui. Elle nous voue à une solidarité dont nous ne pouvons nous sauver mais à laquelle soudain nous nous mettons trop prestement à consentir, quelque inévitable qu'elle soit. La perception de ces ombres légères qui passent brusquement sur la face des hommes et des femmes qui nous approchent, et qui sont l'aveu de leur tristesse et de leur mort, à vrai dire nous procure une intense satisfaction. Au *bout de cette considération* — pour peu que nous ayons le courage d'humilier une à une les illusions qui conduisent à nous croire essentiellement nous-mêmes — *nous ne connaissons plus la solitude*. Ce sentiment est riche d'infection. La solitude, si elle étrangle de souffrance le solitaire, est une pierre précieuse qu'aucun trésor n'est capable d'acheter. Et elle voisine le silence comme l'obscurité. Toutes les langues du monde semblent secondaires à l'égard de cette plainte de faim, de détresse, de solitude, de mort, de précarité. Comme les bêtes viennent se frotter dans leur propre puanteur. Les langues qui sont prononcées aiment la masse des voix. Toutes les langues du monde, si puissantes ou habiles qu'elles soient, ne couvrent pas cette « odeur sonore » de l'espèce. Elles ne l'ont jamais couverte et ne la couvriront pas.

*

Cette question doit sans cesse être chuchotée comme un Tom Pouce dans l'oreille des modernes :
« Les livres dont la lecture nous émeut, pourquoi au sein des livres que nous écrivons leur tournons-nous le dos ? »

*

La seule esthétique qui fut totalement moderne fut celle de Claudio Monteverdi lorsqu'il rejoignit Crémone après la mort de Claudia.
Des affetti. Aller sans peur jusqu'à l'affetto. Jusqu'à l'affect. Aller jusqu'à « l'accent humain » du langage.

*

Enfin — à force de travail et de peur piétinée — quelques livres cessèrent d'être l'expression de l'époque qui les avait vus naître et, peu à peu, ils commencèrent à inventer le visage de ceux qui les avaient écrits.

*

Si les langues sont diverses et nombreuses, alors les grammaires — pour conséquentes qu'elles soient à l'intérieur d'elles-mêmes et parce que, plus ou moins, elles le sont — entre elles sont incompatibles ; si les grammaires sont incompatibles entre elles, alors les mondes propres à chacune de ces langues sont incongrégables entre eux ; alors le même espace n'est pas perçu, les mêmes saisons ne sont pas ressenties, la même histoire n'est pas éprouvée ; alors il n'y a pas d'espoir possible d'un discours authentique ; alors il n'y a pas d'espérance raisonnable d'un univers qui rassemblerait ces mondes ; alors le réel est fait de l'étoffe des plaisanteries qu'on trouve dans les livres soit grivois soit religieux ; alors la science linguistique est une mystification, les hommes sont dépareillés, les œuvres inaccordables, les traducteurs des charlatans, les listes d'universaux des nomenclatures saugrenues, pleines d'anomalies et d'hybrides. Alors la condition de sociabilité des groupes humains, à l'intérieur de chacun de ces groupes, repose sur la différenciation des groupes entre eux, par le biais des langues, dans la compétition et l'avidité à rejoindre la mort. Elle entraîne un principe d'insociabilité de l'espèce sur la terre. Discord, anarchie que réglemente comme elle le peut la guerre ; significations ensanglantées, incohérence sans terme, dire sans objet, prédation dont l'objet, à partir d'elle, a cessé d'être la faim.

*

La comparaison des signes de la langue avec la monnaie d'échange est plus allusive que judicieuse. Émile Littré l'affectionnait. Stéphane Mallarmé la lui a reprise. Elle indique seulement le caractère devenu presque universel de ces deux usages. Après l'individuation, c'est-à-dire la sexuation si lisible sur nos corps, la faim, c'est-à-dire l'appréhension de la mort, la langue est ce qui est le plus proche du corps. Beaucoup plus proche et beaucoup plus ancienne et beaucoup plus humaine que la monnaie sans nul doute. Car tous ont l'usage de la langue — qui à vrai dire ne constitue peut-être pas pour les plus démunis d'entre eux une richesse si exaltante. Parce qu'il n'y a pas de hiérarchie ni de spécialisation qui puissent être fondées entre les parleurs, il ne peut y avoir de compétence. Dans la langue il ne peut y avoir de riches, de pauvres. Ni de « segment verbal étalon » pour vérifier ce qui mesure.

*

Il n'y a pas de lecteurs professionnels. Il n'y a pas d'écrivains professionnels. Ce qui lie la mère au fils n'est pas la relation du maître à l'apprenti.

*

Relais de bouche, qui ne met exactement « rien » sous la dent.

*

(Cependant l'attrait qu'exerce cette comparaison du système symbolique des langues au système symbolique des monnaies est séculaire. À l'instar des pièces de monnaie, on veut que les tours et les locutions s'usent. Il semble qu'ils s'usent aux carrefours des rues, sur la place des marchés, sur le front des batailles. Et dans ce qu'on nommait il y a un siècle les alcôves, il y a deux siècles les salons, il y a trois siècles les ruelles. La langue passe de lèvres en lèvres comme les pièces de monnaie de main en main, et les devises et les profils gravés sur ces pièces s'effacent peu à peu comme leur poids s'amenuise. Parfois — et c'est là tout le sens illusoire qui anime l'image —, ainsi qu'on remonte de temps à autre de la mer des trésors qui montrent ces pièces sous le jour le plus neuf, on découvre — plus rarement encore que des trésors — des constructions de mots rendant un son qui a une espèce d'apparence intacte. On dit que ce sont de grands livres.)

*

Mais le temps qui corrompt toutes choses, comme il a quelque attache avec la mort, ayant mis une relâche dans les livres que composent les hommes, leur nombre s'étant accru à proportion de leur facilité et de leur communication, alors, etc.

*

Les philologues jugent que la profusion des langues est sans raison. Il en va de même pour leur extinction ou pour leur ténacité. Leur brusque richesse est comme une crue inexplicable. Leur carence ou l'immutabilité séculaire de telles formes ne correspondent à aucun critère. Le périssement millénaire des plus souples et des plus raffinées en regard de l'apparence rudimentaire de celles qui se sont substituées à elles est inintelligible.

*

La caractérisation du renouvellement des langues aux signes suivants : dislocation soudaine d'un état, hybridation fiévreuse par des langues contemporaines concurrentes, systématisation néologique ne signifie pas grand-chose.

À chaque instant : état polémique, différenciateur. Pas de « renouvellement » dans l'incessant. La « néologie » est une vieille parade rudimentaire, et elle me semble fatiguée. C'est un réflexe archaïque.

*

Ce qu'on nommait jadis la « langue » informait ses utilisateurs que tout le sérieux de l'histoire reposait simplement sur la foi ajoutée à la valeur du temps passé des verbes. Alors elle signalait que le régime d'un verbe particulier, joint au crédit accordé aux formes de l'indicatif, avait permis l'incursion au-delà de la physique des anciens Grecs. Elle indiquait que l'usage excessif du participe présent et la capacité formelle de le substantiver avaient compté pour la plus large part dans l'attrait qu'avaient exercé un temps les sciences philosophiques. Elle professait que les romans, ainsi que la plupart des souvenirs, et les prestiges de l'identité personnelle, tenaient leur pouvoir de fascination de la prééminence de l'imparfait. Elle alléguait à cet égard une mélancolie particulière et même une hégémonie fantastique ou, pour user d'un même mot sous des apparences diverses, phantasmatique de ce temps à ce mode, et l'opposait judicieusement à l'aoriste, comme le sentiment du passé personnel à la tradition littéraire de l'histoire. Elle constata pour finir que tout le genre mythologique, c'est-à-dire toutes les narrations, toutes les vies humaines, toutes les religions, toutes les histoires des peuples et toutes les idéologies qui les imprègnent, reposaient sur des règles grammaticales - malmenées — manipulations qui étaient proches de ces jeux de transgressions élémentaires, d'interprétations, de variations et de maîtrise par lesquels les tout petits enfants apprivoisent les émotions qui les assaillent et cherchent à asservir les êtres inexprimables qui les entourent. Des astuces mnémotechniques d'une part, de l'autre toute une activité de sorcellerie à tout le moins malencontreuse, et certainement compliquée.

Par un scrupule moral providentiel la langue portait soudain à la connaissance de ses utilisateurs qu'une machine à laquelle aucune fonction particulière n'avait jamais pu être attribuée était inévitablement conduite à certains passages à vide. Ainsi de tout ce qu'on nommait alors les sciences de l'esprit. Elle les avisait que néanmoins ces diverses utilisations, qui ne causent pas un tort considérable, ne devaient pas pour autant être considérées comme des sortes de rituels anciens et préjudiciables. Comme des organes rompus ou souillés et capables de contamination d'un dieu rompu. Elle dégageait toute responsabilité. Récusait à l'avance tout emploi qu'on fît d'elle. Elle n'assurait aucun usager. Même, elle déniait à quiconque le pouvoir d'affirmer qu'elle existait sous une forme entière. Dans le souvenir, elle témoigne que ce sont plutôt des effets de roue libre, tout mécaniques et luxueux, déréglés, si l'on peut dire, à force de régularité, d'autonomie, de symétrie, et d'excellence.

*

On fait remonter à la dernière ère glaciaire, à moins cent mille ans, l'apparition d'un « langage humain caractéristique ». On ne dit pas quel. Ni s'il fut un. Ou plusieurs et d'une apparition simultanée. Ou plusieurs, successifs, mais sans le moindre contact, la moindre interférence. Ni si cette langue était fruste ou d'emblée très différenciée. Ou si la différenciation n'est pas aussitôt portée à « l'extrême différenciation ». Et quelle mémoire sur-le-champ l'origine avait développée d'elle-même, et les usages qui résultèrent immédiatement de sa présence, et la désapprobation que de telles « nouveautés » encoururent, et la honte sur le corps, et les angoisses sous la pomme d'Adam ou au centre du ventre où leur emploi a plongé.

*

Ils contrefaisaient les attitudes des proies dont ils se nourrissaient. Ces proies étaient alors la source de leur vie. Ils tuaient autant que la faim les pressait et autant qu'ils y réussissaient ces proies qui étaient leur père nourricier. Ils imitaient aussi leurs apparences pour les tuer et pour les rappeler à la vie, dans l'espoir de les tuer de nouveau sans qu'elles se retirent à jamais. Ces apparences étaient eux-mêmes. Ils s'imitaient eux-mêmes. Ils y avaient un don particulier.

Ces gestes étaient portés par le désir de s'approprier des êtres identiques. La culpabilité qui en découlait, rien ne pouvait l'apaiser. La rivalité à laquelle elle aboutissait entre les membres du même groupe, aucun système ne savait l'apprivoiser. Aucun mouvement collectif ne savait établir des rapports à peu près fixes d'équilibre ou bien de hiérarchie entre ceux qui dominaient tout à coup et ceux qui étaient assujettis soudain. Aussi les rivalités qui naissaient de la convoitise des proies de la faim ou du désir conduisaient à des conflits où les objets et les êtres qui en étaient la cause étaient progressivement oubliés. Ces conflits s'étendaient au-delà des compétitions où s'exaltaient les rivaux initiaux et contaminaient tous les membres du groupe.

Ils se parodiaient. Ils désiraient leur désir. Ils tuaient toujours, comme nous tuons toujours. Comme nous mangeons toujours. Comme nous désirons toujours. Parfois ils s'entre-tuaient ou parfois, tout à trac, ils s'agroupaient — ce qui n'est pas très différent. Ils faisaient corps contre l'un d'entre eux, qui leur paraissait comme la source de leurs maux et l'origine du sang ou du malheur ou de la faim où ils se débattaient. Ils choisissaient au hasard un contrefait, un malade, un étranger, un roux : n'importe qui pour peu qu'il leur parût se différencier d'eux tous. Tous, ils le mettaient à mort. C'était une effusion brusque et intense de la violence dont ils regorgeaient.

Après qu'ils avaient tué de la sorte, ils éprouvaient un sentiment d'assouvissement. Calmés et égaux soudain, dans la crainte qu'un geste inutile ou qu'un cri ne canalisât de nouveau la violence de tous sur chacun d'entre eux, ils regardaient fixement, totalement immobiles, totalement silencieux, la victime de leur violence. Ce silence était le premier silence propre à l'utilisation des langues. Le premier silence culturel — pour peu qu'on puisse tout à fait l'opposer au silence de l'affût. C'est le silence du sacrifice. La paix et l'unité ressenties par tous ceux qui étaient présents semblaient être les dons d'une puissance qui leur était extérieure et qui avait pour ainsi dire tenu les rênes de ce dessaisissement de tous à la violence massive. Ils avaient devant les yeux le corps mort de l'homme qu'ils avaient tué. C'était un objet qu'ils regardaient avec une attention soutenue. Ils ne s'en saisissaient pas : ils se taisaient et ils le désignaient. Cet objet était un signe. Signe qui était aussi arbitraire que la victime qui en faisait l'objet. Ce mort était plus qu'un homme mis à mort : il renvoyait à cette présence de tout le groupe tout à coup réconcilié dans la paix. En sa présence, ils avaient l'impression que la victime avait été la source de la crise, et sa mort sa résolution. Aussi bien ce cadavre leur apparaissait-il sous la forme d'un être double. Cet être devenait un objet et cet objet devenait un signe, et ce signe était la mort, et cette proie était comme l'offrande d'une masse ou d'une puissance qui leur était extérieure, parce que en effet ce signe présentait un premier embryon de signification : le responsable de cette fièvre était la source de cet apaisement et de cet apparentement. Comme il les avait jetés hors d'eux-mêmes, il les avait associés. Peut-être tendaient-ils la main en le désignant, pour une première ostension.

Puisque l'élection arbitraire d'une victime, puis son meurtre, produisaient une solidarité et une paix aussi miraculeuses, ils tendirent à chaque nouvelle crise à reproduire des meurtres de masse qui fussent le plus minutieusement semblables. Ils désignèrent des proies humaines pour les sacrifier comme chaque groupe avait des proies animales assignées pour survivre et ils édictèrent des règles ou des rites pour perfectionner cette ressemblance et accroître cette efficace. Ce qui avait été présent une fois, et avait assuré la présence de tous, se « représentait » de la sorte.

Lorsqu'ils organisèrent des meurtres, tâchant à renforcer cette impression de communication et de communauté, de paix et de présence (qui sont aussi les conditions fixées à l'usage d'une langue), ils imitèrent cette représentation, ils distinguèrent ces signes, ils nommèrent des dieux, ils multiplièrent ces rites, ils les exaltèrent sous forme de poésie lyrique, ils les reproduisirent sous forme de drame, ils les relatèrent sous forme de mythe.

C'est exactement une légende.

*

Les langues ne sont pas ces « cristaux » romantiques qui reflétaient le monde sous un jour assez fraternel ou universel. Mais telle langue un cristal, telle autre un crible, telle un vitrail, écran vide, grille, digue, claie, treillage. Telle un tambour cerclé, telle un tamis, telle canevas raide, tricot très lâche, telle une passoire et telle une écumoire, telle un sas et telle un van. Grenoir à poudre, blutoir à blé, passe-purée et rapatelle à crin. Telle poreuse et telle lisse et dure, telle à échos et telle sèche et sourde — épluche, sarcle, pèle, démêle, émonde, rebute, dissout ou noue, étrangle. Et autant de mondes que de langues et autant de soleils qui les éclairent et ceux-là même qui les perçoivent par leurs moyens sont préalablement bâtis à leurs images. Pas de modèle commun aux langues. Aucune équivalence. Non pas : pas de sens. Mais : trop de sens pour qu'il y ait un sens. Trop de fonctions contradictoires : pas de fonction.

*

« Je suis le mot du rite, je suis le sacrifice, je suis l'offrande et l'herbe rituelle ; c'est moi qui suis la prière ; c'est moi qui suis le beurre clarifié ; je suis le feu ; je suis la libation » (Bhagavadgîtâ, cv).

*

Sur le total des langues on voit mal comment édifier une construction imbriquant l'organisation biologique des corps lors de l'appréhension du sensible au système des formes linguistiques — sinon à supposer un biologique chaos, un sensible dissident, et un corps monstrueux, aléatoire et divers. Luxus. Hasard. Les formes linguistiques ne sont pas déclenchées par la « vie biologique ». Il n'entre là aucune nécessité, et il n'y a pas de besoin. Il est risible d'ajuster le langage à une construction du langage (le monde). C'est une floraison dont le relais n'a rien d'indispensable. Telle l'introduction de la mort chez des espèces immortelles.

*

(Pour souligner ce sentiment de déception que l'on éprouve toujours devant les constructions religieuses, sociales, scientifiques des mondes : il n'est pas assez difficile d'apparier la langue au monde quand le monde est un fils du langage. Une injonction lancée par un corps au-devant de ceux qui l'écoutent.)

*

Les formes du langage : différenciations de différenciations en roue libre. Accidents sonores moins arbitraires qu'hasardeux. Accumuler l'expression et l'expérience qu'elle permet et transporter un paysage mensonger, imaginaire, négateur. Obscurité, haine, sournoiserie, retrait, secret, silence sont des modes immédiats de verbalisation.

Non pas information et communication : falsification, fiction, dissimilarisation. Protéger l'identité fictive et non la communiquer (la susciter en ne la communiquant pas, et non la dissoudre ou en avouer la nature toute de poudre ou de vapeur dans l'espace commun de l'affrontement). Méfiance, ruse, habileté et cautèle et rouerie et renardise et subtile « connillerie ». Non la confiance, non la niaiserie d'innocence.

*

Rê, las d'être parmi les êtres, se retira du monde sur le dos de la vache céleste. Il désigna Thot comme son « représentant » sur la terre. Les choses écrites — disaient-ils — sont celles du Représentant.

*

Trois mondes. Le représentant, le dit, l'écrit. Trois mondes pour un seul réel : le référent indicible. Et nous nous noyons dans le représenté, le monde, le son, nous-mêmes.

*

Un bas-relief, dans la première cour de Medinet-Habou, représente un scribe qui décompte les mains droites tranchées (c'est-à-dire les ennemis tués) et un scribe qui les note. La « main qui note la main tranchée » — main droite tranchée après la bataille pour représenter elle-même le corps dont on ne saurait charger son cheval ou son dos, dans le dessein plus secret qu'on ne saurait laisser intacte la main vindicative, ni inhumable le corps maléficiant de l'assassiné — est celle de l'écrivain.

*

Le dieu islandais du langage a la main tranchée. Donner sa parole, c'est donner sa main. La parole qui prête serment tend la main droite devant elle. C'est la légende de la ville d'Anvers. Une ville est une main de dieu tombée par terre. Les doigts sont les rues, le sang : le fleuve qui la longe.

*

Un scribe égyptien, outre sa langue, lisait l'akkadien, le hourrite, le hittite. « Pourquoi voudriez-vous que je me soucie d'un patois naissant ? Vous dites le grec ? »

*

Langues elles-mêmes diverses et sableuses à l'intérieur de toutes parcelles de langue. Où est le poil ? Où commence la crinière ? Où se noue la corde qui la tire de la bouche ?

*

Disparités régionales, dialectes et patois. À l'intérieur des sous-groupes, cent distinctions marquant la condition sociale, la profession, l'âge, le sexe, l'obéissance, l'ambition.

Guerres entre elles. Chacun recourt à un segment de langue dont il use autant pour se différencier que pour communiquer ou repérer. Sauf dans le cas de communications plus extrêmes — dans le rire, le râle, la mort — et dont on ne peut plus exactement parler à l'aide d'une langue. On ne « communique » pas une « communication ». On communique dans la diction « cela » qui différencie et « cela » qui attroupe. Le meurtre ameute. Dissocier et associer, meurtrir et ameuter, on ne peut distraire ces verbes les uns des autres.

Dans la vie quotidienne : guerre des locutions-castes entre elles.

Soit duel, soit guerre, à tout instant, entre « jargon dissociant » et « convention associant ».

On rapporte que dans la Mongolie du XVIIIe siècle les religieux parlaient tibétain, les gouvernants mandchou, les commerçants chinois, les lettrés écrivaient le mongol, et les autochtones parlaient le dialecte xalxa.

(Des tresses enfin de l'une à l'autre, oppositions, modes, archaïsmes, citations, différenciations plus subtiles, poésies, inflexions, italiques oraux, rétention des gestes, maîtrise des bruits du corps, richesse du lexique, variété et débit des tours. Ce sont autant de défis.) Rixe de tout quartier. Village. Salon. Bidonville. Bergeries.

*

Dans ma tête, dans chaque tête, combustion, bouffées agonistiques, rivalités qui sont à mort.

*

Ne pas émerger du troupeau pour ne pas être le point de mire de l'inimitié ou de l'agressivité éventuelles. La différenciation par principe 1. doit être relative (pour être perceptible), 2. doit demeurer codifiée (pour être reconnue).

*

Dans le *Livre de l'Ecclésiastique* : « La langue déchire les hommes comme une panthère. »

*

Personne ne se trouve en situation de n'avoir jamais perçu au cours de sa vie les avantages et les freins qui dérivaient de sa situation dans le groupe, les droits que lui conférait cette appartenance, les censures, les exemptions, les protections qu'il retirait de cet état, les probabilités que les caractéristiques dues à un sexe, à une strate d'âge, à une classe sociale imposent à la communication avec autrui.

On joue à cache-tampon. Parfois on brûle. On a le sentiment tout à coup d'une fonction strictement belliqueuse des langues. C'est la langue des petits écoliers. Ce sont les subtils systèmes véhiculaires propres aux quartiers, aux minuscules milieux, aux petits groupes. Jean de La Bruyère, rue des Grands-Augustins, écrivit sous un roi tyrannique :

« La ville est partagée en diverses sociétés, qui sont comme autant de petites républiques. »

À vrai dire ce sont de grêles troupeaux. Ils barbotent dans le sang. Ils flairent l'ordure et le cul. Ils guettent l'éclat d'un désir dans le regard d'autrui avant de désirer eux-mêmes.

*

Il n'y a pas de « langue ». Mais des registres de langue. Des idiomes propres à des groupes, à des partis, à des coteries, à des familles. Ces langages particuliers, hantés de différenciations, comme ils élaborent leur « réel », se soustraient à lui. Ils enferment dans cette réalité intérieure.

*

Remy de Gourmont disait : « Il faudrait de longs développements pour seulement indiquer toutes les nuances du langage tel qu'il est pratiqué à Paris, tel qu'il délimite presque autant de castes que l'Inde en reconnaît. »

Ceux qui partagent la même pipe. Ceux qui boivent la même eau. Ceux qui mangent du riz bouilli. Ceux qui mangent des galettes de froment. Ceux qui ont un régime carné. Ceux qui invitent les charrons. Ceux qui lavent les linges de l'accouchement. Ceux qui vendent le poisson qu'ils n'ont pas pêché. Ceux qui écrasent les graines pour en tirer de l'huile. Ceux qui équarrissent les bêtes mortes. Ceux qui servent des femmes. Ceux qui font mal à la terre avec leur charrue. Ceux qui sont capables de se payer un sacrificateur. Ceux qui allument le bûcher de la fête de Holi. Ceux qui portent le palanquin. Ceux qui affectionnent la danse musulmane. Ceux qui rasent les aisselles et taillent les ongles. Ceux qui portent le feu crématoire. Ceux qui ne servent à rien et qui sont à peu près purs. Ceux qui chiquent l'arec. Ceux qui gardent le petit bétail de loin. Ceux qui ont très peur de la mort. Ceux qui se marient en naissant. Ceux que le fait de manger ne souille pas. Ceux qui mangent les tomates en ayant soin d'ôter les graines. Ceux qui n'agréent pas la fumée de ceux dont ils acceptent l'eau. Ceux qui n'ont pas la vache pour idéal [ou encore : ceux qui ont oublié le sacrifice]. Ceux qui confisent les fruits des fabricants de tuiles.

*

Une langue s'isole peu à peu des hommes qui la parlent afin d'étendre son pouvoir sur eux et de gagner, de cours de justice en cours de justice, de patois en dialectes, de villes en provinces, une communauté bientôt trop large pour demeurer sociale, et un espace vite trop grand pour que les voix s'y portent réellement et qu'elle puisse les rassembler d'une façon qui soit concrète. C'est l'écrit. Ainsi la langue s'isole-t-elle des hommes qui la parlent pourtant, et les isole, en eux un à un les abstrait, et entre eux les esseule, à force de ressemblance les vide, — et de la sorte, séparée, potentielle, abstraite, réglementant, peu à peu nationale et intensément négative, la langue a lentement porté l'abstraction de toutes parts, de même que son premier emploi passait pour disjoindre l'animal de la nature, pour rompre l'extraordinaire dépendance, l'épouvantable étreinte où les hommes étaient de communiquer leurs émotions ou leurs expériences, de simuler des sensations, et de les vivre.

Ainsi la langue est-elle devenue solitude, abstraction, vide. Le parleur vain, et l'objet de sa dévastation. Et relativement nul à force de ce vide. Et pis que solitaire à force de cette solitude.

*

Genèses incroyables. Que possède une voix qui puisse parler juste avant qu'elle soit née, dès l'instant où elle naît ? Il y aura de moins en moins de crépuscules et d'aurores. Un certain nombre de vieux monuments et de ruines sont avec le temps devenus déchiffrables. À chaque fois moins originaires.

*

« La Société de Linguistique de Paris n'admet aucune communication concernant l'origine du langage. » Société de Linguistique de Paris, 1866, Statuts de fondation, article II.

*

À la bibliothèque municipale de Rouen on peut consulter un recueil manuscrit du XVIIIe siècle qui est de la main de M. de Cideville. Il est intitulé très modestement *Traits, notes et remarques*. À la page 87 on peut lire ceci :

« Problème de M. de Fontenelle. Quelle

est la chose la plus difficile à apprendre montrée par des gens qui ne songent point à l'enseigner à des gens qui ne songent point à l'apprendre ? On sent bien que c'est sa langue, qui sans doute est la chose la plus difficile, et que nous apprenons sans y songer de nos nourrices qui ne songent point à nous l'enseigner. Mais comment tout cela se fait-il ? M. de Fontenelle dit qu'il y a beaucoup pensé et qu'il ne l'a jamais pu trouver. Il ajoutait qu'en se mettant autant que le peut un homme fait à la place où se trouve l'enfant, en écoutant par exemple parler une langue étrangère, il n'avait seulement pu deviner la séparation des mots. »

Encore que le dernier point que Fontenelle évoque ait peu moyen de convaincre. La séparation des mots est une notion d'homme qui sait écrire alphabétiquement (et non celle d'un homme qui a l'usage d'une langue).

*

— Vous vous souvenez ?

Quelque chose de rose, que nous appelions de façon amusante la langue, qui nous faisait de plus en plus honte, au point que nous l'avions exilée derrière nos lèvres dans nos bouches.

*

Si les mots étaient porteurs de vérité, nous ne pourrions pas nous en servir pour mentir.
Si les mots étaient mensongers, nous ne pourrions pas nous en servir pour mentir.
Une puissance assez sombre, défiant le réel, la vie, apte à détruire, à battre en brèche ce qui est en acte, immédiat, ressenti dans l'instant, fonde et transforme les langues. Puissance qui ne supplée pas la vie, qui ne relaie pas ce qui est organique. Une bourrasque désastreuse et anti-réaliste parfois ravage les continents.

*

Les arguments irrévocables.
Le sang monte au visage des enfants. Ils sont dans la plus totale sincérité mais incapables d'en apporter la preuve. Plus embarrassés que dans la détresse. Congestion inextricable. La circularité inextricable d'un cauchemar.

*

Il y a des pensées qui n'ont pas leurs mots.

Il est vrai que sans mots une pensée ne peut penser.

Mais il y a juste avant que les mots ne l'assouvissent une pensée qui se presse vers les mots sans les connaître déjà.

*

« Il n'y a que la vérité qui blesse. »

« Qui s'excuse s'accuse. »

Ces arguments sont comme des comptines et lancinent comme elles sous les préaux. La rougeur est accrue, l'inextricable se noue encore, tout le cœur s'empêtre et tous les mots chevauchent, et la honte de présenter au regard ces signes s'ajoute à eux et blesse. L'impuissance en est nourrie à mesure que le souvenir en revient, et augmentée dans les petites crises d'insomnie ou de brusques réveils affolés qu'elle suscite, sans cesse rendue plus effilée et plus déchirante. Et l'âge ne l'émousse jamais.

*

Lire, traduire, écrire sont indiscernables. La langue ne pèse que d'un seul poids. La parole parle. La langue langueye sous diverses formes, y compris sous celle du silence, qui n'est qu'elle.

Lire anticipe toute parole. « L'enfançon » est voué à épeler, à dire, à incorporer, à retraduire, à lire, à transcrire une immense « eloquentia » qui lui préexiste et qui l'engloutit. Ce sont des voix de géants. La langue est la très vieille et la très vertigineuse aïeule que chaque expérience ne peut jamais affronter entière. Âge avec lequel aucune durée de vie humaine ne peut rivaliser. L'enfant compulse dans le désarroi et dans l'ivresse partielle cet écheveau de lois, de maîtrises fascinantes, d'impuissances, et de terreurs. Il déchiffre au travers d'angoisses qui sont sans terme, d'humiliations qui sont sans secours, de collusions qui sont indémêlables. Il lit à l'aveuglée un chaos qu'il ne peut traduire en monde et « écrit » déjà, assujettit son corps dans l'éloignement des gestes et de la prédation, redresse la totalité de son corps dans le reflet de son nom propre et par l'usage tardif et malheureux de la première personne du singulier. L'enfant sait aussitôt que tout ce qu'on éprouve (le sang de ce qu'on éprouve) n'est éprouvé que suivant la capacité de langage de celui qui en est affecté. Et que le pouvoir ou la séduction qu'on peut exercer en parlant sont liés à cette maîtrise. Cette maîtrise entérine la désolation où plonge une ambition impossible.

Lire, traduire, écrire sont une même épellation au regard de dire. Qui écrit a lu. Lire, dans ce sens, c'est mettre à nu la métamorphose sans cesse préalable de la langue en nous et de nous en elle, le défaut (à l'inverse du dire) qui préside à l'échange. L'obéissance qui permet la relative présence. Écrire, dans ce sens, c'est lire sans discontinuer, et lire plus fondamentalement que donner à lire. C'est la liquidité du fleuve au contraire des lacs et des sources. Traduire enfin, c'est lire en deux langues mais ne lire aucune. C'est affronter en le lisant, en le traduisant, en ne l'épuisant pas, en l'écrivant, cet intervalle physique et erratique qui se trouve tout à coup situé entre deux langues mais qui non seulement est au bord mais se révèle peu à peu au cœur de chacune d'elles. C'est affronter la «rem», la «rien» des langues. C'est ajouter foi au langage au-delà des langues. C'est le pont et l'abîme.

On ne peut imaginer un écrivain qui n'aurait jamais lu. On ne peut imaginer un traducteur sans texte préalable. Même, on ne saurait définir l'écrivain comme celui qui traduirait «l'absence» d'un texte préalable. Écrire, c'est traduire sous forme de livre tout ce qui a été écrit — du moins tout ce qu'on a lu. Traduire, c'est écrire dans sa langue le lire d'une autre langue. Lire, c'est traduire sa langue et s'écrire tête et corps dans la métamorphose de la lecture.

Traduire, vraiment traduire, c'est peut-être le double mouvement où se dédoublent concrètement lire et écrire. C'est payer de retour le livre dans l'absence de langue, et dans la double langue qui n'est aucune langue. Jamais elles ne s'identifient dans l'absence d'écrit, et dans le double écrire qui n'est aucun écrire. Jamais elles ne coïncident de façon plus matérielle en lisant ou en écrivant. Traduire c'est suivre le texte dont on s'écarte. C'est toucher au doigt les fantômes des langues mêmes et, dans l'étreinte et la rivalité du mot à mot, toucher au doigt dans le même temps le sens inexprimable, le chaos et le défaut de sens à raison même de l'excès de sens : l'Infidèle, l'Inattribuable, le Contresens, le Faux-sens, le Non-sens. Ce sont les vrais fantômes.

Corps. Un mètre carré de sol piétiné que toute langue suppose. Silence. Plaintes et cris obscurs, gargouillis, bruits de broussis dans les taillis ou dans les haies, chants obscurs, patois et langues antérieures, errantes ou revenantes, soupirs. Écrivain, lecteur, traducteur, c'est inconfondiblement le même. La lecture est première, que l'écrivain traduise ou que le traducteur écrive. Imitation et restitution d'un unique sacrifice, et que figure comme hyperboliquement celui qu'a consenti de tout son corps autrefois un enfant.

*

1. Une opinion qui sorte de l'ordinaire. Le « philosophe » : le désir très linguistique de produire un récit qui recourt à un langage qui « sorte de l'ordinaire » de la langue. Un taillis inextricable qui brouille l'origine. Qui veut rendre indiscernable le repaire.

2. Les ensembles linguistique et psychique de l'argumentable sont limités. À chaque fois qu'on pénètre dans l'univers d'un philosophe dont on ignore tout, une constatation surprend la pensée : il y a beaucoup plus de systèmes qui se rêvent personnels qu'il n'y a de « systématiques », de « syntaxiques » possibles.

*

E. L. Gans.
Derrière tout usage du langage : le « pouvoir sacré de commander la présence communautaire ».

La vision de la proie dans les espèces animales est ce qui commande la lecture. Chaque animal est commandé par sa proie.

*

Toute victime est le père de celui qu'elle nourrit. Tout être est le fils du mort qu'il mange.

*

1. La langue ne peut pas lécher la langue.

2. La possibilité n'a pas été donnée à l'homme qu'il se voie les yeux clos.

*

Moines inutiles. Narcisses de Saron. Lentes civilisations qui leur ont donné jour.

Ils étaient voués à la contemplation, à la prière, à la règle vide, et à l'absence. Ils en imposaient le caractère anonyme et silencieux. Aussi conservaient-ils le trésor sans prix (la perte elle-même, le « trésor sans or ») de l'art, de la langue écrite, d'une langue morte sans cesse priée, chevrotée, cantilée, recopiée, enluminée dans les œuvres.

Voués à la douleur de l'acedia.

Caractéristiques : clôture, introversion, prière ou lecture, pureté, musique, réserve, initiation. Le refus du monde (l'absence de public). (La peur du désir, la peur de la séduction. La terreur de ce qui émeut.)

Une autonomie intraitable, un renoncement au monde, une apologie de la pauvreté, un rêve d'autarcie, de rétention, de rigueur formelle et d'humilité. Une discipline imployable.

Le refus du monde poussé parfois jusqu'au

plus extrême silence et jusqu'à la négation désertique.

Une grève fondamentale.

*

En 535 sous l'empereur Justinien les Chrétiens détruisirent les bas-reliefs inférieurs de la salle hypostyle du temple de Philae. Ils martelèrent des croix. Ils transformèrent le temple d'Isis en église. Sur l'ordre de l'évêque Apa Théodore, sous le commandement du général Narsès, les ultimes prêtres de l'Égypte furent jetés en prison. Les représentations des dieux qui ne pouvaient être transportées et fondues furent brisées. Les antiques idoles saintes furent envoyées jusqu'à Constantinople. Le dernier vestige de la vieille religion et le dernier murmure rituel d'une langue plusieurs fois millénaire, les Chrétiens les engloutirent tout à coup dans une nuit qui manqua être définitive.

*

Une règle terrifiante était pratiquée autrefois dans les monastères. On la nommait

« l'interdiction du secret ». Puis on la nomma « l'obligation de rapport ». La loi d'une infidélité générale et de l'impossibilité d'être intime, fermé, soi. Règle qui peut paraître pis que le vœu personnel concernant la chasteté ou du moins la non-pollution à laquelle était asservi le corps diurne. Car le vœu suppliait vers « l'oubli » de ce bout de peau, aux réactions si incertaines, et d'une nudité si délicate, et si improviste. Au moins le vœu permettait-il « l'hospitalité » du silence.

*

Non le silence. Mais le désir de silence.

*

Paradoxes du silence.
Le silence précède les langues. Mais le silence n'est pas. À chaque langue un silence. Il succédera à leurs disparitions. Mais les néants ne périssent pas. À chaque langue morte correspond un inaudible silence mort. Quand le silence n'apparaîtrait qu'avec les langues, s'il ne les précède pas, le silence cependant les aura précédées. Il ne les pré-

cède pas. Lors même qu'il disparaîtra avec elles, il succédera à leurs disparitions. Il ne leur succède pas. Il est plus ancien que les morts et quand on meurt la mort s'échange en « lui ». (À l'instar du nom de la mort, une fois qu'il est mort : ce nom, dans sa bouche, se décompose en lui.) La nudité, le sauvage, le temps, parfois, ne s'en départagent pas. La langue ne s'en départage pas. Il se confond avec l'épave de la terre et quand un monde survient le monde dans la terreur joue des jambes et lui tourne le dos. La parole le rompt. La musique évoque son défaut. Lire y sombre un tout petit peu — quelques frémissements qui se lisent encore parfois, à peine, sur le bord des lèvres de ceux qui lisent, et qui font songer à une envie de pleurer qu'on réprime.

*

Mais il n'y a pas de « langue ». Il n'y a pas de « silence ».

*

Le nom de la mort en qui meurt se dégrade

dans le silence qui le compose. Dans le silence la mort périt en qui meurt. Mais : « Il meurt ! » (À l'instant où le nom soudain a recouvré les silences que sa présence dans le même temps développe et soustrait, il n'est plus leur silence. Pourtant ne s'affranchit pas tout à fait du silence.) Périssement plus profond que la voix perdue dans le nom de la mort. Silence plus large que l'idée de la mort.

*

Si peu de silence. Même dans celui qui meurt le silence pousse des petits cris.
　Le silence « gargouille » dans le cadavre. Comme un ruisselet.

*

Chaque langue invente un silence qui lui est propre, qui assemble ceux qui parlent et ceux qui écoutent dans une présence singulière, que sa diction requiert, et que sa transcription agrandit. C'est un silence plus lourd. Silence qui forme le corps. L'oreille du corps. Il dresse le fantôme d'un corps dans ce corps mis au silence que suppose la langue. Silence qui est comme la peau, la marque totémique, le désir, le nimbe qui soudain revêtit le premier objet. Le premier mort qui fut linguistiquement montré. Silence : fiction plus efficiente que les fonctions fictives que les parleurs assignent aux langues qu'ils emploient.

*

Les mots, une fois écrits, suent une mystérieuse pellicule de silence. Les escargots laissent sur les bords des chemins une traînée lumineuse où au matin la rosée se dépose et le soleil naissant joue.

*

Les yeux sont entourés des restes d'une espèce de larme.

*

La syntaxe du livre abstrait un rythme qui n'est pas sonore ; elle l'immerge dans un silence qui présente une nette tendance à s'éloigner de plus en plus du site où les corps se désirent et s'appellent et où les sons contrastent. Il y a dans les livres quelque chose qui cherche extrêmement — suicidairement — à se séparer de la langue parlée et de la communication sociale. Très tôt la poésie chinoise ne put plus être lue à l'aide de la bouche. Il est vrai que celui qui écrit se retranche. Il approfondit son art à proportion d'une insatisfaction ou d'une difficulté à l'idée de communiquer oralement.

*

Silentium. Je vois la robe de Déjanire. Puis-je dire : « J'entends la robe de Déjanire » ? La langue invente des doubles, des absents, des chimères. Elle est et elle n'est pas la tunique de Nessus sur les cuisses d'Héraklès, sur le sexe d'Héraklès, sur l'épaule d'Héraklès.

*

Une part de silence est le propre des livres de littérature. Elle aimante obscurément dans l'attrait qu'ils exercent sur les individus qui les dévorent.

De même que l'aoriste français vit extrêmement dans les livres mais n'est plus parlé.

De même certains de nos plaisirs que nous nous avouons à peine à nous-mêmes. Que nous laissons à l'état d'idées et d'idées subreptices sinon tout à fait importunes.

*

Le réel est la séquelle de la langue. Le tout sans totalité qui échappe au tout organisé de la langue. Cette suite qui ne la suit pas est à proprement parler «immense». Chaque langue est perdue à l'intérieur de «son» réel — à l'intérieur de ce qui se dérobe à elle — comme la feuille d'une herbe dans la prairie. Et pourtant tout «réel» n'est que le résidu de «sa» langue.

*

Symboles. Ce sont deux morceaux de poterie qui s'assemblent et qui obligent. Quand les morceaux se réajustent, la forme reconstituée oblige les deux amis au don de la vie. Du moins à encourir la mort.

Ni la langue comme telle, ni le réel comme tel, ni le silence comme tel n'existent.

Ces morceaux ne se réemboîtent jamais,

quelque travail que fournisse la pratique de réemboîter (d'écrire), à quelque ordalie qu'elle expose le « réemboîteur ».

*

Les plus beaux livres sont peut-être encore enfouis sous un mamelon de sable. Ils ont peut-être été dévorés par les vers. Un saint les a peut-être grattés avec vigueur. Mais peut-être sont-ils encore devant nous.

Les arts ne connaissent pas le progrès. Ils ne le connurent pas. Ils ne le connaîtront jamais. C'est-à-dire qu'il y a des œuvres dont la beauté ne sera pas surpassée et qui sont très anciennes.

Comme ils discouraient à n'en plus finir, assis à l'ombre des platanes, au bord de l'Ilissos ou bien à Tusculum, ils ne faisaient qu'avouer ce qui échappait dans leurs discours au fait de discourir.

L'on ne fait que radoter ce qu'on ignore. Et aussi relever peut-être — autant qu'on en demeure capable — le défi dont on s'imagine que quelques livres des Anciens — que le hasard, la passion méprisée de deux ou trois amateurs, ont conservés —, comme ils ne cessent de se rappeler à la mémoire, dans la mémoire nous lancent.

*

Il n'y a rien à dire, et nous venons, sans que, à proprement parler, nous y ayons beaucoup donné les mains, à l'heure où nous venons. Nous arrivons tout à coup, après que plus de sept mille langues, durant des millénaires, ont parlé, et après qu'elles se sont retirées. L'on ne voit pas exactement, ni l'on n'entend tout à fait, dans l'air qui baigne nos bouches, nos oreilles roses, et nos visages, que tant d'entre elles se sont tues pour toujours, et se sont tues depuis si longtemps. Voilà qui peut porter du secours. Nul ne pourra dire « moins » que le silence qu'elles font.

XXIᵉ TRAITÉ

Jésus baissé pour écrire

À la différence de Socrate, Jésus a écrit. De façon étonnante les Chrétiens n'ont pas cru qu'il serait judicieux de conserver ce que leur dieu avait écrit. Curieusement ils ont sauvegardé la scène où le héros est en train d'écrire. Mais non les mots. Pas même la signification générale qu'ils pouvaient avoir. Ni ne mentionnèrent la langue dans laquelle il avait écrit. Ni n'ont précisé de quels caractères leur dieu avait usé. Cette scène étrange est dans Jean, VIII (*The Greek New Testament*, London, 1966, page 414). Jésus est assis dans le Temple. Scribes et Pharisiens mènent auprès de lui une femme qui a été surprise en flagrant délit d'adultère. Les sages hébreux rappellent que la loi prescrit qu'elle soit lapidée. Ils lui demandent quelle est sa loi :

« Mais Jésus, s'étant baissé, écrivait avec le doigt sur la terre. Et comme ils persistaient à l'interroger, il se redressa et leur dit : "Que celui de vous qui est sans péché lui jette la première pierre." Puis, s'étant baissé de nouveau, il écrivait sur la terre. »

À vrai dire le verbe que Jean utilise — κύπτω — ne permet pas de saisir si le héros est assis, se penche pour écrire, redresse le torse et lève le visage pour parler, ou bien s'il est debout, s'il se baisse — en s'agenouillant ou en s'accroupissant — pour écrire, se met en position debout pour parler, et de nouveau s'agenouille ou s'accroupit pour écrire. En revanche la signification prêtée aux gestes de l'écriture est claire. Le comportement de l'écrivain suggère l'indifférence. Jean souligne à deux reprises l'apparence d'un corps baissé, recroquevillé : il ne veut pas répondre ; il se recoquille ; il se détourne du monde qui l'entoure. En épousant la posture d'un homme qui écrit, le héros entend prendre l'attitude d'un homme qui ne prête aucune attention aux criailleries de l'entourage et qui veut ignorer avec superbe le piège où les scribes et les Pharisiens souhaitent le voir tomber. Écrire est ici mis en scène comme un acte qui isole du monde ambiant. Une anfractuosité où se soustraire au monde oral. Pour le dire de façon psychologique, le héros fait sentir un retrait très affecté. Celui qui écrit se tait et non seulement son silence met en évidence son désintérêt mais à la limite il laisse entendre de la désapprobation ou du mépris. Ainsi, de façon très paradoxale, la seule mention de Dieu en train d'écrire — et cela dans un livre qui va fonder une religion du livre — est marquée d'un net caractère archaïque. Jack Goody a montré de quelles façons l'écriture détourne et transforme considérablement la parole qu'elle est censée représenter. Elle modifie les modes d'apprentissage et de mémorisation autrefois associés à la voix. Elle introduit dans le monde un lieu au-delà du lieu où l'écriture se fait, et elle apporte un temps au-delà du temps immédiat où elle est inscrite. Elle métamorphose les rôles traditionnels dévolus à la mémoire et les fonctions sociales et poétiques qui y attenaient. Elle procure l'abstraction, l'isolement des mots, la possibilité de rendre visible la nature jusque-là uniquement auditive, rythmique, continue, impalpable, magique de la langue. Elle impose une brutale mise au silence de la langue. La totalité de ce qui parle se fait tout à coup taciturne : langue à la fois brusquement visible et brusquement muette. La langue devient semblable aux statues des dieux. Elle est un dieu qui se donne en se démembrant. Le fait d'écrire consiste à la fois en une fragmentation, une ruine irréversible, et un tri inachevable de la parole. Elle ouvre les dimensions extraordinaires de la table de comptage, de la liste économique, de la liste des soldes militaires, de la liste généalogique, de la liste astronomique et historique, des annales, des lexiques, des tableaux, des refrains rituels, des formules funèbres, des recettes culinaires, des ordonnances médicales, des ramas de proverbes. Ce faisant elle désordonne point par point le monde oral, met à distance de lui en le soumettant à l'épiement du regard, réorganise violemment son registre en réduisant au silence le monde social où les hommes parlent et se souviennent et où ils légendent les patrimoines et les intrigues des cités ; elle classe, met en liste, compte, supprime, hiérarchise. Elle humilie la parole humaine et en bouleverse les usages, les gestes, les sacrifices, les rites, les mythes — toute l'interprétation générale du monde si mouvante, si improviste, si mémoriale, si nombreuse et si variable qui l'escortait et qui dépendait d'elle. Aussi cette courte scène qui montre Dieu abaissé, écrivant dans le Temple un texte mystérieux, met à nu un «détritus». C'est une silhouette fossile dans le livre fondateur d'une religion du verbe de la crainte archaïque et orale et de la méfiance sociale devant l'écrit. Par un paradoxe dont je m'étonne qu'il n'ait pas surpris, c'est le corps du dieu lui-même qui, tour à tour se dressant, se baissant, mime ou danse de façon énigmatique une sorte de partage, ou d'admonition, ou d'hésitation entre ces deux mondes.

*

Ce type de scène romanesque — dans la mesure où elle est conduite à réfléchir les gestes mêmes de l'écrivain qui écrit le livre où il situe cette scène, c'est-à-dire dans la mesure où souvent elle est amenée à trahir la fonction qu'il se suppose et le comportement et les desseins qu'il préconise — présente toujours un caractère allégorique. C'est un petit emblème complaisant du livre dans le livre, tel le grêle témoin finement tissé sur le pourtour des anciennes tapisseries de l'Orient ; témoin rassemblant les traits tour à tour du tisserand, du spectateur éventuel et du gardien de la scène où il figure. Ce genre de scène romanesque peut être trouvé dans d'autres littératures. Dans un admirable roman chinois du XVIIIe siècle (Cao Xueqin, *Le Rêve dans le pavillon rouge*, Paris, 1981, page 684), le héros se promène dans le parc du palais, dans la chaleur suffocante de l'été. À l'approche d'une tonnelle de rosiers grimpants il perçoit — par-delà le chant des cigales — un léger bruit de sanglots qu'on cherche à étouffer. Il vient tout près de la tonnelle et, sans qu'il soit vu, à travers le treillage, à travers l'épaisseur du feuillage, il découvre la petite actrice Rectrice des Âges accroupie et grattant le sol au moyen d'une longue épingle de coiffure. Il croit tout d'abord qu'elle est occupée à enterrer des pétales de fleurs à l'aide de l'épingle ; il remarque combien elle est belle :

« Soudain il s'aperçut que ce n'était nullement pour creuser la terre et y ensevelir des fleurs qu'elle grattait le sol de son épingle, mais pour tracer des caractères d'écriture. Il suivit, trait par trait, les mouvements de l'épingle et en compta dix-sept pour un premier caractère. Il reproduisit du bout du doigt dans le creux de sa main, dans le même ordre et selon le même principe, les différents traits que venait de tracer l'épingle, pour essayer de deviner le caractère que composait l'ensemble ».

Le héros trouve que la petite actrice est en train d'écrire le premier des deux caractères qui désignent l'espèce du rosier grimpant qui fleurit sur le treillage de la tonnelle. Ce faisant il n'associe pas ce nom à Fleur de Rosier dont est amoureuse — sans qu'il le sache — Rectrice des Âges, petite chanteuse mélodramatique, tout éperdue d'amour, crachant le sang au point de ne plus pouvoir chanter.

Ici la scène est énigmatique dans la mesure où l'acte d'écrire sur le sol est soigneusement exposé sans que le héros puisse en comprendre le véritable sens dans le temps même où il le déchiffre longuement (au point de le reproduire lui-même de façon méticuleuse dans l'espace de sa main ouverte, avec son doigt). Au surplus, cette scène débute sur une méprise qui est loin d'être indifférente dans la mesure où les gestes de l'écriture sont tout d'abord attribués à une pratique funéraire (pratique qui domine tout le roman, les scènes d'ensevelissement de pétales renvoyant à la figure extrêmement dépressive et raffinée de l'héroïne, la Petite Sœur Lin). La scène de Cao Xueqin — ou Tsao Siue-K'in — souligne elle aussi cet étrange pouvoir que présente l'écrit de fragmenter le tissu oral, d'immobiliser, de disséquer, de piquer le flux de parole, d'isoler un mot dont le sens nécessite non seulement la lecture mais la relecture — permettant au terme des pages de recomposer une signification et un monde qui diffèrent totalement de ceux qui avaient été insinués tout d'abord. Plus précisément, dans cette minuscule scène silencieuse des rosiers grimpants et de l'épingle, si lire c'est être indiscret et voyeur, écrire c'est donner un nom qui dit et ne dit pas le vrai, dans un silence sans secours et à partir d'une méprise de nature funéraire (le nom de la tonnelle de rosiers sous laquelle

Rectrice des Âges écrit et le nom point perçu de l'aimé).

*

Une scène latine très ancienne présente d'une façon plus saisissante encore cette anormale, douteuse, brutale, contentieuse — au point d'être soit interprétée comme maléfique, soit imputée comme divine — «fission de l'oral» qu'est toute pratique d'écriture, et la médusante ambiguïté à laquelle ce comportement assujettit dans le silence qui lui est propre. Silence qui est au livre comme l'enveloppe d'or autour du dieu — et dont ces deux scènes dans le Temple de Jérusalem ou dans le parc d'un palais de Pékin maintiennent la mémoire. Dans Naevius (Alfred Ernout, *Recueil de textes latins archaïques*, Paris, 1916, page 144), une jeune danseuse est entourée de ceux qui prétendent à son amour. Ils dansent; ils chantent :

«Quasi in choro ludens datatim dat se et communem facit.

Alii adnutat, alii adnictat, alium amat, alium tenet.

Alibi manus est occupata, alii percellit pedem.

Anulum dat alii spectandum, a labris alium invocat.

Cum alio cantat, at tamen alii suo dat digito litteras. »

La jeune danseuse s'offre moins à « tous » qu'elle ne se donne à « l'autre » sans cesse : « Elle se donne à tour de rôle, comme si elle jouait dans un chœur, et se met en commun. À celui-ci elle fait signe de la tête ; à cet autre de l'œil ; aime cet autre ; cet autre encore, elle le retient ; son autre main est occupée ailleurs ; elle touche le pied de celui-là ; à cet autre, elle donne à contempler son anneau ; tel autre, elle l'appelle du bout des lèvres ; pour un autre elle chante alors que, dans le même temps, à un autre elle écrit de son doigt une lettre. »

Cette série d'*alium* et d'*alii* donne une impression d'infini. Possibilité déchirante et infinie que cette simultanéité et cette incroyable distance introduite entre le trait qu'un doigt dessine et le son que forment des lèvres. La pointe se concentre dans la figure non plus de l'interlocuteur mais de l'interprète de l'écrit, c'est-à-dire de l'absent, c'est-à-dire du lecteur. Succession d'autres qui aboutissent à l'autre hyperbolique, inattribuable, mensonger, qu'invente la relation écrite. Relation exceptionnelle : quelques mains qui se saisissent d'un morceau de langue écrite, celui-là sous les yeux duquel il tombe, il en est aussitôt le destinataire absolu.

*

Tout d'abord silence paradoxal et corps replié, silencieux, à deux doigts du mépris. Ce corps est refermé sur lui-même et dans cet étonnant « recoquillement » il additionne la solitude et l'inattention au monde qui entoure. C'est dans un « cercle de silence » que survient la scène d'écriture, que ce soit sur fond de murmures d'hommes qui se regroupent dans l'ombre, ou bien de craquètements lancinants de cigales dans la chaleur d'un parc, dans la lumière tombant à plomb. Jésus agenouillé et baissant la tête dans la fraîcheur du Temple. Rectrice des Âges accroupie par terre sous le couvert de la tonnelle des rosiers et tenant sa longue épingle. Au contraire, dans le fragment comique de Naevius, c'est encore un cercle de chants et de danses archaïques qui entoure la jeune femme qui écrit. C'est encore dans le monde oral et gestuel le plus animé et presque le plus effervescent qu'est exhibée crûment la rupture qu'ont consommée tout à coup, un beau jour, les lettres.

*

Cneius Naevius prit part à la première guerre punique. On rapporte qu'il fut blessé au-dessus du genou et à la hanche. Son bras ne tremblait pas. Il avait encore la vertu des origines, non celle d'un guerrier, qui n'est qu'humain, mais celle d'un chasseur, qui est tout animal qu'il poursuit et dévore. C'est là une des premières pages littéraires qui furent notées dans la Rome archaïque. Elle est encore honteuse, mal à l'aise, réprobatrice, scandalisée par l'écriture, scandalisée par cette possibilité du langage qui ne vient pas simplement se superposer à la voix comme une image univoque et fidèle ou comme un simple enregistrement de l'univers qui la précédait. C'est dans le « même temps », écrit Cneius Naevius, que la jeune danseuse chuchote « à l'oreille » de celui qui se tient auprès d'elle qu'elle l'aime et qu'elle dispose « au bout de son doigt » de la possibilité d'écrire à l'autre — à l'infiniment autre de l'écrit — son amour. Monstrueuse simultanéité. Incroyable et mystérieuse intrusion pour ceux dont la meute fut celle des loups, voyant, sidérés, la première lettre au bout du doigt d'une prostituée.

XXIIᵉ TRAITÉ

Traité du rouge-gorge

Jésus est sur la croix. Un petit oiseau gris tout à coup descend du ciel et volette autour de la croix. Il s'approche de Jésus et essaie à l'aide de son bec d'arracher le clou qui est à la droite du Seigneur et qui perce sa main.

*

Le clou bouge un peu ; le sang divin coule sur sa gorge ; il recommence encore.

*

Jésus ouvre les yeux, tourne son visage vers le petit oiseau gris, le regarde qui s'échine. À voix très basse il lui chuchote qu'en souvenir du secours qu'il a cherché à

lui porter sa poitrine restera marquée de
son sang jusqu'à la fin du temps, jusqu'à
l'extinction du monde, jusqu'à l'engloutis-
sement des oiseaux dans l'espace.

XXIIIᵉ TRAITÉ

La gorge égorgée

Il n'y a pas de lien nécessaire entre l'humanité d'une part et le livre d'autre part. Les sociétés les plus nombreuses n'écrivirent ni ne lurent. Ces langues n'étaient pas moindres, ni ces sociétés en quoi que ce soit infirmes.

Les langues qui furent accrues de l'écriture et de la lecture sans nul doute s'en trouvèrent transformées. Elles furent par un effet de retour au sens strict « inouï » lentement abattues dans leur silence propre. Comme elles ramassèrent et bouleversèrent tous les jeux et les registres et les fonctions qui faisaient la capacité de leurs voix, elles furent, sinon fondamentalement, du moins structurellement reconstruites au sein de sociétés plus ou moins promptement enrichies et agrandies.

Mais les langues qui se développèrent sans cette imprévisible et hasardeuse « fleur » poussée soudainement sur leur diction suivirent un nécessaire et millénaire chemin qui ne les ravale pas à l'égard de celles qui furent transcrites. L'absence de leur inscription les laissant si je puis dire plus profondément « hébergées » au sein de leur propre puissance, elle les rendit — dans leurs voix, dans leurs carences propres, leurs silences propres, et dans les groupes et les activités qu'elles associent — plus indissociées et tout autant incomparables. Une langue qui ne connaît pas l'écriture est une langue à qui il ne manque rien qui lui soit propre. Extraordinaire bouture ou ulcère, que l'écrit, et d'un développement sans nécessité. C'est seulement après coup que cette offrande ou cette métamorphose font destin pour les corps qui leur servent de suppôt et que leur usage fait s'unir. Le Père Jousse montrait les amputations et le sacrifice corporel et social que l'emploi des langues écrites imposait aux sociétés qui s'étaient abandonnées à cette abstraction et à cette métamorphose. Mais on ne saurait user d'un tour négatif, et d'autant moins dresser une échelle hiérarchique. Les sociétés orales n'ont pas une langue « amputée » des codes juridiques ou des œuvres littéraires qui leur sont impossibles. De même les sociétés de langue écrite n'ont pas une langue « amputée » de la vie et des corps et des jeux mimiques entre ces corps qui en sédimentaient la présence à la fois moins réglementée et plus étroite. Toute langue blessée puis couturée, est une prédation profondément sacrificielle, c'est-à-dire meurtrière. Une langue écrite : une gorge égorgée. Métamorphoses qui sont incomparables. Défi ni prestige, ni primat linguistique d'aucune d'elles, ni dans la capacité de leurs voix, ni dans l'étendue et l'échafaud de leurs silences et dans leurs impuissances. Les combats et les hégémonies nés à partir de ces sociétés avaient un enjeu et ont connu un essor qui n'avait pas une nette attache avec l'épanouissement proprement linguistique des langues qui les exprimaient.

*

La gorge égorgée, c'est Guillaume le Taciturne.

*

Il allait à Oea. Il tombe de cheval. Il est blessé au talon. Pontianus l'héberge. Il écrivit les *Métamorphoses*.

C'était en 150 et il s'appelait Apuleius. Les premières lignes disent : Le silence de l'écrit est un murmure. Le voyageur a un rêve : la tavernière chez qui il dort «escarquille» ses cuisses au-dessus de lui dans son somme et urine sur lui. Je cite la traduction de Jean de Montbryard qui est parue le 3 septembre 1601 : «Mais moy en l'estat que j'estois renversé par terre, n'osant haleter, tout nud, tout gelé, tout compissé, comme si je n'eusse fait que sortir du ventre de ma mère, voire à demi mort et comme survivant à moi-mesme et renaissant après mon trépas, ou qui n'attendois rien moins que la mort.» Il n'ose hurler. «Comme si je n'eusse fait que sortir du ventre de ma mère» traduit le latin : «quasi recens utero matris editus». Voilà le sens du mot éditer. Alors la tavernière troue la gorge avec un couteau et prend le cœur et lui substitue une éponge.

Il quitte le lieu en hâte dans la première

lumière ; il gagne la campagne ; il fait chaud ; il s'approche d'un ruisseau qui chante sous les arbres. Il empoigne l'herbe qui croît sur la rive, s'agenouille, approche les lèvres de l'onde : sa gorge vient à s'ouvrir et l'éponge en sort et va à l'eau qui la développe tandis que le corps s'effondre parmi les herbes.

*

Le cœur de l'écrivain est cette éponge. Elle cherche à s'imprégner de l'eau première aussi sonore qu'obscure qu'elle restitue. Un livre est une gorge égorgée qui se rouvre. Un souvenir « l'édite ». « Survivant au trépas » dit la seconde naissance. Entre les cuisses « écarquillées » de l'aïeule linguistique. L'éponge exprimée, les mots sortant à l'appel de l'eau, cette « rive » est la page.

*

J'empoigne comme je peux les herbes de la rive.

*

Les morts, disait Tacite, persistent d'une manière relative — mais qui est toujours bouleversante — dans le seul « tombeau du cœur » de ceux qui leur survivent, et qui leur ont marqué une espèce d'intérêt, une haine irrépressible, ou de l'amour.

Les sociétés persistent d'une manière relative dans le seul « usage de leur langue ». Toutes activités et émotions et pensées qui ont été consignées dans la langue — et dans ce fond étrange de mémoire sociale et de gémissement massif qu'elle ne cesse d'être — revivent tout à la fois momentanément et magiquement dans ceux qui usent d'elles. Monument pour tout ce qui ne se montre pas et ne demeure pas à l'état de vestige tangible. Parler sa langue, c'est aussitôt redonner vie aux expériences que ces siècles, en elle, ont lentement tissées. Qui parle en l'air commémore des milliards de morts, des centaines de siècles, les particularités et les miracles et l'ignominie sans fond et les similitudes d'époques nombreuses, de souvenirs sans sujet, une horreur sans âge, un sol d'Afrique peuplé d'os et jusqu'au corps d'Apuleius, qui était noir. Il commémore des sons qui ne sont pas tout à fait semblables, ni profondément différents. Cette similitude et cette variété, quand on leur prête attention, émeuvent en laissant impersonnel.

*

Il y a une espèce de parenté inhumaine qui naît des langues. Le bleu du ciel, le ciel ne le contient pas. Il est l'air qui se surajoute sans fin à notre regard. Cette couleur, qui est bleue, est une fiction elle-même, une fleur humaine et inhumaine épanouie au-dessus de nous. Elle est une sorte de signature de l'infini de l'air et du vide où nous baignons sans cesse précipitée sous l'espèce d'une couleur tendre que notre regard a inventée, et qu'il a réservée à notre usage.

*

Au sein d'un groupe d'hommes rien n'est plus étroitement lié au sort d'un groupe d'hommes que sa langue. À vrai dire c'est ce seul lambeau d'air qui l'agroupe. À vrai dire non : c'est toujours une proie qui agroupe des bêtes carnivores. Mais c'est par ce seul lambeau d'air que tel ou tel groupe se reconnaît lui-même ; résonne lui-même. Il prépare la chasse en résonnant.

Peu à peu ce sont cette communauté de stratagèmes et de pieux, cette communauté de postulats de pensée, cette communauté de postulats d'action. J'évoque une courte sonate d'inflextions de voix qui rassemblent un peu. C'est sans chaleur. Mais quand on prend conscience de cette paucité qui caractérise les systèmes linguistiques, cela remplit de stupeur.

*

Une sorte de « loi de nature » nous gouverne qui a fait que la totalité des hommes s'est répartie en communautés linguistiques. À dire vrai on ne saurait savoir s'il y eut des exceptions à cette règle. L. Weisgerber a noté quelque chose qui est proche (proche de la « physis » des anciens Grecs, proche de cette mystérieuse « floraison »). Paradoxe qui peut être exprimé plus faiblement en disant qu'il semble « naturel » que l'homme ait « l'usage d'une langue qu'il n'a jamais acquise naturellement ».

*

Une langue non écrite et une langue écrite ne connaissent ni n'évoquent des mondes comparables. Elles ne développent pas des sociétés comparables. L'écriture engendre un pouvoir de l'intellect personnel sur la langue, pouvoir qui est impossible à la vie orale où la langue n'est jamais dédoublée. Par l'écrit la langue devient un objet, quelque chose de visible et quelque chose de muet. Par exemple une grammaire, des articles de lois, des listes d'hommes, des tables commerciales ou calendaires. Le texte permet une « agriculture » de la mémoire, et permet une extraordinaire rumination de la portion linguistique qu'il constitue. Cette rumination peut aller jusqu'à mâcher de l'air, jusqu'à l'exaltation mystique la plus ivre, jusqu'à la poésie formelle la plus replète, jusqu'à la philosophie la plus hypnotique. Une langue écrite transforme la totalité de la parole. Soit elle la contient et peu à peu la « décide » — c'est-à-dire, en latin, lui tranche la gorge, la « désoralise ». Soit elle la spécialise soudain dans des activités sociales plus ludiques, ou plus érotiques et laïques, ou plus emphatiques et solennelles.

La pensée et le savoir propres aux langues qui sont écrites passent par des procédures qui sont difficiles à un monde oral : le stockage du savoir qui a précédé, sa mise en rang ou en ligne, son ressac critique, la possibilité de comparer, de trier, d'extirper, de hiérarchiser, la mise à jour des règles du jeu, la mise à plat spectaculaire des listes et des tableaux. De ce fait les sociétés qui se réfléchissent sous forme de langue écrite sont entraînées dans d'étranges lévitations et marottes, et entraînées à une systématisation plus ou moins mécanique et réglementaire : les traditions au sens strict, les généalogies au sens de véritables systèmes, les idéologies organisées, les arts spécialisés, la grammaire, l'histoire, la philosophie, les dictionnaires, la littérature de type romanesque ou la poésie de type chinois.

L'écriture est une lente explosion puis au sens strict un « alignement » du monde linguistique oral. De plus le texte écrit, sa conservation et son accumulation non seulement donnent du volume au savoir, du spectacle à la mémoire, mais encore donnent du temps à la pensée. Par cette fission du monde oral et grâce à ce stockage du cours du temps et par le moyen de cet alignement dans l'espace (ligne d'écriture ou colonne de chiffres), — grâce à cette dissidence au sein du flux verbal, cette thésaurisation, cette datation et cette hiérarchie graphique, l'écrit dote la société du «pouvoir du temps», d'une maîtrise à la fois érudite et logique, qui savent ranger et qui ne savent plus oublier (dualisme, symétrie, unité, comput, citations, références, systématisation, synoptique et panoptique, non-contradiction).

*

Pendant des millénaires la langue était invisible. Magique nuée, ou âme. Souffle animé et animant et animal dans le vent transparent du monde.

Tout à coup par le livre — par l'inscription graphique — la langue connaît un inimaginable tête-à-tête avec elle-même.

*

Il y a une part, au fond des langues, anti-orale. Pourquoi plusieurs civilisations ont-elles donné cours à ces langues qu'on écrit durant des siècles alors qu'on ne les parle plus ? Pourquoi perdurent-elles plus que d'autres, transmettent-elles leur silence, accumulent-elles leur pouvoir en l'absence des bouches qui les prononcent ? S'entretiennent-elles de livres en livres ? Et différencient-elles plus que jamais ? Le sumérien pour les scribes assyriens, l'assyrien pour les scribes phéniciens, l'araméen, l'hébreu, le grec, le latin durant des millénaires en Occident, le sanskrit et le pali durant des millénaires en Asie, ou encore l'exemple plus traditionnel du chinois des lettrés. Assourbanipal passe pour la figure légendaire des rois lettrés. Sa bibliothèque contenait deux à trois mille livres. Assourbanipal s'astreignait à l'apprentissage d'une langue qui était morte pour pouvoir lire les livres des Anciens.

Certaines langues s'épanouissent longuement dans l'histoire, de plus en plus immuables (et, par contraste, d'une apparence presque éternelle), à proportion qu'elles ne vivent pas, qu'elles ne sonnent pas, qu'aucun groupe ne les parle ni ne les soumet à l'épreuve du monde, des objets, des êtres, et des relations.

Au cours des histoires des peuples différents, ces faveurs, ces dynasties de langues non orales sont invoquées comme plus essentielles au cœur des langues, plus éminentes, et gagnent en règne et en autorité sur les langues vernaculaires. Comme une «parole due au silence», parlant silencieusement, plus efficace, plus sacrée, plus puissante et plus fascinante, entourée des petits grelots et tabourins des langues vives lui faisant cortège.

*

Le terme de fonction paraît miraculeux. Emploi ou rôle sont des termes qui ressortissent moins au miracle, quelque excessifs qu'ils soient.

La langue connaît quatre principaux emplois très différenciés : nutrition, gustation, langage, baiser. Deux d'entre eux, sinon trois, présentent un caractère nettement luxueux, supplémentaire. Non comptée la lécherie — pourtant une entêtante passion chez les mammifères supérieurs.

Lors de la nutrition le rôle de la langue est double. La langue permet la mastication et la déglutition. D'une part, lors de la mastication, les aliments sont découpés et broyés peu à peu par le moyen des dents et suivant les mouvements de la mâchoire. Ils sont humectés par la sécrétion de la salive. Ils sont projetés à plusieurs reprises sous la pression des dents par les mouvements de la langue. D'autre part lors de la déglutition, c'est la langue qui repousse la bouchée judicieusement vers l'ouverture de l'œsophage. Cette double capacité de la langue atteste son extrême mobilité, sa remarquable capacité de déformation (qui est aussi utilisée par le langage comme par le baiser). Cette double capacité maintient la vie.

Lors de la gustation le rôle de la langue paraît absolu. La langue se définit alors comme le support des récepteurs du goût.

Lors de la profération — par une sorte de supplément proprement féerique — la langue tire profit de son peu de spécialisation mécanique ainsi que de sa grande capacité de déformation pour moduler avec le secours des lèvres les sons linguistiques. La langue, par sa position et par sa matière, procure aux différents éléments sonores leur précision et leur perceptibilité. Ainsi c'est la langue qui assure la prononciation méticuleuse des voyelles, des consonnes, des diphtongues. Cet emploi bien sûr est luxueux et sans véritable nécessité. Cet usage ne maintient pas la vie.

Lors du baiser l'usage de la langue peut paraître plus particulièrement culturel, et surajouté de façon presque fortuite à sa capacité gustative. Toutefois le baiser est lié aussi à la capacité linguistique de la langue. Mais que la langue soit le support du goût (le seul type d'organe de reconnaissance purement chimique que possède le corps qui puisse entrer en contact avec le monde extérieur), le mouvement de connaissance inquiète, de manducation sursise, la recherche même d'identité qui portent l'amour s'y trouvent aussitôt intéressés. Tous les sens étant mobilisés, l'organe du goût apporte inévitablement son concours à cette avidité. La nudité presque sexuelle de cet organe, sa mobilité et sa sensibilité stupéfiantes, la connaissance par dissolution chimique des deux salives confondues — il y a une espèce d'exploration ardente du corps de l'autre —, et la langue par la gustation, mais aussi en tant qu'une espèce de « vestige de museau » possède un caractère passionnément exploratoire. Enfin que la langue soit la « godille » ou le « gouvernail » de la parole renvoie à une capacité d'identité, à une différenciation sociale, à une subjectivité (non plus mécanique, ni chimique) mais plus fragile, animée, aérienne, culturelle, qui en font presque un carrefour, un « quadrifurcum » d'identité, c'est-à-dire une sorte d'étoile à quatre fonctions, une sorte de petit site érotisé — presque un secret caché dans la caverne, dans la tabatière Régence, dans le surprenant coffret de la bouche. Le baiser est la seule façon concrète de toucher matériellement ce qui fait la voix de l'autre. À l'aide de la langue on touche ce qui donne le nom.

*

Celui qui aime lèche un nom propre.
Le baiser humain.

*

L'odorat et l'ouïe repaissent des symboles qui comptent parmi les plus forts. Ils émeuvent et révulsent plus que tout. Odeurs et cris, il semble qu'ils entrent dans le corps. La vue et le toucher bouleversent aussi — toutefois d'une façon moins assaillante. Par eux le corps n'éprouve pas qu'il est envahi. La vue ne communique pas — au contraire de l'odeur, du son, ou du toucher. Une distance sans cesse l'entoure et la protège. La proximité rend la vue aveugle. Enfin la voix : de façon à la fois très subtile et très compliquée et très abstraite. La langue ne communique rien d'immédiatement saisissant. Elle est à peine le reflet d'une odeur, le son d'un toucher, le visage d'un écho. Mais bouleverse aussi selon son mode, qui se substitue à tous les modes, mais de manière toujours différée et secondaire. La langue et l'attroupement, la sentence meurtrière qui gît au cœur de l'ordre ou le souvenir sonore du père ou de la mère entourant le nourrisson puis l'enfant, et l'absence, et l'impression de maîtrise, et la solitude, et le désorient.

*

L'écrivain est d'une certaine manière fondamentalement distrait, par son livre même, du besoin de communiquer à autrui sa pensée. Les langages les plus socialisés, les plus raffinés, rebasculent tout à coup à l'état d'écholalies et de gazouillis de bébés.

*

Les langues : des chaos à prétention de cosmos par des bêtes à affectation de voix-de-dieu. Des patia-patias.

*

Les communications non verbalisées ne sont pas les moins sémantiques. Le sentiment de la beauté est un segment de pensée non verbalisée. La vue de ces roches sombres sous la pluie, au milieu des vagues violentes, sous un ciel noir, mouvementé et bas. La vision du souvenir d'un corps. Tout n'est pas irrémédiablement réflexif.

*

La distinction entre catégorématiques et syncatégorématiques est due à Buridan.

Cette distinction partage la langue en segments linguistiques sémantiques (véhiculant des contenus de pensée) et en segments linguistiques syntaxiques (exprimant des connexions logiques). La passion des syncatégorématiques fut celle de Maurice Scève, de Stéphane Mallarmé. C'est le mot d'Héraclite : « Un dieu aussi est là. » Jean Buridan en était moins sûr. D'Héraclite, de Scève, de Mallarmé, Buridan était le plus irréligieux. Ils prirent les petits mots de liaison dans leur main. Ils la tendirent vers nous. Ils dirent : « Il y a de la beauté dans ces termes par eux-mêmes dénués de sens. »

*

Jean Buridan aimait le seigle de Picardie, les *écleuses* ruisselantes, la ville d'Aire et les monts de Gohelle. À Paris il possédait la chapellenie de Saint André des Arcs. Il appartint au collège du cardinal Lemoine du vivant de celui-ci — rue Saint-Victor, de 1305 à 1308. Il possédait la paroisse d'Illiers et celle de Bauvin-Provin, un canonicat à Arras et une custode en l'église Saint Sauveur de Saint Pol au diocèse de Thérouanne. Il passait pour un homme vénérable et discret. Il était l'ami de Jean XXII. Un jour il fit l'objet d'une émotion proche de celle de Lucrèce enfant. On a conservé — du moins le manuscrit latin est-il conservé au couvent cistercien de Heiligenkreuz — les souvenirs du *Voyage de Jean Buridan traversant la Regordanie pour aller en Avignon auprès du pape Jean XXII, l'orage éclatant sur Laval alors que Jean Buridan était dans le soleil.* Il aimait plus que tout — plus que toutes les Reines Blanches — la modestie, la discrétion, le style dubitatif, la manière d'Occam, les secrets, les paradoxes, les énigmes, les apories, les *double-bind*, les sophismes, les doutes oratoires et les *quaestiones* sans fin. Il répétait qu'il ne fallait conclure de rien, n'affirmer de rien sans doute, mais surtout ne nier de rien. En 1358 il dit qu'il n'était pas sûr que les éclairs de l'orage fussent des déchirures du ciel par lesquelles l'homme pouvait penser apercevoir un peu de la lumière du paradis. La même année il dit qu'il était néanmoins certain d'une chose sur cette terre : que les blés de Picardie et de l'Île de France, au temps de la maturité, étaient généralement penchés vers l'est. On rapporte qu'en vieillissant sa subtilité s'exerça à vide. Il aimait voir couler la Seine et la Bièvre. Mourant, il dit que le philosophe — que n'importe qui parlant de l'univers — était comme un aveugle qui parlait des couleurs.

*

Quelque chose de non anthropoïde dans les langues fascine. Le fasciné se nomme écrivain. Très rares sont les écrivains. Desservants hantés d'un peu plus que la langue. De ce qui cherche à être langue, à l'origine de l'affût, et qui aurait pu ne pas l'être.

*

La langue n'est pas un répertoire virtuel immobile auquel le locuteur emprunte. Elle est un système de formes qui fait paradoxalement l'objet d'un travail incessant où les locuteurs sont pris mais où ils ne décident pas par l'effet de leur propre pouvoir. Le lent travail de métamorphose des langues n'est pas à l'échelle humaine. Il n'est pas national. Pas de langue sans locuteurs mais pas de transformation des langues qui soit véritablement anthropomorphique.

Illusion qu'un livre puisse agir sur la langue commune, transformer une catégorie ou produire une classe nouvelle. (Pourtant Ekhnaton dans l'ancienne Égypte, les noms d'Amon martelés jusque dans les tombes et la réforme orthographique, ou encore le déplacement de la lettre *z* dans l'ancienne Rome sous l'instigation d'Appius Claudius.) Quand bien même tel ou tel homme créerait un terme neuf ou userait d'un procédé de composition qui ne serait pas attesté jusqu'à lui, il ne l'aura créé qu'à deux conditions : 1. que la langue le permette, 2. que le groupe et le temps l'imposent. Il n'est pas capable de l'imposer. Il ne l'aura suscité qu'autant que la trace survivra à la disparition de son supposé créateur.

Les *e* cornélien ou ronsardien ne sont que des petites innovations graphiques mais ces *e* mêmes et leur système (e, é, è, ê...) n'ont pas de Ronsard ou de Corneille à leur origine. Comme le chant ou le mythe, l'espèce zoologique ou le genre littéraire, la langue s'essaie lentement, se rabote, pousse des branches ou stérilise ou rétracte des possibilités à l'épreuve des générations d'hommes qui la répètent et s'y répètent interminablement. Métamorphose qui n'est jamais « assujettie » à des « sujets » et qui n'est que plus ou moins « accommodée » aux différents groupes concurrents qui en disposent dans le temps. Mais dans le même temps elle demeure serve de la nécessité propre du système qu'elle forme — et la logique en est plus autonome que proprement sociale ou humaine.

*

Il y a une idée convenue de la perfection de chaque langue, que leur diversité même suffit pourtant à démentir. Perfectionnement qui serait dû à l'usage de tous et à la capacité d'élire et de travailler dont on accréditerait la succession des siècles. Tels l'oiseau et l'air, écrivait É. Chartier. Tels le bateau et la voile. Tel le moulin. Telles la faux et la serpette. Telle la langue. Par la lente élimination des erreurs, par une sorte de direction connue, assurée, pourtant aveugle, par la patine, ou par l'usure peu à peu du nuisible et de l'inutile, un inventeur multiple et séculaire ferait les choses belles, véraces, efficaces, perfectionnées, définitives. De là la conclusion providentielle : « Il n'est pas vraisemblable qu'il subsiste plus de graves erreurs dans la structure d'une langue naturelle que dans la forme d'un bateau de pêcheur ou d'un poisson. »

*

Il n'était pas vraisemblable qu'il subsistât plus de graves erreurs de l'édification d'Auschwitz. Il n'y a aucune confiance à avoir dans le temps. Il n'y a aucune confiance à avoir dans le nombre. Tous deux sont des masses. Épouvantable confiance humaine dans le temps, qui ne fonde que le néant.

*

Le temps n'est rien. L'histoire n'est aucun tri. Le temps ne s'est jamais échangé qu'à la mort.

*

Méfiez-vous de la langue comme des grands. Méfiez-vous des grands comme du temps. Méfiez-vous de l'histoire comme des masses. Ne demandez pas à l'océan qu'il désaltère. Il faut porter nos mains vers les petites sources.

*

Les formes aberrantes ou ambivalentes ou contradictoires sont légion. Les langues humaines ne sont pas non contradictoires. Elles n'obéissent pas au principe de raison qu'elles permettent de bâtir. Au cours du temps ces formes envahissent les langues. Cette ivraie ne s'élimine pas. Du moins leurs vestiges, sans ordre, se superposent et s'entassent. On ne sait plus d'où tout cela vient. On le pressent. On en ressent la perte. Les étymologistes sont ces endeuillés. C'est le trésor.

*

Otto Jespersen écrit que la langue la meilleure est « celle qui va le plus loin dans l'art de faire beaucoup de choses avec peu de moyens ». I.e. « celle qui est capable d'exprimer la plus grande quantité de sens au moyen du mécanisme le plus simple ». L'argument est fatigué et faible. En quoi le menuisier fruste et isolé, ne travaillant le bois qu'avec l'aide d'un petit couteau, est-il supérieur à l'ébéniste entouré de tous ses outils ?

Les langues se soucient comme de l'an quarante de leurs vertus, de leur efficace, etc.

Seuls les hommes qui en disposent rêvent ainsi à leur sujet.

*

L'évolution des langues ne définit pas un progrès. Des transformations se succèdent. Anthropomorphisme que le sentiment souvent formulé d'un avilissement, parfois suggéré d'un perfectionnement.

*

À force d'être au monde, les langues ne s'y apprivoisent pas. Ces tigres ne deviennent pas des chats. Elles ne se découvrent pas plus aptes ni plus compréhensives. Ni plus sceptiques quant à leur pouvoir. Les œuvres ne sont pas plus découragées ni moins audacieuses. L'instruction de la langue dans l'extrême enfance et dans le son de la voix maternelle ajoute sans cesse à ce médium une « confiance » absurde. Une « fides ».

*

Les langues ne vivent ni ne meurent. Il en résulte que leur désaffection, leur amuïssement, leur abandon ne sont pas en théorie irréversibles.

On peut imaginer, soudain, le retour de telle ou telle langue morte sur terre.

*

« La nuit tombait. Le patron du bar s'approcha du commutateur électrique. Toutes les lampes au-dessus des tables s'allumèrent. L'une d'entre elles versa soudain une pluie d'or sur les cheveux de Suzanne Bauer, jusque-là rencognée dans l'ombre et silencieuse. C'est ainsi que nous découvrîmes qu'elle pleurait. »

Reviviscence d'une langue tout à coup. Mots ruisselants de nouveau sous une « pluie d'or ». Un ami prononce devant nous tout à coup le nom d'un être mort et pour lequel on avait éprouvé de l'amour. On voit son visage soudain ; son corps ; la posture de son corps.

*

Il n'y a pas de savoir absolu puisqu'une énergie qui est indéfinie préside au développement de la pensée. Pas davantage une langue achevée autrement que par l'extermination des hommes qui en ont l'usage.

*

La pensée, disait Hannah Arendt, est un « appétit de signification ». Le mot « appétit » rappelle au jour la prédation première, la renaissance infinie de la faim, l'inassouvissement qui nous bâtit. La signification suppose de même un déséquilibre incessant entre sens et non-sens que le temps travaille et ne cesse de relancer ou de déséquilibrer davantage. La pensée est moins une activité qu'une espèce de besoin famélique. On ne parle pas de façon exacte d'activité de manger, de boire, d'aimer. C'est en tant que cette action même que la pensée surgit : il n'y a à proprement parler aucun résultat de pensée, aucune « chose pensée ». Des os. Rien ne peut prétendre survivre à ce qui a fait l'objet de l'opération de pensée.

*

Hannah Arendt dit que les « hommes qui ne pensent pas sont comme des somnambules ». Ceux qui pensent de même.

*

1. Se distraire pour ne pas penser.
2. Penser distrait.

*

Chaque langue rassemble des dieux, des passions, des souvenirs lancinants, des animaux, des êtres humains, une longue histoire, des avenirs et des forfanteries caractéristiques, des êtres, des lieux, des relations et des choses. Tous, ils sont contenus dans des noms. Ces noms, ces illusions, chaque langue les rassemble à l'aide de formes et de tours particuliers, de petites cristallisations spécifiques, de syncatégorématiques, de locutions, d'images, de petits contes minuscules qu'un groupe d'hommes peut continuer d'animer, ou qu'il peut subitement préférer rejeter tel un contrat qui paraît nul, ou une convention vide.

Les livres sont les seuls objets qui se souviennent des langues d'une façon qui est visible.

*

Jadis des livres se souvenaient que les hommes aimaient les langues. Les vrais livres entretiennent la mémoire d'une sorte d'amour de la langue. J'éprouve personnellement un sentiment beaucoup plus proche de la haine. Les chasseurs aimaient leur arc, mais point leur bouche. Ils aimaient leurs arcs au point d'en faire des lyres, des luths et des gambes. Conduite qui paraît incroyable ou risible, ou suspecte : « aimer » une langue. Aimer d'amour la langue où le hasard a fait baigner quelques mois puis naître. Et ils en délivraient une sorte de présence.

*

Nous avons des oreilles pour des êtres qui ne parlent pas. Nous « entendons » la non-langue. Ainsi une mère entend-elle extraordinairement le corps de son enfant nouveau-né. Elle entend telle une « langue » tous les gestes et le bruire de cette miniature de corps.

Dans *L'Orestie*. « Il faut être un peu devin », dit Kilissa.

*

Po-chang dit : « Il est inutile de chercher la compréhension à travers le langage et les valeurs dans les mots. La compréhension appartient à la gourmandise et la gourmandise mène à la maladie. »

*

Il y a plusieurs versions du paradoxe du menteur. La transcription par Cicéron du paradoxe du menteur me paraît la plus sombre. Pour reprendre un vieux verbe qu'on trouve souvent chez Robert Garnier : il a « amertumé » le paradoxe. Le mensonge n'y a plus d'énergie. Il semble avoir perdu toute puissance de contraste. Cette leçon retenue par Marcus Tullius Cicero au début du premier siècle aboutit à un vrai détraqué mais curieusement embarrassé et universel. Empêtré. Humiliant :

« Quand tu dis que tu mens et que tu dis la vérité, alors tu mens. Mais tu dis que tu mens et, ce faisant, tu dis vrai. Donc tu mens. »

*

Michel Bréal écrivit :

« *Armare naves* est une expression consacrée. Mais elle nous cache une sorte d'abus de langage puisque *armare* signifiait se couvrir les épaules. »

*

Le mécanisme qui préside à chaque langue n'est pas rationnel. De très loin la raison est postérieure aux langues. La différenciation et l'arbitraire y jouent un rôle plus spontané que les similitudes et les chaînes absolument motivées. Ferdinand de Saussure a introduit ce singulier groupe de mots : « système naturellement chaotique ». Quelque chose de non anthropoïde, une part de nature, un chaos, une coalescence liée au temps, au corps de l'homme, aux sociétés humaines, avec leurs propres désordres, et à ce qu'il nommait, très incompréhensiblement, la « parole ».

*

Selon Ferdinand de Saussure, accentuer le caractère grammatical d'une langue, paupériser le lexique, tel serait le vœu d'une prose proprement littéraire. La littérature nourrit le rêve de motiver la langue.

(Il y a une espèce de refus ou de peur — dans les littératures — de l'arbitraire d'une langue, et à l'autre pôle, de la barbarie pure et du silence linguistique. Alternative qui ne se déracine pas de la tête : ou arbitraire et quoddité, ou violence et désordre. Mais ce n'est pas très loin.)

*

Émile Benveniste disait en prenant le thé que la langue était l'entretien. 1. La langue est le système interprétant de tous les systèmes. 2. La langue est l'interprétant de la société. Elle est ce qui se tient entre tout. Elle est ce qui se tient entre tous. Elle est l'entretien de tous les systèmes. Elle est l'entretien de toutes les communautés. Elle est l'entretien de tout.

*

L'écriture est une allocution « presque vide ». Et extraordinairement intériorisée. Michel de Montaigne connut un peu Étienne de La Boétie. Il goûta sa mort. Puis il inventa l'amitié qu'il lui avait portée et la proposa comme une « parfaite et entière communication ». C'est du moins ce qu'il écrivit longtemps après que le corps de La Boétie a été dévalé dans la tombe.

Rétablir cette communication qui tenait la tête hors de l'eau de la vie ordinaire, de l'ennui, des guerres religieuses, de l'oubli.

Se dédoubler soi-même dans un « tenant lieu d'entretien » qui rappelle la confidence de l'amitié. Renouveler cette consistance que le regard de l'autre et l'attention et l'écoute bâtissaient.

Restaurer l'entretien plutôt que l'amitié. La nostalgie de l'entretien bat et anime comme un cœur les *Essais*.

*

La langue est l'interprétant de la société et l'argument réciproque n'est pas vrai. Le rets des signes peut être converti en langue et la réciproque n'est pas possible. La capacité de signifier de la langue est la capacité de signifier par excellence. Tout système de signes (peinture, musique, etc.) qui veut montrer sa capacité de signifier recourt à la langue. Ce n'est pas en mêlant et en appliquant des couleurs, en stockant des sons, en amoncelant des rochers, qu'on montrera la capacité de signifier d'une peinture médiévale, d'un accord chinois, d'un temple mésopotamien. En revanche un mythe, un poème, peuvent recourir à leur matière même pour exprimer leur mythologie, leur beauté ou leur forme. Tous systèmes non linguistiques ne disposent d'autre langue pour s'interpréter que la langue même.

*

Toute langue fonctionne à l'intérieur d'une société — ou à l'intérieur du fantôme d'une société — mais aucune société n'englobe ni ne domine la langue qu'elle parle. Car la langue permet la société, non l'inverse. Et ce qui tient ensemble des hommes, ce qui fonde tous les rapports qui eux-mêmes fondent une société, c'est la langue. « La langue est la condition de possibilité d'une société », aimait répéter Émile Benveniste. Je pense que c'est là un songe. Ce sont les sons imités et les mœurs de la proie. Émile Benveniste affirmait de façon anthropomorphe et audacieuse : « La langue contient la société. » Ce qui est dans notre bouche nous contient : mais ce n'est que très secondairement une langue. Ce fut d'abord plus nourrissant.

*

La langue est devenue : cela qui cherche à ressaisir le pensable et à le précipiter comme tel. Comme le héros d'Apullius empoigne les herbes de la rive au-dessus de l'eau qui court et qui hèle son cœur. Le cœur de l'écrivain est chose spongieuse. Diviser pour régner. La langue distingue et subdivise et subtilise tout. Le délire du prêtre sacrificateur d'une découpe infinie y tâche à tâtons de régner, d'être de plus en plus au centre de la langue, unique, sans rival, régissant, possesseur. Ambitionne de figer ce qui est sous des aspects parcellaires de plus en plus noués, tissés, de plus en plus soumis à un rêve ou à un mythe sanglant central sans cesse reformé. La langue semble assujettie à un désir opiniâtré de tisser, de « tistre » des dépendances à l'intérieur d'un motif à juste titre récemment nommé structeur, structural, constructeur. C'est de façon physique et millénaire que les langues ne cessent de construire des corps, d'instruire des cerveaux, de renouveler pour ainsi dire biologiquement le ravage de toute enfance. Quelque chose s'y efforce, qui cherche tout à la fois à accroître un champ et à réduire un corps. La langue est difficile à lire dans ce qui explore et qui fourgonne au sein de ses préhensions diverses, au sein de ses tâtonnements dans l'alogos. Imperceptible pieuvre, transparente et flasque comme une glaire humaine, poussant des bras dans l'alogie et la lumière éblouissante du réel.

La langue est violemment « non théorétique ». De là les mystiques, les ostensions aussitôt silencieuses.

*

La langue est le seul règne sur terre où il y a du sens. Joie noétique. Véritable ivresse. Incroyables espoirs que rêvent ceux qui attachent leur sort à ce règne et croient ce faisant s'y inclure. Pouvoir de souffle et de papier. Scène fragile dont les relais se dénombrent sur deux ou trois doigts d'une main (la conversation amicale, un livre…). Ce qui est, la terre sous le monde, l'animalité de la condition, l'alogie, l'acosmie premières et irréfutables, mais aussi la faim, la soif, le besoin, le désir sexuel, l'avidité du pouvoir, la voracité de la reconnaissance, la curiosité, la peur, la guerre, la souffrance, la mort déchirent sans cesse, trouent sans cesse, arrachent sans cesse cette « robe d'apparat ».

*

À vrai dire la langue n'est pas le sens. À partir de la langue, il y a ruissellement de sens. Sens toujours en excès, polysémie qui bout jusqu'au non-sens. Qui aboutit à un piaillement qui n'est pas audible.

Le règne de sens que la langue ajoute au globe terrestre et à certaines de ses caractéristiques (dont nous-mêmes à l'égal de l'herbe, des poissons ou des cailloux blancs, quoique nous soyons beaucoup moins anciens qu'eux et beaucoup moins durables) est lui-même insensé. Le sens est inexplicable. Son excès anéantit sa généralisation. Sens inattribuables. Les dictionnaires ne recensent jamais un monde, mais une pluralité de mondes inconciliables ; ils s'ingénient autant qu'ils peuvent à réduire cette diversité que le ruissellement suscite. Ils s'efforcent d'apaiser cette ébriété dans le dessein de la rendre plus convaincante et plus stable ; de lui plonger la tête dans l'abreuvoir ; de l'immobiliser ; mais c'est une addition de cercles avec des pattes d'araignée, avec des chiffons jaunes, avec des formulettes d'exorcismes, avec des branches de lilas, avec des peurs, avec des visages aux joues pleines, et des nombres.

*

Le langage est une technique du corps. Même, il est la technique la plus souvent utilisée pour passer des prédilections privées aux mœurs publiques. Le comportement verbal trahit plus que toute autre activité. Un corps nu qui vous adresse la parole est aussitôt couvert des dix mille oripeaux de l'oiseau Tcheu. Nous consacrons la totalité de nos heures de veille à ajouter des mots à des mots dans notre tête. On peut définir l'état de veille à l'exemple de l'origine du monde chez Lucrèce : une pluie drue et continue de mots dans la tête.

J'ai un certain nombre d'amis qui considèrent que les clinamens sont les livres — non les cris d'agonie.

*

Il n'y a pas de pensée sans langue. Il n'y a pas de société sans langue. Il n'y a pas de sujet sans langue.

Il n'y a pas de réalité sans langue. Il n'y a pas de père sans langue. Il n'y a pas d'amour etc.

*

La langue apporte avec elle le temps au monde et à l'homme. Pour reprendre de vieux termes grecs la langue administre par défaut la preuve de l'asémie de l'univers. Alogie péremptoire d'un pré-logos dont sa présence même ôte jusqu'à la pensée. Plus encore : c'est la langue seule qui dote la pensée de la possibilité temporelle d'un « avant elle-même ». Pour reprendre résolument ces mots antiques : l'antéro-logos, le non-monde, l'acosmie sont encore des effets de sa présence. Le hasard de sa présence, le fait de cette offre, c'est la pure capacité de signifier (ce qui engage d'emblée sens et non-sens, c'est-à-dire interdit l'exclusive envers l'une ou l'autre possibilité).

Avant la langue il n'y avait aucun sens, aucun non-sens, et l'impossibilité de cette affirmation, et ni avant ni après, le temps même supposant le repère, l'instance et l'échelle de quelqu'un qui parle et qui engage le « maintenant » dans sa parole. Ainsi : avant la langue, ni sens ni non-sens ; avec la langue, sens « et » non-sens (ou plutôt offre de sens et défaut de sens). Mais la notion de « sens et non-sens » n'est qu'une petite bouture parasite du fait de la signification.

*

Quel qu'il soit, le nom d'une chose est toujours « immensément » postérieur à la chose à laquelle il fait signe (encore qu'au sens le plus immédiat ils soient, chose et mot, inéluctablement contemporains du mot lui-même). Il faut non seulement noyer, chaque fois qu'on l'utilise, le mot dans l'arbitraire de sa forme, c'est-à-dire dans le système général d'une langue particulière que tout terme particulier suppose, mais encore, si j'ose dire, l'oindre en le baignant dans cette précession, cette distance immense qui le séparent de ce qu'il croit qu'il a dit.

(Non seulement elle l'a séparé dans le temps mais elle l'assujettit à la distance sans nom qui le précède et qui persévère — peut-on dire — cette séparation. De façon hyperbolique, le travaillant toujours au-delà de sa forme temporelle. Si une chose, au sens strict, n'est rien si elle n'a reçu un nom, un nom n'est rien si cette distance ne l'écartèle pas dans ce rêve d'une chose qui est et le précède d'une façon «immense». D'une façon sans «dimensions propres». D'une façon divine. D'une façon maternelle. Le langage, qui est à la source de tout, n'est pas à sa source.)

*

Le propre de la langue, non seulement en regard de la parole, mais encore dans la parole même, se caractérise par un excès de sens qui ruine l'obtention de sens. L'errance polysémique et polytropique, l'accumulation excessive des significations, la pléthore d'idées, d'injonctions ambivalentes, de compréhensions incertaines est le premier contact avec la langue (que répare le dictionnaire dans le cas des langues écrites) et la première expérience de la parole (le malentendu que cherchent à corriger les mimes du corps). Cet excès de sens est la possibilité du sens : il fonde le choix, le mensonge, la recherche, le non-sensé et la signification comme relation. Jamais définitive, jamais limitée, jamais égale, jamais objective, jamais univoque, c'est ainsi que la langue ne cesse de faire irruption en nous. Ce sont ces caractères qui laissent dans la bouche, quand on parle trop, le goût extrêmement fade de ce qui n'est pas saisissable et de ce qui ne sera jamais retenu. La langue procure au monde en même temps le sens, l'excès de sens, le défaut de sens, et l'appétit de sens.

*

Ce que l'on conçoit vraiment ne s'exprime plus. La pensée peut être une sensation qui confond. Le sentiment de la vérité, l'intensité de la vision ne passent pas dans l'expression qui les évoque. Le vers de Nicolas Boileau dont usent beaucoup les imbéciles, selon lequel ce qui se conçoit bien s'énonce clairement, suppose une neuvaine de postulations toutes fantastiques : tout ce qui est au monde possède une idée claire, tout ce qui est au monde possède un nom attribué dans chaque langue, toute pensée est intégralement verbale (c'est-à-dire 1. toute opération de pensée est parallèle au schéma logique de la proposition, 2. tout objet de toute opération de pensée a la forme d'un nom connu), le monde est fini, la langue est finie, la pensée est finie, le monde est cohérent, la langue est la bonne, la pensée est juste, le monde est un et englobant, la langue est une et docile, la pensée est une et accordée à la cohérence d'un seul monde, et accordée à une seule langue, dont elle est maîtresse, et qui est transparente au monde, et qui est agréée par la vérité, etc.

*

Nous disons : « La langue ». Or, qui parle ou écrit, il ne peut maîtriser qu'une proposition de trente ou cinquante mots. Sans doute je puis parler indéfiniment, de façon toute successive. Mais je ne puis ressaisir, de façon simultanée, alors que je parle ou que je pense, un fragment de langue supérieur à quelques dizaines de mots. C'est là la quantité maximale de langue que je puis posséder à la fois. Sans cesse : à chaque terme ma langue est rongée d'ombre et d'oubli. Même, il faut requérir que la forme de la proposition provient moins d'une nécessité linguistique que de la seule capacité de notre tête. nous ne sommes capables de penser qu'avec des bouts de langue de cette grandeur, et la langue ne nous apparaît à cette fin que sous une forme aussi peu prolixe et au bout du compte très brève et exténuée en regard de l'excès qu'elle est.

Tous les mots qui ont précédé sans cesse sombrent peu à peu.

Petite barque égyptienne avançant sans cesse dans la conscience, extrêmement étroite et fragile, entre les pousses des papyrus. Des morceaux de propositions qui s'avancent sur fond d'une sorte de fredon de fleuve lui-même englouti par la nuit. Qui échappe à toute ressaisie. Qui fuit sans finir.

*

On voit se dresser les corps si extrêmement anciens que le Père Jousse évoque dans ses livres. La proposition élémentaire (sujet, verbe, complément, ou agent, agissant, agi) y est conçue comme une cadence première rejouant par une courte danse les actions du monde. Ces gestes aux triples phases, ou proverbes corporels, ces mimes hantés des actions de ce monde — que de la sorte ils incorporent —, et hantés de leurs réactions à ces actions, se transposent dans une sourde mélopée laryngo-buccale fortement rythmée et toujours plus ou moins ternaire (ou du moins symétrique à l'image d'une arête dorsale). Ce n'est pas la croix de la crucifixion des anciens Romains qui serait un symbole fondamental, mais le caractère bilatéral du corps humain qui pousserait naturellement des membres dans les activités culturelles des hommes. Je pense que le codex a supplanté le volumen pour une raison de cet ordre. Quelque chose dans ce qui fonde le langage cherche sans cesse à « dégorger ». Ce que le Père Jousse aimait à nommer l'« intussusception » est elle-même hélée par un désir sans frein de s'extérioriser. Et toute pensée, si placide et domestiqué que soit le corps du penseur, est une brusque et prompte danse, déplaçant avec la vitesse de l'éclair un pied, remontant l'échine, tournoyant un petit peu la main et borgnoyant la tête. Une petite syncope. Les grands parleurs aussitôt nagent et brassent dans l'air. Ils songent aux lacs du carbonifère. Il ne s'agit guère d'une métaphore ; toute pensée est un balancement du corps, qui va, vient, revient, et qui passe de ceci à cela.

Massignon note que dans les langues sud-américaines on interrompt de parler quand il ne fait plus clair, parce que tout le langage est incorporé aux mouvements d'un corps visible et à ce qui tend un corps vers un corps qui n'est pas lui. On ne chasse pas la nuit. Ils eussent rejeté les livres avec un motif que rien ne peut contredire. Ils eussent condamné un emploi si contre nature des langues, parce qu'il en appelait au non-visible, à la solitude, et au corps disparu.

*

Le Père Jousse affectionnait le mot — d'un latin très ecclésiastique — d'*intussusceptio*. «Intus» marquait lourdement l'intériorité, ce qui est dedans. La «susceptio», c'est le fait de prendre sur soi, de devenir le «susceptor», de devenir à la fois le receveur, le receleur, l'entrepreneur et le défenseur. L'intussusceptio, c'est l'action de prendre sur soi, à l'intérieur de soi, les styles du monde et les comportements des êtres qui entourent. C'est l'action irrésistible d'absorber ce monde sans réserve, de le prendre en charge et de le garder. C'est une sorte de terrible assomption, d'endettement du corps, d'auto-inculpation de la personne qui adopte et fait sien et accomplit l'être étranger. Toute l'extériorité du monde, l'homme l'a rejouée des mains, des pieds, sur ses lèvres, dans son regard et dans ses rêves. C'est l'ahan du bûcheron. C'est le balancement de l'enfant, le balancement des bras de celui qui marche. C'est le balancement des bras de celui qui s'adresse à autrui. Le balancement des échos mnémoniques, des proverbes, des rimes, des « si… alors… » propres à l'argumentation humaine. C'est le balancement des pages de gauche puis de droite lors de la lecture des livres. Tout enfant, disait le Père Jousse, irradie de mimèmes, de reprises, des trophées des sons et des attitudes où il a baigné. Cet accueil se fait à partir des lieux du corps parce qu'ils sont les premiers relais marquant les relations spatiales. L'intussusception est buccale puis gestuelle, puis elle double et elle recode, en faisant retour sur elle-même, les gestes spatiaux en gestes laryngo-buccaux, puis en mots, puis en pensées. Cette réduction progressive du geste est un destin tragique. Le geste s'exténue dans la mélodie.

Dans les livres s'étouffe une ancienne mélodie. Le rythme — l'avant et l'arrière, le haut et le bas, la droite et la gauche — dépérit peu à peu et le « pouls de ressemblance » qui palpitait entre le monde accueilli et la part du monde qui l'accueillait peu à peu cesse de battre. Le monde cesse d'être ressemblé et l'identité personnelle cesse d'être ressemblante. Le mot « nageant » n'ouvre plus les bras de celui qui le prononce ; le mot « tombé » ne lui fait plus fléchir les genoux. Seul le mot « mangeant » ouvre un peu les mâchoires. Peut-être le rêve — où toutes les actions sont rejouées oculairement —, parce que ce rejeu est lui-même contraint, demeure une bonne phrase, une phrase ressemblante. Le rêve est une phrase qui sait encore dans un seul et même geste recevoir et rendre. Le rêve, et aussi l'inexprimable « jeu du corps des enfants expliquant la règle d'un jeu ».

*

La langue — selon la comparaison qui semble être la plus ancienne — serait un voile tissé entre la réalité et nous-mêmes. À quelque tour de force que l'intelligence s'emploie, elle ne ferait que le tisser davantage. Rien jamais ne le déchirerait.

Mais voile, « nous-mêmes », langue, réalité, et déchirer, c'est la langue.

Et pourtant nous avons accès à une sorte de « réel », quelque biais que nous empruntions. Nous mourons.

*

Pendant des mois nous avons entendu tout le langage, avant que nous échouions dans la lumière impensable du jour, entre les cuisses très entrouvertes d'une femme qui était un peu nous-mêmes.

*

Aucune langue n'a rien révélé d'elle-même.

*

Au sein de la vie, dans la plus extrême indigence, dans la plus affolante détresse, la langue est en quelque sorte l'inoubliable.

(Quelque inutile qu'elle soit alors).

*

La langue est donnée — et à chacun, à chaque fois, elle est donnée comme infiniment disponible. L'enfant ne l'a pas accueillie. Il donne de nouveau le don.

C'est le «Présent» au sein de celui qui parle, à chaque fois qu'il parle (à chaque fois qu'il offre le temps à la terre).

*

ζῷον λόγον ἔχον. Bête.

Bête dont les sons sont une langue. Bête dont les sons pourtant ne sont pas les sons d'une langue. Voix, cris, murmures, soupirs, gémissements. Tout ce bruire d'un corps, la langue paraît l'anéantir. La langue, qui aide à déglutir, elle les mange.

*

La langue contient dans les mots dont elle dispose, et dans les significations qu'elle peut développer, plus de douleur, plus de tendresse, plus de haine, plus de sérénité, plus de souffrance qu'aucun homme n'a éprouvées.

Cette pensée soulage.

*

Aucune langue, si antique soit-elle, vidée à force qu'on y puise. Aucun homme au monde n'a jamais été à la hauteur de sa langue.

Cette pensée réconforte.

*

À l'origine, il n'y a pas un « je pense », il n'y a pas un « je parle ». Il n'y a même pas un « silence ». Impuissant à cela. Pure dépendance d'un corps minuscule flottant dans l'absence d'air. À l'origine de la parole il y a un « j'écoute », qui n'est rien d'originaire. Il y a un « j'imite », qui n'est rien d'originaire.

*

Dieux méprisables : eux-mêmes assujettis à une langue lorsqu'ils parlent, et assujettis au son et au souffle quand ils prétendent s'exprimer.

(Qui pis est, pour trois sectes : dieux qui ont besoin de livres.)

*

Les mots déménagent dans le monde les êtres qu'ils évoquent. Cette capacité, qui est celle des fées, est un pouvoir qui emplit d'épouvante. Avec les mots je transporte avec moi où je veux le nuage, la douleur, Nausicaa apparaissant sur la grève, la guerre des Boers, une petite primevère jaune. La langue est la source des pires désordres. Je transporte avec moi des scènes que j'ai vécues enfant. Dans ma chambre, dans l'angle de la fenêtre et face au secrétaire, dans mon fauteuil, sous la lampe, je transporte la montagne — non sans témérité — ou la foudre, j'ouvre si je forme ce vœu le petit clavecin d'occasion que Jean de La Fontaine acquit à la fin de sa vie pour adoucir les heures ; — j'ouvre comme des cosses vertes les noms des morts pour qui j'ai eu de l'attachement.

Tous les morts du monde, plus nombreux et éternellement plus nombreux que tous les vivants du monde — à la merci de l'ongle d'un pouce. Les pois sont les premiers des grains des chapelets. L'ongle du pouce, telle est la surface de toutes les « langues humaines » une fois additionnées.

*

Nommer était le plus grand transport. Pouvoir qu'on souhaitait réserver à quelques hommes particulièrement avisés et dont on se méfiait à juste titre. Écrire redoublait le transport et, le fixant, immobilisait outre mesure. Tous ceux qui nomment *charrient*.

*

L'homme s'exprime, comme les cristaux, les araignées, les astres errants, les feuilles des érables ou des chênes.
D'une façon qui n'est pas plus insensée.

*

Les courtes opérations de pensée qui conduisent aux notions de *dieu* ou de *mort*. Les métamorphoses incroyables de la structure d'un flocon de neige.

*

Chaque langue suppose une mystérieuse nécessité d'extériorisation propre aux corps des hommes qui en est le site singulier — et peut-être plus singulièrement au corps masculin plus puéril, et d'une sexualité plus nettement ostentatoire —, qui la devance et qui la perpétue. Sans quoi sac vide, sac vide qui ne tient pas debout.

Son sac est le livre.

*

La langue est le simulacre des simulacres. Elle est l'étrange « similis » qui vaut pour tous les simulacres, quelques véhicules dont ils usent. C'est le truchement de tous les langages et l'interprète ultime. Miroir ultime où se réfléchissent tous les reflets et la réflexion même. Immense (sans dimension) double des doubles (et double de lui-même).

*

L'Achéron et le Léthé. Orphée qui grimpe le chemin raboteux. À Bergheim, en Alsace, on l'appelait la lavandière du conte. Ou la lavandière de Finkwiller. Elle est assise au bord de l'eau, la nuit, le battoir à la main. Durant des nuits entières elle plonge dans l'eau un linge volé autrefois ; le bat ; le replonge.

L'homme qui s'approche d'elle, elle le saisit à la nuque et elle le plonge ; le bat ; le replonge dans la rivière. La lavandière lui fait avaler de l'eau sans arrêt. Il est difficile de se dégager de la prise de la femme-fantôme.

La langue sépare les choses d'elles-mêmes, elle les plonge dans un fleuve d'absence, ressort non des choses mais des manières de linges ruisselants, doubles curieux, des lettres, des mots : *ruisselant de présence* mais enveloppes vides, sans cesse de nouveau trempées dans la locution, gonflées, appesanties, sans cesse dévorées d'absence, de l'attentat qu'ils ont commis sur la chose, de la distance absolue qu'ils font régner à partir d'eux, de l'abandon qui en résulte et de l'impossible retour en arrière que cette mise à distance a déclenchée, porteurs de morts et de là exprimables, expressifs, eux-mêmes doubles, sens et défaut de sens, vie et mort, c'est-à-dire capables de significations.

*

Durant trois mille ans ils aimèrent le corps de l'homme et celui de la femme et la transparence de la toile de lin blanche. Ils prônaient la propreté et le dessin des membres, et la blancheur de ce qui les revêt.

Sur les stèles et dans les peintures que portent les papyrus nous les regardons encore frapper le linge mouillé avec des battoirs en bois. Les bras levés très haut ils le secouent. Ils accrochent à un piquet l'un des bouts de la pièce de linge repliée sur elle-même, et ils passent un bâton à l'autre extrémité puis tordent vivement l'étoffe qui s'égoutte. Des silhouettes étirent le linge. Des silhouettes le plient. Le chef des blanchisseurs fait un paquet. En égyptien leur nom ne correspondait pas à « blanchisseur », à « lavandier ». On les nommait les « voisins du crocodile ».

*

J. Tynianov cherchait à caractériser la poésie. « Une relation positionnelle inexistante dans la prose surgit entre les mots. » Traditionnel et inintelligible abaissement de la prose.

Durant des siècles le mystère — dont on prétendait qu'il devait être sondé — était celui de la forme poétique. Mais le plus grand mystère ne naît pas de ce qu'on utilise des fragments de langue étroite, expressive et rythmée, d'une temporalité courte, aisément mémorables, intensément corporels, mécaniquement symétriques, compulsivement répétés et d'une syntaxe elle-même nécessairement pauvre et simple. Le plus grand mystère tient à ce que la forme poétique s'éloigne un beau jour d'elle-même, se sépare de ses chevilles, de ses pieds et de ses fredons, devienne plus complexe, d'un rythme plus sourd, d'une syntaxe plus riche et plus rigoureuse, d'une expression plus insidieuse, d'une signification plus habile et plus précise, d'une efficace moins émotive, d'une rétention impossible — bref que la langue poétique débouche sur la prose, puis sur la prose écrite, imprononçable, des livres. Ce n'est pas la *Chanson de Roland* qui est le plus mystérieux, mais la si curieuse prose orale et non orale que développe Saint-Simon grimpé à mi-étage, à Versailles, dans une manière de garde-robe.

Ce ne sont pas les plus beaux romans écrits dans notre langue — les romans de Chrétien de Troyes — qui paraîtront jamais arbitraires : mais que cette langue se transforme en celle qu'accumule et qu'empêtre dans les marges, au cours des ans, jusqu'en septembre 1592, la main de Michel de Montaigne.

Le devenir-prose des langues est un phénomène qui est plus étrange que le recours à des formes poétiques. L'obscurité cherchée, les ciselures moins impénétrables que totémiques, les procédés rituels des scaldes sont plus « humains » que la simplicité tout à coup nue et cinglante de la prose des sagas qui leur succède brutalement.

*

La langue est un « objet » qui n'a pas d'existence matérielle totale. La langue est un objet sans cesse en morceaux. Cet objet étaie l'homme qui parle et le visage de l'homme à qui il parle s'appuie sur lui. Sans cet objet, il n'y a plus tout à fait d'hommes et le groupe se disloque.

Cet objet est le véritable talisman de l'homme. Cet objet, qui n'existe à chaque fois que partiellement, n'a jamais été dans la main de personne. Il n'a jamais été dans la main des bêtes. Il n'a jamais été dans la main des revenants qui nous hantent. Il n'a jamais été dans la main d'aucun dieu dans l'univers.

*

Les morts sont ceux que la langue a abandonnés.

(Ils ont interrompu le temps, le discours. Ils sont devenus sans réponse. Cette absence de réponse crée chez les vivants une détresse qui les déroute et qui les pousse à la régression dans l'imagination de les faire revenir ou d'aller jusqu'à eux. Le moyen de retenir ceux que le langage fuit, sinon en se taisant soi-même ? Aux morts correspondent alors des enfants en bas âge, avant que la langue les ait tout à fait habités. On cherche à se faire proche du silence des parents morts par le silence de ceux qui ne sont pas nés, ou du moins de ceux qui sont à peine nés. La mort, sur les lèvres grises des morts, est la communication impossible. Les survivants échafaudent des circuits et des rites pour rétablir une apparence de continuité avec ceux que la langue, la société, l'amour, le temps, l'air, la peur ont abandonnés.)

*

Le langage est peut-être l'honneur imparti à cette classe animale si terrifiée. Je ne crois pas que l'homme ait d'honneur. Pour peu qu'on y eût jamais cru, ce siècle a démenti.

*

L'inspiration est une comparaison saisissante ; elle souligne le caractère intérieur au corps de ce qui le pousse à s'exprimer ; une élégie bouleversante qui erre dans le corps. Une mélodie point dans la gorge. On cèle trop volontiers la simple « envie de s'exprimer » dont elles résultent, c'est-à-dire l'humeur, la propitiation, le bon état qu'elles supposent, l'ardeur interne ou l'excitation ou le bon repas qui les ont décidées. Paradoxalement, dénoncer le thème de l'inspiration, c'est nier en nous sans cesse le préalable d'un corps. L'art est excès, symptôme, luxe qui sont inextricablement liés aux conditions les plus physiques qui les sous-tendent. Le fait que nous pensions, parlions, dictions, lisions, chantions, cela, à chaque fois, est dénué de toute autonomie. De même cette obscure visitation d'une envie de s'exprimer et de faire partager. Dans tout le corps prend place une forme de *harangue vide mais déjà de plus en plus rythmée.* L'art prolonge une certaine santé, curiosité, vitalité, bonnes conditions physiques, effervescence et fredon intérieur, compulsions qui cherchent à s'extérioriser mais déjà fortement cadencées dans le corps. Un corps immobile «animé». Pensée, expression sont liées à cette énergie sans objet qui traverse un corps non affamé, non douloureux, etc. C'est la faim de celui qui n'a plus faim (la chasse à vide, la voracité sans victime). C'est le bien-être ou ce pouls de vie et de sang qui visitent la tête et s'amassent sous forme de séquences linguistiques et se pressent rythmiquement jusqu'à l'extériorisation.

*

De tous les sons du monde les sons les plus futiles sont ceux des langues. Et de tous les sons du monde ce sont les plus pernicieux : ils sont ceux qui laissent croire qu'ils vont donner du sens à ce monde.

*

Il en va des choses comme des souvenirs que nous avons des morts. Toute chose devient un mot comme tout ce qu'ils étaient se réduit soudain à l'état de langage. Puis nous cessons d'évoquer leur mémoire et ces mots qui résumaient leur vie, et qui mentionnaient durant quelques années encore quel avait pu être leur nom, perdent ce pouvoir d'évocation et se reversent à l'usage commun. Les langues nous apprennent à nous échanger à la mort et, par leur entremise, nous acquiesçons progressivement à notre disparition. Choses et hommes, nous nous transplantons peu à peu sous forme de langage et nous nous résorbons déjà dans le néant.

*

J'entrouvre des livres. Mais je vois aussi un fleuve. Je surprends un insecte qui volette dans la chambre. Alors je cesse de lire pendant quelques minutes tout à coup. Je regarde l'insecte. Je regarde l'ombre de l'insecte. Je regarde le ciel. J'écoute des millénaires qui s'accumulent. La nature ne s'adresse pas aux hommes à travers les langues. Le son du monde n'est pas le maigre son d'une langue.

(La nature ne s'adresse pas. Le soleil luit. Il ne luit pas « pour éclairer ». Il ne luit pas pour éclairer le monde.)

XXIVᵉ TRAITÉ

Du vin piquette

Le ciel, le fleuve, l'océan, les astres et la terre sont d'une beauté majestueuse et ils ne parlent pas.

Les quatre saisons et leur cortège de plantes, de lumière, de neige, de bêtes et de vêtements se succèdent et ils ne parlent pas.

Les membres, les briques, les excréments, les dents, la petite enfance et l'extrême vieillesse, les pétales, les graviers, les yeux et les sexes participent à cette beauté et ils ne parlent pas.

Les hommes discutent entre eux, s'adressent aux dieux et formulent des opinions parce qu'ils craignent la beauté atroce.

Les paroles des hommes sont de l'eau et du sucre qu'ils mêlent au concentré de l'arak le plus pur. Les œuvres sont les petites cuillers qui servent à mêler l'eau, l'arak et le sucre dans le verre. Le verre, ce sont les villes du monde. Cette mixture délayée, ils la nomment — dans leur étrange mixture délayée — du nom étrange de langue. Et ils avalent cette piquette mouillée et sucrée qui leur ferme les paupières et qui les sépare moins qu'ils ne le pensent de la cruauté et des strates superposées de ce qui les précède et du silence.

PETITS TRAITÉS I

TOME I

Premier traité. *Traité sur Cordesse* — 11
IIe traité. *Dieu* — 35
IIIe traité. *Le misologue* — 43
IVe traité. *Sur une boulette de plomb* — 75
Ve traité. *Taciturio* — 85
VIe traité. *Pagina* — 105
VIIe traité. *Sur les rapports que le texte et l'image n'entretiennent pas* — 129
VIIIe traité. *Le Livre des lumières* — 137

TOME II

IXe traité. *Les langues et la mort* — 147
Xe traité. *Vie de Lu* — 189
XIe traité. *La bibliothèque* — 197
XIIe traité. *Le mot de l'objet* — 219
XIIIe traité. *L'e* — 231
XIVe traité. *Noèsis* — 243

TOME III

XVe traité. *Un lipogramme d'Appius Claudius* — 287
XVIe traité. *Les premiers codex* — 297

xviie traité. *Liber* — 311
xviiie traité. *Une grenouille d'Ulubres* — 447

TOME IV

xixe traité. *Les reliques des grains* — 453
xxe traité. *Langue* — 461
xxie traité. *Jésus baissé pour écrire* — 513
xxiie traité. *Traité du rouge-gorge* — 529
xxiiie traité. *La gorge égorgée* — 533
xxive traité. *Du vin piquette* — 601

PETITS TRAITÉS II

TOME V

xxve traité. *Un petit tas de sel réservé aux bœufs morts* — 11
xxvie traité. *Chien de lisart* — 23
xxviie traité. *Augustinus* — 51
xxviiie traité. *Anagnôsis* — 65
xxixe traité. *Traité de Monsieur Hamon* — 91
xxxe traité. *Lectio* — 97
xxxie traité. *La peur de devenir aveugle* — 147

TOME VI

xxxiie traité. *Liré* — 163
xxxiiie traité. *De Taciturnis* — 181
xxxive traité. *Scènes de lecture ambrosienne* — 211
xxxve traité. *Sur un couvercle de piano* — 225

xxxvie traité. *Des oreilles prêtées* 237
xxxviie traité. *La passion de Guy Le Fèvre de La Boderie* 243
xxxviiie traité. *Un long silence de l'Arioste* 285
xxxixe traité. *Le tabou mélusinien du langage* 295
xle traité. *Sur le petit doigt* 303

TOME VII

xlie traité. *Le signe deleatur* 321
xliie traité. *Une scène de roman supprimée* 335
xliiie traité. *L'oreille de Marie* 347
xlive traité. *L'oreiller de Sei* 379
xlve traité. *Femmes fragmentées en 1535* 395
xlvie traité. *Froberger et Grimmelshausen* 421
xlviie traité. *Hiver 412* 439
xlviiie traité. *Tigres qui rejoignent la jungle* 467

TOME VIII

xlixe traité. *Le mot contemporain* 487
le traité. *Jérôme Fracastor* 507
lie traité. *Les trois voyages de Maximilien Littré* 525
liie traité. *Ce que dit Rémi à Clovis* 543
liiie traité. *Le tribunal du temps* 551
live traité. *Des plaques blanches sur fond jaune* 581
lve traité. *La prière de Damasippe* 605
lvie traité. *Longin* 613

DU MÊME AUTEUR

Aux Éditions Gallimard

LE LECTEUR, *récit*, Gallimard, 1976.

CARUS, *roman*, Gallimard, 1979 (Folio 2211).

LES TABLETTES DE BUIS D'APRONENIA AVITIA, *roman*, Gallimard, 1984 (L'Imaginaire 212).

LE SALON DU WURTEMBERG, *roman*, Gallimard, 1986 (Folio 1928).

LES ESCALIERS DE CHAMBORD, *roman*, Gallimard, 1989 (Folio 2301).

TOUS LES MATINS DU MONDE, *roman*, Gallimard, 1991 (Folio 2533).

LE SEXE ET L'EFFROI, Gallimard, 1994 (Folio 2839).

VIE SECRÈTE, Gallimard, 1998.

Chez d'autres éditeurs

L'ÊTRE DU BALBUTIEMENT, Mercure de France, 1969.

ALEXANDRA DE LYCOPHRON, Mercure de France, 1971.

LA PAROLE DE LA DÉLIE, Mercure de France, 1974.

MICHEL DEGUY, Seghers, 1975.

ÉCHO, suivi de ÉPISTOLÈ ALEXANDROY, Le Collet de Buffle, 1975.

SANG, Orange Export Ltd., 1976.

HIEMS, Orange Export Ltd., 1977.

SARX, Maeght Éditeur, 1977.

LES MOTS DE LA TERRE, DE LA PEUR ET DU SOL, Clivages, 1978.

INTER AERIAS FAGOS, Orange Export Ltd., 1979.

SUR LE DÉFAUT DE TERRE, Clivages, 1979.

LE SECRET DU DOMAINE, Éditions de l'Amitié, 1980.

LE VŒU DE SILENCE, Fata Morgana, 1985.

UNE GÊNE TECHNIQUE À L'ÉGARD DES FRAGMENTS, Fata Morgana, 1986.

ÉTHELRUDE ET WOLFRAMM, Claude Blaizot, 1986.

LA LEÇON DE MUSIQUE, Hachette, 1987.

ALBUCIUS, P.O.L, 1990 (Livre de Poche 4308).

KONG-SOUEN LONG, SUR LE DOIGT QUI MONTRE CELA, Michel Chandeigne, 1990.

LA RAISON, Le Promeneur, 1990.

PETITS TRAITÉS, tomes I à VIII, Maeght Éditeur, 1990.

GEORGES DE LA TOUR, Éditions Flohic, 1991.

LA FRONTIÈRE, Michel Chandeigne, 1992 (Folio 2572).

LE NOM SUR LE BOUT DE LA LANGUE, P.O.L, 1993 (Folio 2698).

L'OCCUPATION AMÉRICAINE, Éditions du Seuil, 1994 (Points 208).

LES SEPTANTE, Galerie Trigano, 1994.

L'AMOUR CONJUGAL, Galerie Trigano, 1995.

RHÉTORIQUE SPÉCULATIVE, Calmann-Lévy, 1995.

LA HAINE DE LA MUSIQUE, Calmann-Lévy, 1996.

*Composition Interligne
Impression Brodard et Taupin
à La Flèche (Sarthe), le 8 juin 1998.
Dépôt légal : juin 1998.
1er dépôt légal dans la collection : mai 1997.
Numéro d'imprimeur : 6024U-5.*
ISBN 2-07-040127-3 / Imprimé en France.